JN231734

続 横道世之介

吉田修一

中央公論新社

続 横道世之介 目次

四月　桜散る　7
五月　五月病　42
六月　梅雨の晴れ間　77
七月　区民プール　112
八月　冷夏　145
九月　アメリカ　179

十月　二十五歳　212
十一月　ゴール　246
十二月　プロポーズ　280
一月　こっちの正月　313
二月　雪景色　345
三月　旅立ち　376

カバーデザイン　bookwall
カバー写真　Michael H/Getty Images

続　横道世之介

四月　桜散る

信号はとうに青に変わっている。池袋駅西口五差路の交差点、横断歩道を大勢の人たちが渡っていく。その中にぽつんと突っ立ったままの男がいる。周囲がやたらと動くので、動かぬ男はやけに目立つ。

何かしらの意思で止まっているというよりは、ただのぼんやりで信号が青になったことに気づいていないらしい。

もちろん目をつぶっているわけでも、足元を見ているわけでもない。男は真っすぐに自分が渡っていく方を見ているし、自分以外の人たちがみんな渡っている様子も見ている。

次の瞬間、

「あ」

と、今さら気づいた男が慌てて渡ろうとするが、すでに信号は赤。

走り出そうとしたタクシーからクラクションを鳴らされ、

「あ」

と、男はまた元の位置に戻る。

別にどこへ戻ってもよさそうなものだが、ヘンに几帳面な性格らしく、さっきまで立っていた敷石の上に戻ろうとして踏み外し、誰も見ていないのに照れ笑いする。

その上、まだ気になるのか、小さく戻る練習まで始める。

「こう跳んで、こう戻る……」

とかなんとか、足をちょっとまえに出し、またすぐに後ろに。

もう一度言うが、別にどこへ戻ってもいいし、誰も見ていないし、傍《はた》から見れば、犬のフンでも踏んだみたいである。

再び信号が変わり、今度は男も歩き出した。腕時計を見ると、十時一分前である。

何か予定があるらしく、男が横断歩道の途中からとつぜん駆け出す。

駅へ向かう途中の路地を左に折れ、ロサ会館の方を目指すらしい。

この界隈、夜ともなれば、飲み会、コンパの乱痴気騒ぎで、少しでも気を抜いて歩くと、道端の吐瀉物《としゃぶつ》をグチャの地域だが、さすがにこの時間はまだモーニングコーヒーの香りが漂っている。

生ゴミを荒らすカラスたちを蹴散らして走っていく男が、そのままの勢いで駆け込んだのは、ほんの三十秒前に開店したばかりのパチンコ店である。

店内はまだオープン直後の席取り合戦の真っ最中で、駆け込んだ男も他の客たちに混じって本日入替の新台を目指し、中二階へ階段を駆け上がっていく。

「走らないで下さい！　走らないで！」

と、店員がマイクでがなり立てるが、みんなが走っているのに自分だけ止まる客などいるわけがない。

いつもは上がって正面に新台はあるのだが、店長の気まぐれか、まさかのフェイントで、みんなのお目当ての新台がそこになく、どうやら左奥に並んでいるらしい。

さすがの常連客もこのフェイントには惑わされたようで、狭い通路を団子になって客たちが突進していく。

その最後尾にさきほどの男もついて走ったのだが、パタパタパタパタと椅子取りゲームのように新台の席は埋まり、やっとの思いで男が一番奥の椅子に手を伸ばしたその瞬間、

「取った！」

と、逆から声がした。

見れば、この店で何度も見かけたことのある若い女が、手にした黒いポーチで椅子を奪おうとする。

「俺が先です」

「こっちです」

「俺だって！」

「そっち指でしょ。こっち、ポーチだもん。ポーチの勝ち」

「はあ？」

男は女を押し退《の》けて、椅子に座ろうとした。ほんのちょっと肩を押しただけだったが、

「ちょっと！　乱暴はやめて下さい！」

と、女が声を上げる。

眉を剃《そ》り落した顰《しか》めっ面で、咥《くわ》えタバコに大股広げて、いつも打っているパチプロ女が、今さら乱暴はやめて下さいもありゃしない。

男は無視して椅子を奪った。その顔は椅子取りゲームに必死な小学生男子にしか見えない。

しかし、女も諦めない。「ちょっと、どいてよ、どいてよ」と、新入りの力士みたいに無闇やたらと押してくる。その上、敵は更に上手《うわて》で、手にした千円札を先に台に突っ込もうとする。

さすがに男も千円札までは用意しておらず、尻ポケットから財布を出す余裕がない。

次の瞬間、女の千円札がするりと台に飲み込まれ、ジャラ、ジャラ、ジャラと玉が出てきてしまう。

「はーい、お兄さんの負けー」

すでに咥えタバコで打っている隣のばあさんが、さも嬉しそうにニタニタ笑う。

男は怒りに震える手で、目の前のレバーを握ってやろうかとも思うが、ここで打ってしまえば窃盗になり、以後、出入り禁止にもなりかねない。

「はい、ご苦労さま。……台なら他にもいっぱいあるし」

ぐっと怒りを堪《こら》えた男を、女が蠅《はえ》のように手で払う。

「……ったく、平日の朝っぱらから……、他にやることないのかよ、このパチプロ女が……」

悔しまぎれに捨て台詞を吐き、同じ平日の朝っぱら、やはり他にやることもなく、肩を落として新台から離れていくこの男、名前を横道世之介《よこみちよのすけ》という。

一応大学は卒業したものの、一年留年したせいでバブル最後の売り手市場にも乗り遅れ、現在バイトとパチンコでどうにか食いつないでいる二十四歳。

新台で打てないのであれば、何も慌てることはない。世之介は苛々《いらいら》した気分を鎮めようと、自動販売機で缶コーヒーを買い、「ちょっと一息コーナー」のソファに座った。

あーあ、こんなことならもっと寝てればよかった。

願かけのつもりで、家からわざわざ遠回りしてきたことまで馬鹿らしくなる。

缶コーヒーを飲もうとすると、目の前を店員が横切る。

「浅賀《あさか》ちゃん！　おはよ！」

と、世之介は声をかけた。

立ち止まった店員が、「あれ、お客さん、新台取れませんでした？」と申し訳なさそうな顔をする。

「取れないよー」

店員は相変わらずこのご時世には珍しい牛乳瓶の底のような眼鏡をかけており、この店でフィーバーが始まると、世之介はつい彼にコンタクトレンズを買ってあげたくなる。

「さっき走っていったの見えたから、座れたのかと思いましたよ」

「取れないよー。……あの吉原炎上に横取りされたんだもん」

「吉原炎上？」

「知らない？　吉原の花魁《おいらん》たちの映画。ほら、五社英雄《ごしゃひでお》監督で、鬼龍院花子《きりゅういんはなこ》とか、陽暉楼《ようきろう》とか……」

「それは知ってますけど……」

「その映画に眉を剃り落とした花魁が出てくるじゃん。知らない？」

「ああ、あだ名ですか」

この浅賀ちゃん、年は世之介よりも少し上のようだが、とにかく真面目な男で、何を話していても最終的に面白くなくなる。

この場合でも、スタートが吉原炎上なのだからいくらでも面白くなりそうなものだし、世之介としてはもっと丁々発止の掛け合いをしたいのだが、結果は「ああ、あだ名ですか」という至極真っ当な切り返しで、となると、こちらも「ああ、はい。あだ名です」としか応えようがない。

ただ、浅賀ちゃんの方にも言い分はある。

まず、丁々発止の会話を求められるほど世之介と仲がいいわけではない。世之介が気安く「浅賀ちゃん」と呼ぶのは、規則で制服の胸元に名札をつけているからで、浅賀ちゃんにとって世之介は単なる「お客さん」でしかなく、もっと言えば、馴れ馴れしくてちょっと苦手なタイプの「お客さん」でしかない。

「あ、浅賀ちゃん。そう言えば、浅賀ちゃんって司法試験目指してるんだって？」

いつものことだが、この客に捕まると、なかなか仕事に戻れない。

「ええ、まあ。……もう何年も落ち続けてますけど。誰に聞きました？」

「ほら、このまえ、ホストになるって、ここを辞めた野辺《のべ》くん」

「ああ、彼」

「すごいよなあ。パチンコ屋で働きながら司法試験って。俺、片方だけでもできるかな……」

何やら真剣に悩み始めた客から逃れようと、「あの、新台でお客さんが呼んでるみたいなんで」と浅賀ちゃんは嘘をついて去っていく。

その後ろ姿を眺めながら、「なんか、すごいな。別世界の人間だよなあ」と世之介は素直に尊敬する。

本来、「別世界」というのはこういう場合に使う言葉ではないのだが、そうでも考えないと、平日の朝っぱらから新台を取られて鬱々《うつうつ》としている者としては我が身が情けなく、この「ちょっと一息コーナー」からは出ていけそうもない。

が、結局その日、天は新台を取られた世之介に味方した。

午前中に選んだ台が不調で、あっという間に所持金の一万二千円をすってしまい、素直に帰宅しようとしたのだが、ちらっと奥へ目をやると、世之介から奪った台で吉原炎上が大勝ちしている。さすがに悔しくなり、店を出た世之介はその足で武富士のＡＴＭに駆け込み、とりあえず一万円借りると、隣の吉野家で牛丼をかき込んで、「牛丼パワー充填《じゅうてん》完了」などと口にしながら意気揚々と店へ戻った。

あいにく、まだ新台はどれも空いていなかったが、さっきまでずっと近くで打っていた素人さんが、打ち込むだけ打ち込んで、誰が見ても、さあいよいよ、という所で諦めて帰っていく。

おそらく、「パチンコって面白いのかなぁ、やったことないけどー」程度の気持ちで入ってきたらしい学生で、世之介から見れば、せっかく二時間もかけて煮込んだカレーができて、あとは皿に盛るだけだという状態で、どこかへ行ってしまう間抜け野郎にしか見えず、

「おうおう、そっちは学生さんのお遊びだろうが、こちとら、生活がかかってんだよ」

と、巻き舌気味で呟《つぶや》きながら、プーンと良い匂いのするカレーのまえに陣取った。

実際、打ち始めてすぐに大当たりがきた。あまりにもすぐだったので、さっきの学生が怒って戻ってくるのではないかと振り返ったが、お遊びの学生さんにはそんな執着もないらしく、代わりに浅賀ちゃんが寄ってきて、「おっ」と、景気づけに肩をポンと叩いてくれる。

「捨てる神あれば、拾う神ありってね」

世之介は浅賀ちゃんにウィンクしてみせた。

だが、ウィンクした瞬間、嫌な記憶がどかっと肩の辺りに落ちてくる。

……捨てる神あれば、拾う神ありってね。

世之介がこの台詞を最初に吐いたのは、おそらく就職活動が始まってすぐのころである。

就職課に行って、分厚い会社案内なんかを適当に眺め、とりあえず聞いたことのある会社＝大手企業になるのだが、その辺りからエントリーしていった。

以前ほど景気が良くなくて、売り手市場もすでに終わったと、暗い話も耳にはしていたが、それでもついこのあいだまで、就職しようと思えば、向こうから大手企業の採用担当がもみ手で寄ってくる様子を目の当たりにしているので、まあ、悪くなっても、もみ手がなくなるくらいかと

考えていたのが、もみ手なしに採用担当が来ないどころか、これまでならエントリーしていただいてありがとうございますと、早速来ていた連絡もなく、それでも呑気《のんき》にかまえていると、気がつけば最初に送った「聞いたことのある」会社すべてに一次試験で撥《は》ねられていた。

経営学部なので、エントリーした会社はほとんど金融関係だった。証券会社、都市銀行、生保に損保……、就職課の相談窓口に行って「経営学部です」と告げれば、さっとそれらの資料が渡される。

まるで新宿駅で、「あのー、渋谷に行きたいんですけど……」と尋ね、「渋谷なら山手線ですね」と即答されるくらい他に選択の余地はない。

選択の余地がないとなれば、この中から選ぼうとするのが人間で、もちろん選ぶなら他よりもいい所がいいと思うのが人間でもある。

ただ、この場合、時代の雰囲気もあったのか、この中のどこかに入れるというのが前提で、まさか「入れない」という選択がここに紛れ込んでいるとは思いもしない。

ある程度、名のある会社はすべて一次試験で落ちてしまい、就職課から分厚い資料をもらったときには、「ごめんなさい」と志望リストから外した会社の案内を、今度は慌てて引っ張り出してくる。

「捨てなくてよかった……」

一度は捨てようとしたくせに、資料を胸に抱き締める。

あとになって思えばだが、この就職活動の混乱期のただ中だったせいもあるが、いわゆる名のある会社のすべてに書類選考で落ちたとき、世之介はさほど落ち込んでいない。

本来なら、自分の将来を悲観したり、自分の実力に落胆したり……、何よりも、自分という存在がこんなにちっぽけだったのかと気づく、ある意味、人生の中で一番の哲学的瞬間でもあるはずなのだが、根がひねくれものというか、どこか天の邪鬼《あまじゃく》な世之介は、「まだ、ありますよ」と言われれば、「別に買わなくてもいいし」と格好つけているくせに、「残り、あと〇個」と言われた途端に、俄然《がぜん》鼻息を荒くするバーゲン客そっくりで、哲学的瞬間はおろか、自分がちっぽけな存在であるなんてことさえ気づきもせず、あいつも内定取った、あいつも三次に進んだ、という声の中、自分が就職をしたいのか、履歴書が書きたいのか分からなくなるまで追いつめられていた。

もちろん書類選考を通って、試験、面接と進んだ会社も少なくない。

この話をすると、世之介のことだから、試験や面接でも失敗談がいっぱいあるだろうと、みんなに期待されるのだが、不思議なことにそれがまったくない。

世之介の面接試験など、ちょっと考えれば笑いの宝庫のはずだ。

「昨日、面接に行ったんだけどさあ」

と、世之介が口火を切れば、誰もが、「よし、面白い話、こい」と腹を抱える準備をする。

だが、世之介の口からは一切そんな話は出てこない。

それこそ、家からパチンコ屋へ行くだけでも、何かしら面白いことが起こる人間なのに、この就職活動していた時期だけは、まるで世之介が世之介らしくなかったのだ。

そこにこそ、敗因はあったのだが。

だが、考えてみてほしい。

五十二社受けて、一社も受からず、立て続けに「君はいらない」と言われている最中、「俺ってちっぽけな人間だなあ」などと哲学的に考えていられる人間がいるだろうか。

ちっぽけでもなんでもいいから、俺を必要な人、一人くらいどっかにいるだろ！

と、思うはずである。

張りつめていた何かがプツンと切れたのは、中堅のお菓子メーカーの面接に向かう途中だった。

すでに季節は夏で、誰が植えたのか、線路沿いの道ではたくさんの向日葵《ひまわり》が日を浴びていた。

ゆるい上り坂で、世之介は額の汗をハンカチで拭いた。そして再び歩き出そうとした瞬間、本当に背骨をすっと抜かれたみたいに、一歩も動けなくなったのだ。

ギックリ腰だった。

世之介はガードレールを摑《つか》んでゆっくりとしゃがみ込んだ。少しでも動くと激痛が走る。

汗が噴き出た。急がないと面接に間に合わない。しかし歩けそうにもなければ、通りかかるタクシーはおろか、人もいない。

「もうダメだ……」

無意識にそんな声が出た。

ふざけた調子で言ったのだが、出たのは涙声だった。

「弱いなあ、俺……」

次にそんな言葉がもれる。

認めてしまうと、涙は溢《あふ》れたが、気持ちは少し軽くなった。もう面接に行く気はなくなっていた。

もう立ち上がらない、と、決められた自分を、そのとき、ほんの少しだけ、もちろん負け惜しみ込みではあったが、本当にほんの少しだけ好きになれた。と同時に、これから先、もう二度と自分のことを好きになれなくなるような気もした。


「はい、山二《やまに》證券《しょうけん》営業七課です」

かけた電話はすぐに繋《つな》がった。若い女性の声である。

電話ボックスでフランクフルトを齧《かじ》ろうとしていた世之介は慌てて、「あ、あの……、横道と申しますが、小諸《こもろ》さんいらっしゃいますか?」と告げた。

「少々お待ち下さい」

受話器の向こうから、「小諸くーん」と呼ぶ女性の声がして、すぐに、「はーい」という返事とともに、「はい、小諸でございます」と声がする。

この小諸大輔《だいすけ》、世之介と同じ留年組で、大学の後半はほぼ二人でいたような仲なのだが、どこで幸運の女神が小諸を選んだのか、就職活動が始まると、彼は早々と「聞いたことのある」会社に就職を決めていた。

「コモロン、何が『小諸でございます』だよ」と世之介は笑った。

「ああ、世之介？」

「なぁ、今、電話に出たのが例の美人の先輩？」

「おっ、なんで分かった？」

「やっぱりなぁ、声がもう美人だもん」

「だろ？」

小声にはなったが、その声がとても嬉しそうである。

「コモロン、今日、飲もうよ」と世之介は早速誘った。

「いいよ」

コモロンも花金《ハナキン》にヒマではあるらしい。

「何時？」

「たぶん、八時か八時半」

「じゃあ、池袋のいつもの所で」

「りょうかーい」

電話が切れ、世之介はやっとフランクフルトに齧りついた。欲張ってカラシをつけ過ぎたせいでクシャミが出そうになる。

時計を見ると、まだ七時になったばかりで、コモロンとの待ち合わせまでまだ一時間以上もある。マンションに戻って一眠りするには中途半端だし、居酒屋に行く前にうどん屋に入っても仕方ないし、かといってパチンコならもう朝からずっとやっている。

世之介は電話ボックスを出ると、ぶらりと街を歩き始めた。

ここ池袋に引っ越してきて、そろそろ一年になる。九州から上京してすぐに住んだのが東久留米《ひがしくるめ》の花小金井《はなこがねい》という駅の近くで、そのあと、大学五年の間に、祖師ヶ谷大蔵《そしがやおおくら》、荻窪《おぎくぼ》、と引っ越して、ここ池袋に来た。

荻窪で借りていたアパートが学生専用でなければ、ずっと住んでいたかったのだが、就職はできなくても、卒業はしなければならないわけで、いくら学生っぽい服装をしてみても容赦なく退室書類はやってきた。

そこで借りたのがこの池袋の部屋なのだが、この顛末《てんまつ》の中で、学生というだけでどれほど世間から信用されるかを世之介は思い知らされた。

たとえば、人の悪口ばっかり言っていて、ケチで陰湿で、その上、毎日夜中に大音量でラップミュージックをかけたとしても、「学生です」と言えば、部屋は貸してもらえるのに、公園清掃のボランティアをして、電車の席は必ず老人に譲り、毎朝アパートのまえを箒《ほうき》で掃いたとしても、「今はバイトです」と言った途端、不動産屋からは、「ごめん、他の店、当たってもらえるかな」と追い出されるのだ。

ということで、他の店に当たり、また他の店を当たるように言われ、まさに藁《わら》にでもすがるような気持ちで探しまわっていると、「大変だったでしょう。でも、うち、そういう人用の部屋あるよ」という神様のような不動産屋が現れる。

「……保証人も必要ないから。基本的に誰でも入れるよ」

辿り着いたのは、新宿のマンションの一室で商売をしている不動産屋で、ちょび髭《ひげ》を生やし、赤い綿のチョッキを着た社長は、腹話術の人形のフクちゃんがそのまま大人になったようで、ニコニコと好感が持てるのだが、逆に好感が持てる人形が持つある種の不気味さは漂っている。

「誰でも入れるって……、たとえば？」

と世之介は勘ぐった。

ここで、ヤクザとか、麻薬の売人とか、と言われれば、「結構です」と、すぐに店を出たのだが、さすがにフクちゃんも商売上手で、

「やっぱり水商売の女の子がメインかな」

と、さらりと言う。

「メ、メインですか……」

言われた途端、もう世之介は高級化粧品が並んだ伊勢丹《いせたん》の一階に立っているような気分で、フクちゃんを相手に鼻までくんくんさせてしまう。

「そこで。そこでお願いします」

思わず即決しそうになったが、まだ場所も家賃も聞いていない。

フクちゃんが二ヵ所の間取り図を出してくる。どちらもまったく同じ造りのワンルームで、同じ家賃、更に十階というのも同じだった。

「えっと、こっちが歌舞伎町で、こっちが池袋の北口」

フクちゃんに言われ、「歌舞伎町に住むのはちょっと……」とまず二の足を踏む。

「じゃあ、こっち？」

「池袋ですよね？」

「そう」

「あの、西武とか東武とかがある？」

「東口と西口にはあるね」

「じゃあ、この北口には何が？」

「目に付くのはラブホテルが多いかな」

ラブホテルが並んでいるような近辺は決して治安は良くない。それくらいは世之介にも分かる。ただ、マンションに暮らしているのが水商売の女の子で、それがラブホテルと繋がった。

「あの、こっちで。池袋の方で」

決めてしまえば、保証人もいらないので、話はさくさくと進んでいく。

実際に決めた理由は、水商売の女の子がメインのマンションとラブホテルなのだが、決めてしまうと、

「ああ、そうだ。池袋といえば、コモロンちの近くだ」

と、今さら気づく。

コモロンは学生のころから、埼京線で池袋から一つ先にある板橋駅から徒歩五分のアパートに暮らしており、一流証券会社に入った今も、都心の独身寮の抽選にもれたらしく、そのまま家賃補助をもらって居座っている。

ただ、学生のころからへんなこだわりがあり、誰かに、「コモロン、どこ住んでんの？」と訊《き》かれると、「池袋の一つ先」と応える。

たいていの人は特に興味もないので、「へえ、池袋、便利だよね」と話は終わるのだが、中には世之介のように妙なところにこだわる人間もいて、

「何線で一つ先？」

「なんで？」

「だって、地下鉄とか、西武線、東武線いろいろあるし……」

「埼京線だけど」

「へえ。駅名は？」

「板橋」

「じゃあ、板橋じゃん。池袋じゃなくて」

と、せっかく池袋の近くだと言っているコモロンの気持ちを逆なでする。

この板橋駅、コモロンが暮らしているので世之介も何度となく通っているが、隣が池袋駅とは思えないほど牧歌的な街である。

駅ビルがあるわけでもなし、駅前のロータリーにマックやコンビニや銀行が並んでいるわけでもないのだが、その代わり明治通りと繋がるメインストリートは桜並木で、春になれば、千鳥ケ淵《ちどりがふち》や上野公園でもみくちゃになっている人たちをよそに、桜吹雪を独り占めできる。

池袋西口の交番前で、結局、我慢できずに買ったクレープを食べながら世之介が待っていると、約束から十五分ほど遅れてコモロンが現れた。

「ごめん、ごめん」

「おっそいよ」

「何、それ？」

「チョコバナナクレープ」

「美味《うま》そ。どこ？」

「ええ、今からー？」

「だって、腹減っちゃって」

「だから居酒屋行こうよ」

「あ、そうか」

「どこ行く？」

「あ、俺、サワーの無料券ある」

「どこの？」

「えっとね」

コモロンがジュラルミンのアタッシュケースの中からサワーの無料券を出す。

「あのさ……、せっかく買ったんだろうから言いたくないけど……、せっかくのアタッシュなんだから、もっとこう……、なんか、出すものないの？」

「あるよ。はい」

「あ、今日発売日だ」

コモロンがサワーの無料券と一緒にアタッシュケースから出したのは週刊スピリッツだった。マンガ本と一緒にコモロンが出した無料券は、ロサ会館の裏にある居酒屋のもので、九州直送の魚が自慢の店らしいが、世之介は行ったことがない。

「ここ、誰と行ったの？」

無料券を眺めながら世之介は尋ねた。

「誰って、世之介だよ」

「え、俺、行ったことない」

「うそ？　じゃあ、一人かな」

「そこ、即答なんだ。誰とだっけなぁって悩まないんだ？」

「重くなるかもしれないけど、俺、世之介以外、友達いないんだって」

「なるかもじゃなくて、重いよ」

とかなんとか言い合いながら、機嫌良く二人は目指す居酒屋に入った。

まだ新しそうな店で、中に入ると、調理場をぐるりと囲んだカウンターと、奥には半個室のテーブルが並んでいる。

「いらっしゃいませ！　お二人様ですか？」

やけに威勢の良い女性の声に迎えられ、「はい」と世之介は視線を向けた。と同時に、

「ん？」

と首を傾《かし》げる。

背中に「祭」と書かれた法被《はっぴ》姿で、ねじり鉢巻をしているスタッフも同じように、「ん？」と首を捻《ひね》っている。

お互いに知っている顔なのだが、どこの誰だか分からない。

なんとも微妙な距離を開け、

「カウンターでよろしいですか？」

「ええ、結構です」

と席へ進む。

コモロンと並んで座り、法被姿の店員から嫌がらせのように重いメニューを渡された瞬間、

「あ」

とお互いに声が出た。

「吉原炎上……」と世之介。

「げっ、八つ墓村……」と女性店員。

と、次の瞬間、「はあ？」と互いの声が揃《そろ》う。

「何、その吉原炎上って？」

「何、その八つ墓村って？」

「新台に向かって必死に走ってくる顔が、『祟《たた》りじゃ、祟りじゃ』って走ってくる人に似てて怖

いんだよ。……それより、何、吉原炎上って？」

「そっちこそ、いつも眉毛なくて、怖いんだよ」

「眉毛？　はあ、あるじゃん。ほら」

女がねじり鉢巻を押し上げて、確かにくっきりと描いてある眉を見せつける。

次の瞬間、「浜本《はまもと》さん、どうかした？」と、声は柔らかいが、目が笑っていない店長らしき男性が近寄ってくる。

「いえ、こちらのお客様に今日のお刺身五点盛りの説明を……」

女が睨《にら》むので、つい世之介も、「じゃあ、その刺身の五点盛りと……」と、話を合わせてやろうとしたのだが、

「あ、俺、刺身いらないよ」

と、マイペースなコモロンが口を挟む。

「じゃ、三点盛りで」と世之介。

「だから、俺、刺身いらないって」

「俺が一人で食うよ！」

「では、三点盛りがお一つと……」

「あと、生中と芋のロック。これは俺が一人で飲むから」

なんだかもう誰が味方で誰が敵なのか分からないし、誰が誰の注文をしているのかも分からない。

とりあえずの注文を聞いて、女がいったん下がると、

「今日さ、会社ですげえ嫌な光景、見ちゃってさ……」

と、唐突にコモロンがこの場の主役になろうとする。

「ちょっと……、今の流れ見てなかった？　ここは流れ的に俺が、『いやー、すげえ嫌な女と会っちゃったよ』って、話し始める場面じゃん」

しかし、よほど嫌なことだったらしく、コモロンは世之介の苦情を聞き入れず、カウンターに置かれた醬油やソースをなぜか右から左に並べ替え始める。

「もういいよ、聞くよ」と世之介は折れた。

醬油やソースを元に戻しながらコモロンが話すところによれば、隣の部に万年課長と万年副課長と陰で呼ばれている人たちがいるらしいのだが、その課長の方がこの春の人事で晴れて栄転となったらしい。

ちょうど今日が、自分の机を整理して栄転先に向かう日だったのだが、これまで「万年課長・万年副課長」と、ある意味、コンビ扱いで、傍から見ても仲が悪そうに見えなかった二人が、最後の最後になって、とつぜん互いに罵声を浴びせ合ったのだという。

二人のデスクは、十年近くずっと向かい合っていたらしい。

もちろん最初はお互いの仕事のやり方に対する批判から始まったのだが、途中からは二人とも興奮を抑えられなくなり、「あなたの鼻息がこっちまで届く」だの、「ものを食うときのおまえの口もとを見ると吐き気がする」だのと、それはもう何十年も連れ添った夫婦の離婚前夜のような

有様となり、さすがにコモロンたちもそっと二人だけを残してその場を離れたという。

「ってことはさ、あの人たち、十年もずっと我慢してたんだなあって思って。……十年だぞ。毎日毎日、相手の鼻息とか食い方に苛々しながらそれをぐっと堪えて生きてきたのかと思うと、なんだか俺、せつなくなっちゃって……。これが人生ってことなのかなあって……」

現場を知らない世之介としては痴話げんかのようなことをする中年男二人、という構図が面白くて仕方ないのだが、コモロンが真剣なので茶化すわけにもいかない。

こういう場合、世之介というのは妙に真面目なところがあり、分かったようなふりをして相手に共感したりしない。ただただ、笑いを堪え、怒鳴り合う中年男たちの図が早く頭から去ってくれるのを待つ。

「でもさ、こうやって会社で嫌なことがあっても、ふと世之介のこと思い出すと、なんかほっとするんだよ。無理しなくてもいいよなって。世之介みたいな奴でもちゃんと生きてけるんだもんなあって。強くなった気になれんの」

決して褒《ほ》められているわけではないのだが、それでコモロンの機嫌が良くなるのなら、世之介としては思い出されるくらい別にかまわない。

「どうぞどうぞ、俺で良ければいくらでも思い出して」

世之介がコモロンの肩をポンと叩いたと同時に、カウンターに生ビールがドンと置かれた。


セットしたつもりもない目覚ましが鳴っている。

世之介は寝返りを打ち、枕元の時計を探した。探しながら、「ああ、そうか」とその手を引っ込める。

世之介が暮らしているここ池袋の賃貸マンションは、十二階建てで各フロアに七部屋のワンルームがずらりと並んでいる。名前は「ライジング池袋」というのだが、あいにく全戸北向きで完全に名前負けしている。

引っ越してきたとき、世之介がまず驚かされたのがその部屋の狭さである。ユニットバスや玄関込みで十五平米。間取り図では六・二畳という表記だが、布団を二つ並べると、あとは何も置けない状態になる。

部屋がこれだけ狭いのだから、壁だけ厚いわけもない。

よほどの変わり者でない限り、ベッドは壁際に置く。もちろん世之介もシングルのパイプベッドを壁にぺたりとつけて置いている。そしておそらくお隣さんも同じ壁に反対側からベッドをぺたりとつけている。

深夜になると、壁を挟んで隣人の鼾《いびき》まではっきりと聞こえる。あるときなど、この隣人が電話で、Mという女優がヌード写真集を出すらしいよ、と話しており、思わず、

「え？　うそ？」

と、世之介は声を返してしまったこともあるし、寝返りを打ったときなど、自分の足が壁の向こうに入ったと思い、

「あ、すいません」

と、寝ぼけて謝ったこともある。

要するに、今、耳元で鳴っている目覚ましは、隣人の時計なのである。

世之介は布団をかぶって目覚ましが止まるのを待った。ちなみに管理人さん情報によれば、隣人は池袋のオシャレサロンで美容師をやっている友永《ともなが》くんという人で、世之介は引っ越してきて数日後に、外廊下で会って話しかけられている。

「あのー、言いにくいんですけど、このマンション、壁が薄くて……」

初対面の挨拶《あいさつ》もなく、隣人が言う。

「はあ……」

「……で、なんていうか、エロビデオの音なんかも聞こえてきて……。あ、というか、実は俺も、引っ越してきたときに逆隣《ぎゃくどなり》の人から注意されたんですけど……」

世之介は絵に描いたように赤面していた。まえの晩に見たエロビデオが浮かんできて、

「あ、あの……、違うんです。ああいう趣味があるわけじゃなくて……」

と慌てるが、

「あ……、いや、ジャンルとかは別にいいんですけど」

と、隣人も居心地悪そうに早口になる。

「いや、でも違うんです。普段はもっとこう、ちゃんとしたというか、人に聞かれても恥ずかしくないような物を見てるんですけど」

「で、ですから、そういうのは別に……」

「いや、でも、本当に違うんですって。昨日はたまたまちょっと魔が差したというか……」

焦れば焦るほど、自分が珍妙な男になっていくのは分かっていたが、ここで相手に去られると、そういう趣味がある男だと思われてしまうので世之介も引くに引けない。二度と顔を合わせないで済むならいいが、薄い壁の向こうに自分のことを変態だと思っている人間が暮らしていると思うと、いつの日か自分で自分を変態だと認めてしまうような気さえする。

焦る世之介をよそに、隣人は逃げるように自分の部屋に入る。

「ちょ、ちょょっと待って下さい」

と、世之介は声をかけるが、閉まったドアの向こうでガチャリと鍵がかけられる。よほどチャイムを押そうかと思ったが、それでは更に印象を悪くする。

世之介は、「違うんです……」と呟き、肩を落として部屋に戻るしかなかった。

以来、廊下やエレベーターでたまに会い、世之介が話しかけようとしても、

「あ、大丈夫です」

と、この隣人は律儀に手刀を切って逃げていく。

寝起きの悪い隣人がやっと起きたようで、目覚ましが止まった。

ずっと止まるのを待っていたので、なぜか世之介もそのタイミングで、よいしょ、と体を起こしてしまい、「あ、そうか、寝てていいんだ」と気づく。

しかし再び寝ようとするが、今度は空腹で眠れなくなる。

世之介はベッドを下りて、カーテンを開けた。通りを挟んだ向かいのビルが予備校なので、ず

らりと並んだどの窓にも熱心に授業を受ける予備校生たちの姿がある。

世之介は大欠伸《あくび》をしながら狭いベランダへ出た。手すりから階下を覗《のぞ》き込むと、管理人の上原《うえはら》さんが悪い左足を引きずりながら植え込みの掃除をしている。

この管理人さん、マンション一階の管理人室に若い奥さんと暮らしている。おそらく管理人さんは定年退職後の六十代なのだが、その奥さんがまだどう見ても二十代前半である。

当初、世之介はてっきり仲の良い父娘だと思っていた。

しかしいくら仲が良くても、休日に手を繋いで出かけたりはしないだろうし、夕方、近所の赤札堂の食材コーナーで大蒜《にんにく》を選びながら、「一個でいいよー」「まとめて買っとこうよー」などと言いながら肩をぶつけ合ったりもしないと思われ、とすると、年の離れた夫婦以外では、かなり無理があるが、異常に仲の良い漫才コンビ（?）くらいしか思いつかない。

実際、この若い奥さんはイタズラ好きで、せっかく管理人さんが掃いた場所にわざとゴミを落として笑っている。そういうとき、この管理人さんは目尻を下げ、

「だから、やめなさいって!」

と、関西風のツッコミをすることがある。

せっかく早く起きたので、夕方からのバイトまでの時間を有意義に過ごそうと、世之介は身支度を済ませると部屋を出た。ただ、そういうときに限って、エレベーターが故障しており、十階から一階まで非常階段を下りるはめになる。

一階には管理人さんがおり、

「また故障ですか？」

と、世之介が声をかけると、

「業者の人、すぐ来ますって。でも、良かったじゃない。帰ってきたんじゃなくて、出ていくときで」

と、呑気なことを言う。

管理人さんに見送られ、「いってきまーす」と、世之介はマンションを出る。

向かいの予備校のまえでは学生たちがたむろし、ちょっとした小火《ぼや》くらいのタバコの煙が上がっている。

世之介は通りを渡って路地に入った。道路拡張のための立ち退きが進んでいるような、進んでいないような微妙な風景で、虫食い状態で空き地になっている中、これから張り切って商売します！　という雰囲気のラーメン屋が新装開店していたりする。

世之介が通っている床屋はこの一画にある。理容師が少し怖いことに目をつぶれば、界隈では一番安く、あまり混んでいないのでいつ行ってもすぐに刈ってもらえる。

床屋に入るまえに、新装開店のラーメン屋で一押しの塩らーめんとメニューの末席にあった長崎チャンポンと迷い、郷土愛に負けてチャンポンを注文したのだが、一口スープを啜《すす》った瞬間、「ああ……」と項垂《うなだ》れた。

残念な昼食のあと、床屋に向かった。虫食いの空き地に張ってあるロープを跨《また》いで近づいていくと、床屋の店先で爪先立ちして、何やら中を覗いている女がいる。

きっと店内の彼氏か旦那が出てくるのを待っているのだろうと、気にもせずに近づくと、その足音に女が振り返る。

目が合った瞬間、お互いに、「え?」と声を上げた。

西口の居酒屋の店員でパチプロの吉原炎上だった。「ええ?」と、改めて露骨に嫌な顔をした世之介に、あちらも「ええ?」と、更に顔を歪《ゆが》める。

中に知り合いでもいるのだろうと世之介は店内を覗いたが、客は一人もおらず、いつもの強面《こわもて》の理容師が退屈そうにテレビを見ている。

世之介は少し距離を取ったまま、女と対峙した。女の髪はいわゆるショートカットで、運動部の女の子のように味気ないが、とはいえ、年頃の女の子がこんな床屋で髪を切るわけもない。ちなみに、格好もまさに運動部女子の休日スタイルで、そこの赤札堂で買ったとしか思えないノーブランドのジャージに、長年履かれ過ぎて悲鳴を上げているようなサンダルを履いている。

この辺まで女を観察して、「ああ」と世之介は一人納得した。

かなり年は離れているが、あの強面の理容師が彼氏か何かなのだ。

訳知り顔でニヤける世之介を、気味悪そうに女が睨みつけてくる。とにかく鼻っ柱の強い女で、世之介が視線を逸《そ》らすまで、絶対に自分は外そうとしない。その小憎たらしさといったらない。

根負けして世之介は店に入ろうとした。と、その瞬間、

「あんた、いつもここで切ってんの?」

と女が声をかけてくる。

「ええ、さようですけど」

昔から世之介は腹を立てると、なぜか妙な敬語になってしまう。

「カットするときって、どうやって頼むのよ」

やけに高圧的な口調で、その上、質問の意味も分からない。

「はい？」

と、世之介は心底バカにしたように首を傾げた。

「だから、あんたはいつもなんて言ってカットしてもらってんのかって聞いてんの！　耳ついてんの？」

「それが人にものを尋ねる態度でしょうかね」

「面倒臭いな」

「はあ？」

「もういいよ」

この辺りで会話が聞こえたのか、店内の理容師が様子を見にきた。一瞬、あ、マズいと思ったが、

「どうかしました？」

と、まったく敬語に聞こえないイントネーションで顔を出した強面の理容師に、吉原炎上と面識がありそうには見えない。

「あ、いいえ、別に」と、世之介は応えた。

理容師が、「何か?」と、今度は女に目を向ける。

「いえ、別に」

女は強面の理容師にも態度を変えない。

いつまでも付き合っていられないと、世之介は二人を残して店内に入った。

いつもの椅子に座るまえに本棚から週刊誌を抜き取る。今日は店主のおばさんは休みらしく、いつも着ているピンク色の作業着が壁にかけてある。

しばらく外で女と話をしていた理容師が戻ってきたのは、世之介が週刊誌のグラビアを眺め終えたころだった。

外へ目を向けると、女の姿はすでにない。

「いつも通り?」

理容師に聞かれ、「はい」と世之介は頷《うなず》いた。

わりと常連だが、髪を刈ってもらっている間に言葉を交わしたことはない。以前、店主のおばさんだけだったときに、ものすごく遠回しな言い方で、この強面の理容師が刑務所で理容技術を習得してきたことを教えてもらった。以来、世之介は目も当てられない偏見だとは分かっていながらも、もみあげや襟首《えりくび》を剃《そ》ってもらうとき、その剃刀《かみそり》でスッと首を掻《か》き切られる妄想に脅えることがある。

だが、実際には掻き切られるどころか、この理容師に刈ってもらうと、とにかくすっきりして気持ちがいい。それこそ一昔前のヤクザ映画を見たあとではないが、彼に髪を短く刈ってもらって外へ出ると、なんとなく肩で風を切って歩きたくなる。

目をつぶり、心地よいバリカンの音を聞いていると、ふと声がした。普段、強面の理容師は話しかけてこないので、空耳かとも思ったが、

「丸坊主にしたいんだと」と聞こえる。

世之介は目を開けた。鏡の中で理容師と目が合う。意味が分からず、

「え？」

と、世之介は首を傾げた。すぐに理容師がその角度を戻す。

「だから、丸坊主にしたいって」

理容師の言葉に、

「え？　僕ですか？　僕はいつもと一緒で……」

「違うよ、お客さんじゃなくて」

「ああ、あなたが？」

すでに五分刈りの理容師に、鏡の中でぎこちなく微笑《ほほえ》んでみる。

「違うよ。だから、今の子。さっき外にいた、あんたの知り合い」

「ああ、彼女。知り合いじゃないです。……え？」

鏡の中で三たび目が合った。沈黙が流れる。普段はずっと流れている沈黙だが、たまに会話をしたあとだと、かなり居心地が悪い。

「……らしいよ。俺みたいにしたいんだと。……ただ、ちょっとまだ決心がつかねえって」

世之介は鏡の中でじっと理容師を見つめていた。

さっぱりとしたその五分刈りの頭の下には、元ヤクザにしか見えない顔がある。そこにさっきの吉原炎上の顔を当ててはめてみる。

艶《つや》っぽい尼《あま》さん？

まあ、悪くはないが、わざわざそんな姿になりたがる彼女の気持ちが分からない。

理容師もまた、自分なりに想像を巡らしているようで、首を傾げたり、納得したように頷いたりしている。

「多いんですか、そういう女の人？」と世之介は尋ねてみた。

「いやー、俺は初めてだね」

「ですよね。僕も聞いたことないですもん」

「何が考えられるよ？」

やはり理容師も世之介と同じで何か答えが欲しいらしい。

「僕は、普通に尼さんを想像したんですけど」と世之介は言った。

「ああ、それは俺もした。でも、出家するなら寺で剃るだろ。何もこんなラブホ街の床屋で刈ることたぁない」

「ですよね」

今度は理容師が答える番だが、特に用意している答えはないらしく、いつもと変わらぬ無言の作業に戻っていく。

世之介も仕方なくいつもと同じように目を閉じる。

ドアベルがチャリンと鳴ったのは、洗髪も終わり、仕上げの天花粉《てんかふん》をうなじに叩いてもらっているときだった。

「いらっしゃ……」

そこで理容師の手の動きが乱れ、耳元で天花粉を叩かれて世之介は咳《せ》き込んだ。

店に入ってきたのは、なんと吉原炎上だった。鏡越しに目が合い、珍しく会釈するので、世之介も一応頭を下げた。職業病なのか、すぐにその頭を理容師が戻す。

「いらっしゃいませ。こちら、すぐ終わりますから」

理容師に声をかけられた吉原炎上が、「はあ」と顎を突き出し、店主のおばさん手作りのキルトがかけられたソファに座る。

「はい、お疲れさま」

理容師に肩を叩かれ、世之介も我に返る。立ち上がろうとするが、なぜかその肩から理容師の手が離れない。離れないどころか、更に押さえつけてくる。

「……ほんとに五分刈りにする気かな？」

いつになく心細げな理容師に耳元で囁《ささや》かれ、

「し、知りませんよ……」と、世之介も心細げに応える。

「お客さん、ちょっと残っててよ」

「え？……だって、……このあとバイトが」

「何時から？」

「五時」

「じゃあ、まだ時間あるよ」

いつの間にか、表情がいつもの強面の理容師に戻っている。

世之介はちらっと鏡越しに吉原炎上を見た。決して親しい間柄ではないが、それでもこれまで何度か会ってきた中で、一番緊張しているのが分かる。

次の瞬間、鏡の中で目が合った。いつもは挑戦的なくせに、なぜかその目が少しうるんでいるように見える。

こちらの話も聞こえていたはずで、その上でこの目を向けてくるというのは、きっと彼女も世之介に残ってもらいたいのである。人間には、役に立たなくてもいいから、誰かそばにいてほしいときがある。

五月　五月病

「それで、似合ってたの？」

　ネギマのネギだけを串から外しながら、ほろ酔い加減で世之介に質問しているのはコモロンである。いつものように、今日の夕方、世之介から、

「今夜、行っとく？」

　という飲みの誘いがあり、こちらもいつものように二つ返事でやってきたのである。

　コモロンが串から外したネギを、世之介は箸で摘《つま》んで口に放り込む。ちなみにネギマを頼むのはいつもコモロンで、ネギが嫌いなら頼まなければいいのに、といつも世之介は注意するのだが、

「焼き鳥と言えば、ネギマなんだよね。ネギ嫌いだけど」

　と、コモロンは譲らない。

「で、似合ってたの？」

　今度は肝に手を伸ばしたコモロンが、少し焦《じ》れたように訊くので、

「気になるの、そっち？」

　と、世之介は呆《あき》れた。

「そっち以外、どっち？」

コモロンも譲らない。

「いや、普通さ、『若い女の子が目のまえで五分刈りにしたんだよ』って話を聞いたら、まず、なんで五分刈りにしたんだろうって方が気にならない？」

「ああ、そうだ。なんで五分刈りにしたの？」

「いや、だから、その理由は俺にも分からないんだって」

「で、似合ってたの？」

結局、そこが知りたいらしい。

「いや、まぁ、似合ってた……かな」

まぁ、世之介も答えたくないわけでもない。

「へぇ、似合ってたんだ」

「うん、似合ってたね、あれは」

あれからまだ三日しか経っていない。いや、もう三日もまえなのに、ついさっき見てきたようにも思える。

例の床屋で、散髪を終えた世之介と交代に、例の吉原炎上が椅子に座ったのである。ちなみにすれ違うとき、

「あんた、名前、なんて言うの？」

と、唐突に彼女から訊かれ、

「横道だけど、横道世之介」と世之介は答えた。

先に反応したのは強面の理容師の方で、

「ほう、浪人みたいだな」と笑う。

そこは普通に侍でいいんじゃないかと思いはしたが、これ以上、話をこじらせてもどうかと思い、敢《あ》えて触れずにソファに座った。

実際、現場には果たし合いのような緊張感が漂っていた。五分刈りにしたい女、五分刈りにしていいのか悩む理容師、そしてそのすべてを見届けようとする世之介。

この場合、五分刈りを「仇討《あだう》ち」に置き換えてもらえると分かりやすいと思われる。

とにかく、凄まじい緊張感の中、

「私、浜本」

と、女が自己紹介して席に着く。しばらく待ったが下の名前を言うつもりはないようだった。

椅子に座ってしまうと、浜本は覚悟を決めたらしかった。

「お願いします」

と、まさに果たし合い的な物言いをする。

「どういう理由か知らないけど、本当にいいの？」

理容師の言葉に、「はい」と頷く。

「髪はさ、ほら、またすぐに伸びるから」

普段無口な理容師もさすがに饒舌《じょうぜつ》になる。

「いくよ」「はい」「ほんとにいくよ」「はい」「バリカンだよ」「はい」なんて会話が繰り返され、さすがの世之介も焦れったくなったころ、ジーッと浜本のうなじにバリカンが入った。

バリカンが後頭部を剃り上がり、黒髪がザクリと落ちる。刈られたあとの生肌は痛々しいほどに青く、ひんやりして見える。

あっという間のことだった。最後に残っていた前頭部の髪が落ち、鏡の中には、さっき店に入ってきた人物とは、まるで別人が座っている。

気のせいか、さっきよりも目がつぶらで大きく見えた。ピンと張った耳も逆に女の子っぽい。

「お客さん、頭の形がいいから似合うよ」

理容師の言葉に、思わず世之介も頷いた。

その後、シャボンをつけて、うなじやもみあげを剃ってもらい、慣れぬ前屈みの洗髪に少し戸惑っていたが、浜本は無事に五分刈りになった。

料金を払い、礼を言って店を出ていく。すでに店の者のようなつもりでいた世之介もそこで慌てて料金を払って、あとを追った。

店を出ると、浜本が立っており、

「悪かったね」

と、しおらしいことを言う。

「いや、別に俺はいいけど」

「知り合いに一緒にいてもらって、ちょっと心強かった」

「別に知り合いでもないけど」

「何年も迷ってたんだよね」

浜本がそう言って青々とした自分の頭を撫《な》でる。

「気持ちいいでしょ？」と世之介は笑った。

「うん、気持ちいいね」と笑い返してきた浜本が、「じゃ、また」と歩いていく。

「うん、じゃ、また」と世之介も手を振った。

振り返った浜本が、パチンコを打つ仕草《しぐさ》をしてみせる。


「俺さ、会社辞めようかと思って」

目のまえでコモロンが、間違えてタレで頼んだつくねに塩をふっている。

「コモロン、俺の話、聞いてた？」

「え？」

「え？　って……、五分刈りの女の話、興味なかった？　それならそれで、先に言ってよ。俺、結構、喋《しゃべ》ったよ」

世之介は腹立ち紛れにコモロンの手から塩を奪った。

「あ、ごめん」

「いや、別にいいけどさ」

「なんかさー、ゴールデンウィーク終わってから、まったくやる気が出なくて」

本当に五分刈りの女の話は終わるらしい。

「コモロン、それさ、去年も言ってなかった？　入社してすぐのころ」

「そうだっけ？」

「そうだよ。……というか、コモロンってさ、暦《こよみ》通りだよね」

「暦通り？」

「だって、そういうの五月病っていうじゃん」

「ああ」

「仕事、辞めれば。まえから思ってたけど、コモロン、証券会社に向いてないよ」

「じゃ、何に向いてる？」

「……うーん、カブ繫がりで言えば、農業？」

「あっ……、それ、ピンときた」

「うそ？」

世之介は改めてコモロンを見つめた。毎年、暦通りに五月病になるのならば、その体が自然と一体であると考えられなくもない。

「このネクタイの柄、蛙《かえる》だったんだ？」

世之介はふと気づいて、コモロンのネクタイを引っ張った。

「えー、今ごろ気づいたの？　俺、いっつもこのネクタイじゃん」

ネクタイの上で、小さな蛙が右に左に飛び跳ねている。

居酒屋のまえでコモロンと別れた世之介は千鳥足《ちどりあし》で歩き出した。今夜は生レモンサワーからスタートして、ライム、グレープフルーツ、巨峰、シークァーサーとフルーツ系サワーを制覇し、更にゆずハチミツ、プラムマンゴー、玉露入り緑茶割りまできたところで、飲み放題の時間切れとなった。品数は多いが、小ジョッキサイズなので、最初のころなど届けられた瞬間に、もう次の酒を頼むようなペースであった。

ここ最近、世之介たちは目立って酒量が増えている。幸い、コモロンのように入社時に買ったシャツのボタンとボタンの間が、ひよこの嘴《くちばし》のように「ピヨピヨ」と開いているわけではないが、それでもたまに銭湯で鏡のまえに立つと、生《なま》っ白《ちろ》い腹だけがぽこんと出てきている。

「明日から腹筋やろう」

そのたびに世之介は腹をパチンと叩く。ただ、翌日までその気持ちが続いたことがない。

いい具合に酔った世之介は、まだまだ騒々しい金曜日の西口歓楽街から機嫌良く自宅マンションへ向かっていた。

何のお祝いか、雑居ビルのまえで同僚を胴上げしているグループがいる。と思えば、嫌がる女の子たちを男子たちがスクラムを組んでカラオケ店に押し込んでいる。

世之介は楽しげな彼らを羨ましそうに眺めながら一つ通りを渡った。渡った途端、少し静かになる。

この道をしばらく進んで行くと、時代に取り残されたような巨大キャバレーがあり、覚せい剤の受け渡し場所にしか見えない大きな駐車場があり、その先がネオンきらめくラブホテル街となる。

　この駐車場の手前で、世之介はひょいと左折する。そしてそのままますぐに歩いていけば、狭いながらも楽しい我が家「ライジング池袋」がある。

　途中、イートインのあるコンビニがあり、世之介は立ち寄った。イートインにはいつものように、南米や中国からの娼婦《しょうふ》たちがたむろしており、ある者はカップラーメンを啜り、ある者は化粧を直している。

　世之介が入っていくと、とりあえず一番近い娼婦が声をかけてくる。

「お兄さん、遊ぶ?」

　ただ、明らかにやる気はなく、もし仮に世之介が「遊ぶ」と応えたところで、再びラーメンを啜り出し、そこでやっと気づいて、

「え? 遊ぶの?」

　と、面倒臭がりそうな雰囲気である。

　今ではすっかり慣れてしまったが、初めてのときはさすがに世之介も舞い上がった。薄暗い路地で美人に手招きされ、何の疑問も持たずに近寄って、

「お兄さん、今、ヒマ?」

　と訊かれるやいなや、
　え? 逆ナン? ええ? これが噂の逆ナン?

と舞い上がってしまい、

「ええ、多少なら時間ありますけど」

と、ちょっと良い男ぶってしまったのだ。

ただ、当然、相手はその後すぐに値段交渉に入る。たった今、七十円の差額が惜しくてプレミアム肉まんを諦めてきたばかりの世之介に、もちろん相手の言い値など払えるわけがない。

「時間ないんで」

さっきあると言った口でそう応え、逃げるようにその場をあとにしたのである。

コンビニで夜食用のハンバーグ弁当を買い、店を出ようとすると、また別の娼婦から、「お兄さん、ヒマ？」とおざなりに声をかけられた。

「ヒマじゃないです」

と、世之介は振り返るが、声をかけてきた本人はもうこちらを見てもいない。

コンビニを出てしばらく歩くと、十字路の牛丼屋からとつぜんカップルが飛び出してきた。

さすがに世之介も何事かと驚いて立ち止まると、いきなり柄の悪そうな男が、女の頬をビンタする。

「ヒッ」

思わず世之介が声を上げた。

「なんで叩くのよ！」

「うるせぇ、殺すぞ、てめえ！」

女が男に摑み掛かっていく。男が容赦なく、女を投げ倒し、その脇腹を蹴る。それもまったく手加減がない。

「あ、ああ……」

世之介はただ呆気《あっけ》にとられて、おたおたした。

そのうち男が女の長い黒髪を鷲摑《わしづか》みにし、

「おら、立てよ、てめえ！」

と引きずり回すと、もう片方の手でその顔をぐしゃりと摑む。

あわあわ、おたおたしながらも、気がつけば世之介は二人に向かっていた。コンビニ弁当を揺らしながら、

「あの、あの……、ちょっと、あの、あの……」

と、二人の間に割って入る。

「なんだよ、てめえ！」

今度は男が世之介の胸ぐらを摑む。いつの間にか、牛丼屋からちらほらと野次馬が出てくる。逆にコンビニの娼婦たちは、警官が来ると思ったのか、早々にどこかへ逃げていく。

野次馬たちの視線が正義の味方として自分に向けられているのを世之介は感じた。

「あの、あの……、暴力は……、あの、あの……」

胸ぐらを摑まれたまま、世之介は上ずった声で抗議した。それでも無意識に、これ以上女性に危害が加えられないように立ち位置を変えた。

しかし男が足を伸ばして、女性の頭を蹴ろうとする。

「やめろ！」

世之介は思わず怒鳴って男の肩を押した。手からコンビニ弁当が離れ、野次馬たちの方へ飛んでいく。たまたま男が片足を上げており、バランスを崩して植え込みに倒れ込む。

ドサッと男が尻餅をつく。

そのときだった。

「やめてよ！」

とつぜん女が怒鳴った。そして助けたつもりの世之介を押し退け、尻餅をついた男の元へ這《は》っていく。

「何すんのよ！」

女が世之介を睨み上げる。憎しみに満ちた目だった。

世之介は何がどうなっているのか理解できない。自分がしたことと、女の目が結びつかない。

すぐそこにさっき買ったコンビニ弁当が、逆さまになって落ちていた。

●

三十三歳で自分の店を持ってから十五年間、これまで一度も定休日以外に休んだことがない。

開店した翌年に父が死んだ。昔から折り合いが悪かった。たぶん、似ていたのだと思う。お互いに、頑固で、独善的で、人に命令されるのが何よりも嫌いだった。

　いよいよ危ない、という連絡が病院の母から入ったとき、一人で店の仕込みをしていた。予約客にお詫びの電話を入れて臨時休業し、新幹線に飛び乗って会いに行くことは可能だった。実際、母から連絡をもらったときにはそうしようと思った。

「お父ちゃん、これからアンタが嫌いな一人娘が会いに行くから、もうちょっと頑張ってよ」

　と心の中で呟いた。

　ただ、その瞬間、父の声がしたのだ。

「俺のバカ娘なんか来やしねえよ。あいつはな、今、銀座で立派な鮨屋《すしや》やってんだ。女のくせに男たちに交じって何年も修業して、店の大将や先輩たちに、どつかれて、蹴っ飛ばされて、それでも涙こらえて食らいついて、必死の思いで自分の店を持ったんだ。それも銀座に持ったんだ。一流の鮨屋だぞ。そんな大切な店、おっぽりだして、俺のバカ娘が来るわけねえだろ。俺のバカ娘は、そんなやわな女じゃねえんだ」

　気がついたら、涙がぼろぼろと落ちていた。まな板に、包丁に、あとからあとから涙は落ちた。

　高校を中退して鮨職人の修業をしたいと言い出したとき、父は声を上げて笑った。その笑い声を未だにはっきりと覚えている。

　父はテレビを見ていた。巨大大仏が現われて、過疎化した集落の町おこしをするという企画をやっているお笑い番組だった。

「はあ？　鮨屋？　女が握った鮨なんか誰が食いたがるよ」

娘が悩みに悩んだ末に告白した将来の夢を笑った声は、お笑い番組を見ながら響かせていた笑い声とまったく同じだった。

両親には内緒で、地元にあった鮨屋を何軒か回った。弟子入りさせてくれないかと。

どの店も最初は優しくアドバイスしてくれた。

「ウェイトレスさんやりたいなら、こんな店じゃなくて、喫茶店に行った方がいいよ」と。

しかし、そうではなくて鮨職人になりたいのだと説明すると、誰もかれも決まって、少し怒ったような顔になった。

「女の子がやれる仕事じゃねえって。そんな甘い世界じゃねえんだから」と。

高校を卒業すると、東京へ出た。

最初は学校に紹介してもらった小さな印刷工場に入ったが、すぐに辞めた。辞めて、また雇ってくれる鮨屋を探し歩いた。

もちろん職人としては無理でも、お茶くみとしてなら雇ってもらえる店はあった。少しでも近くにいようと、仕方なく働いた店もあるにはあったが、あとから入ってきた男の子がカウンターの向こうに立っているのを見ているだけで悔しくて仕方なかった。

二十歳のころ、チンピラのような男と付き合った。パチンコと競馬で本気で食べていけると思っているようなバカだった。好きだったわけではない。自分より惨めな人間と一緒にいることで、どうにか自分の惨めさを忘れられた。

なのに気がつけば、夢の挫折を埋め合わせるように、自分までパチンコ屋に通うようになっていた。

もともと、がさつで荒っぽい性格だったこともある。荒《すさ》んだ生活は肌に合った。昼間はパチンコ屋で過ごし、週に何度か居酒屋でバイトをする。

ああ、こうやって生きていくんだ、と簡単に将来が想像もできたし、そんな人生が気楽にも思えていた。

ああ、もうこれでいいや、と。


「浜本さん、じゃあ、僕、これ持って店に戻りますんで」

小さなベランダから街並みを見下ろしながら、気がつけば昔のことを思い出していた。

自分の店を持って十五年、今日初めて定休日以外の休みを取る。

狭い玄関で段ボールを抱えたまま、弟子の内海《うつみ》が靴を履いている。無精なのか、せっかちなのか、うまく履けないのであれば、いったん段ボールを置けばいいのに、無理に体を捩《ねじ》って、なかなか入らない踵《かかと》を靴に入れようとする。

「内海くん、店に運んだら全部冷蔵庫に入れといて。入らなかったら、中のものをちゃんと整理して」

「はーい」

「はーい、じゃなくて、ハイッ！」

「ハイハイ！」

「一回！」

「あ、ハーイじゃなくて……、ハイ！」

やっと履けたようで、重い段ボールにふらふらしながら内海が出ていく。三年前に買ったこのマンションから銀座一丁目の店までは自転車で十五分とかからない。無理をしてローンを組んだのだが、人間、覚悟を決めてしまえば神様も味方をしてくれるらしく、ここに越してからというもの、「女が握る鮨」というような珍しがられる特集ではなく、きちんと鮨を評価してくれる雑誌などに取り上げられるようになっている。

またベランダに戻ると、エントランスから内海がふらふらと出てくる様子が見下ろせた。腰が据わらないというか、重心が高いというか、とにかく見ていて安定しない。その様子が面白くて、なんとなく眺めていると、のんびりしているようで第六感は働くのか、ふいに立ち止まってこちらを見上げる。

「浜本さん、これからマラソンの応援に行くんですよね？」

内海が大声で聞いてくる。

「そうよ！　知り合いが出てるの！」

「ですよね！　ほんとにすごいなー。知り合いがオリンピック選手なんて」

「でしょう！」

「どの辺で応援しますか？　僕もあとで見に行きます！」

横断歩道を後ろ向きに渡っていた内海が転びそうになる。

バイトの情報誌を見て内海が面接にやってきたとき、「うーん、不採用かな」と思った。何がどう悪いというよりも、逆にここいいな、と思えるところが一つもなかった。もちろんたかだか数分で初対面の相手の何が分かるのかは疑問だが、とにかくピンとくるものがなかった。

型通りの面接を終えて、店の入口で送り出したのだが、その瞬間、すでに開いている引き戸を、内海が改めて開けようとしたのだ。

ああ、この子、緊張してたんだ、と初めて気づいた。というよりも、あまりにも緊張し過ぎていて、ちょっと怒っているようにも見えていた。

段ボールを抱えて路地に入っていく内海を見送って、部屋に戻ろうと振り返った。サッシ戸に自分の姿が映っている。

なんとなく頭を撫でた。長くはないが、もちろん今はもう丸刈りではない。

なぜか笑いが込み上げてくる。

どこで鳴いているのか、蟬《せみ》の声がする。

空を見上げると、徐々に晴れ間が広がっている。早朝に降った雨のせいで、今朝はいくぶん涼しいが、このまま晴れて気温が上がれば、逆に蒸してマラソンには過酷な状況になるかもしれない。

つけっ放しのテレビで、スタート時間に近づいた神宮外苑《じんぐうがいえん》の新国立競技場の模様が流れている。

「あ、日吉亮太《ひよしりょうた》選手の姿もありますね。あれは……ケニアでしょうか、ケニアの選手となにかとても楽しそうに話してますね」

「ほんとですね。日吉選手は今朝もいつも通り、ごはんを二杯、豆腐と油揚げのお味噌汁を二杯、それに目玉焼きと焼き鮭に、ひじき、きんぴら、海苔《のり》の佃煮と、たっぷりの朝食をとったそうで、まったく緊張してないみたいですね。とにかく日吉選手はいつも明るくて、面白くて、気がつくと、みんなが日吉選手の周りに集まってくるようなキャラクターなんですが、今回の東京オリンピックの選手村でも早速人気者になっているみたいで、海外の選手たちが日吉選手と笑い合っている動画を YouTube なんかにたくさん投稿しているみたいですよ」

丁寧で心のこもった解説で定評のある元マラソン選手の女性解説者が、とてもあたたかい口調で日吉亮太を紹介している。

画面には確かに楽しそうにケニア人選手と談笑している彼の姿が映っており、その笑顔を見ているだけでこちらまで顔がほころんでくる。

今回の東京オリンピックの男子マラソンには三人の日本人選手が出場する。

タイムや実績をみれば、日吉亮太は三番手の選手となる。まず、現在の日本記録を持つエース森本淳司《もりもとあつし》選手がおり、次に一万メートルから転向してきた弱冠二十二歳の大野功輔《おおのこうすけ》選手がベストタイムでは続く。

本来ならこの次に、国内の選考レースで三位となった道下公也《みちしたこうや》選手が代表となるはずだったのだが、運悪く正式発表の直前に乗っていたバイクで事故を起こしてしまい、全治六ヵ月の複雑骨折のために、泣く泣く辞退となった。

そこで繰り上げ当選となったのが、今年三十歳になる日吉亮太だ。

「……この日吉亮太選手ですけれども、とてもお母さん思いの選手で、今回もとにかく完走して、ゴールで待ってくれている母を喜ばせたいと言っていましたね」

「では、お母さまも今、このスタジアムのどこかでこれから走り出す息子さんを応援していらっしゃるんでしょうね」

「日吉選手のお母さまにも、何度かお会いしたことがあるんですが、とってもきれいな方なんですよ。ただ、昔から陸上に対しては厳しかったみたいで、日吉選手が中学生になってメキメキとタイムを上げて全国でも注目され始めたころからは、本当に二人三脚でここまでやってきてますからね」

日吉亮太の母、日吉桜子《さくらこ》が映らないかとテレビに近寄った。

カメラはしばらく満員の観客席を映していたが、結局、たった今始まったトラック競技に切り替わった。

考えてみれば、日吉桜子と付き合いがあったのはもう二十七年も前のころになる。不思議な出会いで、不思議な付き合いだったし、その後はまったく会わなかった。

それが今回、亮太がオリンピックのマラソン代表になったという報道の中で、母親の桜子も取り上げられていた。

雑誌に出ていた桜子は、昔と変わっていなかった。いや、二十五歳の女性が五十二歳になっているのだから、もちろん変わっているのだが、すぐに気づいた。

親友というわけでもなかった。ある一時期を一緒に過ごしたことがあるだけの人だった。それでも、懐かしくて、嬉しくて、その写真に触れていた。

出がけになって、電話が鳴った。テレビを消そうとしたときだった。

日吉亮太が出場するマラソンのスタートまで間があったし、スタートしても神宮外苑の新国立競技場からここ銀座まではまだ時間がかかる。

携帯を手に取ると、磯子直也《いそごなおや》と出ている。

「もしもし」

長話になるだろうと、とりあえず居間へ戻って電話に出た。

「もしもし、磯子です。このまえはお忙しいのにお時間いただいてありがとうございました。今、少しお電話大丈夫ですか？」

「ええ、大丈夫なんですけど、このあとちょっと、マラソンの応援に」

「マラソン？　ああ、オリンピックだ！　今日でしたか」

「そうなんですよ。あれ、磯子さん、今……」

「ニューヨークなんですよ。だから、せっかくの東京オリンピックも、昼夜逆転中でまったく見られてないんですよ」

この磯子はアメリカの大手ホテルチェーンFのスーパーバイザーで、環太平洋地区を仕切る立場にある。

「……お友達の息子さんがマラソンに出られるんですよね？」

「そうなんですよ。だからもう、今日は朝からなんだか落ち着かなくて」

「そりゃ、楽しみだ。すぐスタートですか？」

「いえ、まだあと三十分くらい」

「じゃあ、私も、こっちから応援しますよ」

一年後、磯子が担当しているFホテルが東京の丸の内にオープンする。この数年の間に東京オリンピックを当て込んで都内には数多くの高級ホテルがオープンしたが、時期的にも、コンセプト的にも、それらホテルとは一線を画すものになるという。

本来、Fというアメリカのホテルチェーンは空港ホテルとして発展してきた。そのため、世間的には実用的なホテルというイメージが強い。しかし今回、東京の丸の内という世界有数の立地に、これまでのFホテルのイメージを革新するようなラグジュアリーホテルを作るという。そして、そこに「鮨はまもと」の出店を頼まれているのだ。

「……実はすでに別の日本料理屋さんの出店が決まっていたんです」

初めて会ったとき、磯子は正直にそう言った。もともと、あまり興味のない話だったし、断るつもりで出向いた会食だった。

「……すでに各方面の了解も取っていましたし、ここでひっくり返すのは相手にもかなり無礼だということも分かっていたんですけどね」

すでに決まっていたという日本料理屋は、それこそミシュランで何年も続けて星を取っている有名店で、かつ、二年後の予約も難しいと言われる人気店でもあった。

「……でも、私の一存で契約をひっくり返しちゃいました」

磯子はそう言って微笑んでいたが、今後、裁判沙汰になる可能性もあるという。

せっかく決まりかけていた超有名店の出店を、とつぜん磯子が取りやめたのは、この店内である光景を目にしたせいらしかった。

その日、磯子は友人とこの店で食事をとっていた。カウンターはいつものように満席で、評判通りの料理に、客たちも満足そうだった。

そんなとき、あることが起こった。

磯子たちの隣に若い夫婦がいたのだが、その奥さんのバッグに給仕の女性が水をこぼしてしまったのだ。

幸い、盆の上にこぼれた水が更にこぼれただけなので、そう量は多くなかったが、運悪くバックスキンのバッグだったため、そのあとがくっきりと残った。

磯子はこの若い夫婦にとても好感を持っていた。何かの記念で、かなり奮発してこの店を訪れているらしく、少し緊張気味ながらもミシュランで星を取っているレストランでの食事をとても楽しんでいた。

水がこぼれた瞬間、店内に緊張が走った。カウンターに十人ほど、決して広くない店内がことの成り行きを見守った。

とうぜんこぼした給仕の女性は平謝りする。少し顔にもかかったのか、慌ててハンカチを出した若い奥さんが、まず自分の顔を拭き、すぐに濡れたバッグに当てる。

「大丈夫？」

若い旦那さんも気の毒なほど慌てていた。慣れぬ高級料理店で騒いでしまっている自分たちの方を申し訳なく思っているようだった。

磯子はてっきり、その場にいる店主が何か声をかけるものだとばかり思っていた。しかし、店主ははっきりと見ていたにもかかわらず、一切声をかけない。

「すみません、すみません。大丈夫でしたか？」

平謝りする給仕の女性に、若い夫婦も早くこの場を収めたいのか、

「大丈夫です。大丈夫です」と慌てている。

どう見ても大丈夫ではなかった。濡らされたバッグが、買ったばかりのものだという夫婦の話を、磯子も、そして店主も聞いていたはずだった。

結局、店主は最後までこの二人に声をかけなかった。もちろん、帰るときには「ありがとうございました」と通り一遍な礼は言ったが、水をこぼしたことについては触れなかった。

後日の打ち合わせのとき、磯子はこのときの話を店主にした。店主はすでに忘れているようだった。

「そんなことありましたっけね」

首を傾げる店主に、

「ありましたよ。私が伺った二週間前」

と、磯子も譲らない。

すると店主は笑ったという。

「ああいうのは、ほら、店主が対応すると、弁償しろだとかなんとか、面倒なことになるんですよ。そうなると、本来より高い金額言ってきたりして。金の斧《おの》と銀の斧じゃないけど。あはは」

その瞬間、自分のクビが飛ぼうと、裁判沙汰になろうと、この店との契約は破棄しようと磯子は思ったという。自分たちが必死に作ろうとしているホテルのレストランに、こんな人間を立たせたくはないと。


「……それで、今日お電話したのは先日の打ち合わせで浜本さんから出された条件について、上ともいろいろと相談しまして、一応の結果が出たものですから……」

耳に戻った磯子の声を聞きながら、少し申し訳なく思う。

もともと、今回の誘いを受けるつもりはなかった。もちろん魅力的な話だし、やってみたいという気持ちもなくはないのだが、正直なところ、店主が嫌な人間だったにしろ、何年も連続でミシュランの星をもらっている店の代わりを自分が務められる自信もない。

だからこそ、断るつもりで、いろんな条件をつけた。もちろん磯子に嫌がらせをしたかったわけではなく、こういう条件が揃えば、どんなに良い鮨店になるだろうかという自分なりの理想を語り出して、そのまま止まらなくなったのだ。

「……それで、結論から申し上げますと、今回、浜本さんの条件をすべて飲んででも、やはりうちのホテルに、『鮨はまもと』を出していただきたいと思っております」

一瞬、耳を疑った。

「え、でも……」

「ランチがないとか、いやー、ホテルとしては致命的ですよ。それにキャパがカウンターの十人のみ。でも、やっぱりやってほしい」

「そんな……、磯子さん、ご無理なさったんじゃ」

「嘘ついてもあれですから申し上げますと、かなり、いや、これまでこの仕事をやってきて、最大限の無理をしました」

磯子の嬉しそうな笑い声を聞きながら、ふと気づく。

自分は初めて会ったときから、きっとこの磯子という人を信頼していたのだと。

そしてその気持ちが、なぜかとても懐かしく思われる。

つけっ放しだったテレビではスタート前の日吉亮太たち日本選手の姿が映っていた。三選手とも晴れやかな表情で、これから始まるレースを心待ちにしているように見える。

「私、やらせてもらいます。磯子さんの期待に応えられるように精一杯やります」

気がつくと、そう応えていた。

磯子はしばらく無言のままだった。そしてゆっくりと息をつき、

「よかった。……浜本さん、ありがとう」と言ってくれた。

マンションから自転車で応援場所に向かった。今回のマラソンコースが発表されたときから考えに考え抜いて選んだ場所だった。

当初はスタートとゴール地点となる新国立競技場のチケットをどうにかして取ろうと考えた。ただ、途中で気が変わった。

自分が亮太を応援するのに一番ふさわしい場所は、やはりここ銀座でなければならないと思えたのだ。

必死な思いで五分刈りにして、どうにか働かせてもらえることになったここ銀座の店で、もう涙など流れなくなるほど、いじめられた。

いじめられた。

たった六文字。このたった六文字がどういうものかは体験した者にしか分からない。

冬晴れの青空の下、自転車で隅田川に架かる橋を渡り、マラソンコースになっている銀座四丁目の交差点へ向かう。

すでに銀座界隈のコースにも規制線は張られているが、まだ選手たちの到着には時間があるので、見物人も少ない。

少し離れた公園に自転車を停め、前々から決めていた交差点に立った。事前の情報通り、目のまえの商業ビルにある大画面で、まさにスタートが切られようとしているマラソンが生中継されている。

先ほど自宅から店へ荷物を運んでくれた弟子の内海から連絡が入ったのはそのときで、

「どの辺にいます？」と訊くので、

「交差点の大画面のまえにいるよ」と、応えると、

「あ、いた！」という声が通りの向かいから上がった。

見れば、内海だけでなく、今日は店が休みだというのに、安達《あだち》も、立野《たての》も、真《しん》くんも、ユカちゃんも、みんな普段着で集まってくれていた。

「わざわざいいのに！」

と、大きく手を振ると、

「浜本さんの恩人は、俺たちにとっても恩人ですから！」

と叫ぶ安達の声がする。

みんなでこちらに渡ってこようとするのだが、規制線が張られているので、なかなか渡れそうにない。

みんなが渡ってくるのを待てばいいのに、それができなかった。

「あのね！」と大声を出す。

「……Fホテルからの誘い、受けることにした！ 一緒に頑張ろう！」

安達たちが互いに顔を見合わせ驚いている。磯子から話があった当初から、みんなはぜひ挑戦したい、させてくれと言っていた。そんな気持ちを自分の自信のなさが受け止めきれずにいた。

「本決まりですか？」

安達の大声に、

「本決まり!」と返す。

その途端、また顔を見合わせたみんなが誰からともなく、

「バンザーイ!」と叫び出す。

「バンザーイ!」

「バンザーイ!」

銀座のど真ん中で突如始まった万歳三唱に、道ゆく人たちがマラソン選手がもう走ってきたのかと騒然となる。

「バンザーイ!」

みんなに合わせて、こちらでも両手を上げた。その瞬間、ふとあることに気づいた。

さっき磯子の嬉しそうな笑い声を聞きながら、自分は初めて会ったときから、きっとこの磯子という人を信頼していたのだと思った。そして、その気持ちがなぜかとても懐かしかった。

その懐かしさの原因に、今さら気がつく。

そうだ。きっと世之介と初めて会ったときもそう感じたのだ。出会った瞬間、なんの根拠もなかったが、自分はきっとこの人を信頼する。そして、この人はきっと自分のことを信頼してくれると。

巨大スクリーンでスタートの合図が鳴ったのはそのときだった。新国立競技場に集まった六万八千人の観客たちのどよめきが、五キロも離れたここ銀座にまで響き、空を震わせたようだった。

思わず天を仰ぎ、「亮太、走れ!」と祈る。

土曜夜の池袋駅北口、改札へ向かう酔客たちの流れに逆らって、器用に歩いてくるのが世之介である。新宿歌舞伎町にあるバーボンバーでのバイトからの帰路なのだが、閉店間際に酔った団体客がきて、そのうちの一人にトイレで吐かれたものだから、その顔は機嫌が悪い。

このバーボンバー、少し店の造りが変わっている。

店は歌舞伎町の古い雑居ビルの四階にある。どれくらい古いかというと、まず、ホテトルや出張エステのチラシがベタベタと貼られた狭いエレベーターが、なんだかお爺《じい》さんに背負ってもらっているようで力がない。あくまでもお爺さんを背負っているのではなく、お爺さんに背負われている感じなので、動き出すと自分の体だけが一階に置き去りにされるような不安感がある。

四階は、世之介が働くバーボンバー「ケンタッキー」と、日焼けサロン「カリフォルニア」の二店舗があるが、完全に名前負けでどちらも狭い。

ちなみにバー「ケンタッキー」の扉を開くと、十人ほどが囲める円形のカウンターがあり、中に世之介と、店長の関《せき》さんが立っている。

すべてショット売りなので、カウンターの上には逆さまになったバーボンのボトルがずらりと並んでいて、

「ターキー8年、ロックで」とか、「ハーパーの12年、トワイスアップで」

などと声がかかるたびに、世之介たちがショットグラスに逆さまのボトルから酒を落として客に渡す。

ちなみにトワイスアップとは、常温の水と一対一にする飲み方で、

「これだと、アルコール度数が強いバーボンの香りを殺さないで飲めるんだよね」

という客の蘊蓄《うんちく》を、少なくとも週に一度は聞かされる。

こういう感じの店なので、一人客も多い。文庫本を片手にちびりちびりと飲んでいく客もいれば、入ってきたと同時に二、三杯ストレートであおり、五分で出ていく客もいる。

酒の飲み方って、その人の人生を語るよな。

あいにく店長の関さんは、こんな会話ができる人ではない。世之介としても、そんなことを言われても、「そうですかね?」としか応えられないので助かっているが、基本、関さんは競馬とやらせてくれそうな女のタイプの話しかしない。

それでも、バイトを始めた当初はそんな話が面白く、関さんの馬と女の分析に、世之介も声を上げて笑っていたのだが、さすがに毎晩続くと飽きてくる。飽きてくるどころか、

「のわりには、去年の有馬記念以来、当ててないし、女の子に至っては、俺がここでバイトを始めて以来、一度も成功したって話、聞いてないですけど」

と、内心すっかり見限っている。

まだ頭にチラつく客の吐瀉物を振り払うように、世之介は池袋駅からの帰り道を急ぎ足で歩いた。

毎晩のことながら、途中のコンビニに寄ると、イートインにたむろしているコロンビア系の街娼たちが、

「お兄さん、遊ぶ？」

と声をかけてくる。

さすがに毎晩会っているのだから、遊べない客くらい覚えればいいのにと思うが、コンビニで夜食の弁当を買って店を出ようとしても、

「お兄さん、遊ぶ？」

と、また声をかけてくる。

「弁当、買ってる間に気が変わる奴、いるんですか？」

と、さすがに気になって、一番気の弱そうな人に聞いてみたが、長い日本語は苦手らしく、「遊ぶ？」と、二度聞きされただけだった。

コンビニを出て、ライジング池袋に戻り、十階でエレベーターを降りると、以前AVの音量のことで注意されたことのある美容師さんとは逆隣のドアが開き、中から背がヒョロッと高い若い男が出てきた。

狭い廊下ですれ違うので、

「こんばんは」

と、とりあえず挨拶すると、日本語は分からないらしく、微笑んだような、微笑んだことを隠すような、なんとも曖昧な表情のまますれ違う。

愛想がいいとは言えないが、悪い人ではなさそうである。

自宅の鍵を開けようとすると、ドアに張り紙があった。

「大漁で飲んでる。小諸」

コモロンの書き置きだが、今夜飲む約束をした覚えはない。バイトで疲れているし、無視して寝てもよかったが、なんとなく一杯飲みたくなってくる。この辺り、コモロンはうまい。

って、結局、行くんだよなあ……。

そう呟いて引き返すと、エレベーター前にさっきの隣人がまだ立っていた。タイミング悪く、世之介が乗ってきたエレベーターに乗れなかったらしい。

「こんばんは」

改めて声をかけると、今度はちょっと微笑んでみせる。

「最近、越してきたんですか？」

たぶん外国人だろうと思い、ゆっくりと発音した。しかし、通じない。

諦めて、一階から上ってくるエレベーターランプを見上げた。すると、とつぜん、

「中国」と、彼が呟く。

質問の答えとしては不正解だが、間違いなく二人の距離は縮まった。

「へえ、中国から」

と応えてみるが、世之介もさほど中国に詳しくないので、その先が続かない。

「……部屋、狭いでしょ？」

なのであっさりと話題を変えた。しかし、とうぜん通じない。

そのうちエレベーターが来て、一緒に乗り、無言のまま一階に下りて、外へ出ると左右に別れた。どうせまた同じ場所に戻ってくるので、別れの挨拶もない。

コモロンが待つ「大漁」に向かうと、すでにいい感じに酔ってるコモロン相手に、五分刈りの頭に赤いバンダナを巻いた浜本が話していた。終電の時間も過ぎ、店内はわりと空《す》いている。

「あ、浜ちゃん、そういえば、どうだった？　このまえ、言ってた店の面接？」

世之介は席に着くなり、そう尋ねた。

「もしかしたら、ちゃんと雇ってもらえるかも」

浜本がちょっと照れ臭そうに応える。

「じゃあ、採用決定？」

そう尋ねたのはコモロンで、見れば、またネギマのネギだけを皿に残している。

「銀座でもわりと大きな店なんだよね。だから、面接してくれた大将の一存じゃ決められないらしくて」

「でも、面接は好感触だったんだろ？　その大将はなんて？」

世之介は運ばれてきたばかりらしいコモロンの生ビールを一口飲んだ。

「『おまえの真剣な気持ちは充分に分かった』って。『もし雇った場合は、特別扱いしない。男の弟子たちと同様に、ヘマをすれば殴る』って」

「わー、なんか板場の修業って感じだなー」と恐れる世之介をよそに、

「それ、もう採用決定だよ。浜ちゃん、自分の店出したら、俺には安くしてよ。ちなみに、俺が好きなのは、えんがわ」

と、コモロンサイドでは夢が広がっている。

「自分の店なんて、気が早いってー」と、浜ちゃんサイドも満更《まんざら》ではないらしい。

「あれ、ところで、浜ちゃんと世之介って何繋がりだっけ？」

今さら気になったらしいコモロンが唐突に訊く。

「何繋がりって……、パチンコ？」と、世之介が首を傾げると、

「まあ、そうだよね。もしくは床屋繋がり」と、浜ちゃんも首を傾げる。

あの床屋の一件からわりとすぐのころ、なんとなく気になって、浜ちゃんが働いているここ居酒屋「大漁」にコモロンを誘ってきた。浜ちゃんはやはり頭に赤いバンダナを巻いて働いていた。

「慣れた？」

と、世之介が自分の頭を撫でると、

「慣れないよ。毎晩、寝てるときに自分の頭触って、飛び起きてる」と浜ちゃんが苦笑する。

「なんで？」

「高校球児と一緒に寝てる夢みるんだもん……」

口調は冗談っぽかったが、その目元には隈《くま》があった。

ちなみに寝付きが悪い夜などは、練習終わりの高校球児がチームごと布団の中にいる夢を見るらしい。

「この髪みて、一緒に住んでた彼氏は逃げるように出て行っちゃうしさ」

「そうなの？」

「やっぱり、キツかったんじゃない？　彼女が高校球児ってのは」

その辺りで、さほど二人の会話に興味を持っていなかったコロモンも笑い出していた。

たしか、まえに「大漁」に行ったときに、「もうすぐ、バイト終わりだし、知り合いが働いてるカラオケボックス安くしてもらえるから行こうよ」と浜ちゃんから誘われて、気がつけば夜が白むまで三人で好き勝手に歌っていた。

「私さ、将来、どうしても鮨屋をやりたいんだよね」

浜ちゃんが初めてそう打ち明けてくれたのは、このカラオケボックスの帰りだった。

三人ともかなり酔っていたので、真面目な会話にならず、

「鮨屋？　鮨屋！　すっしやー」と、明け方の池袋で叫んだ記憶が世之介にはある。

ただ、そう叫びながら、「ああ、だからか」と、やっと五分刈りにした理由にも気がついた。

横でコモロンも五分刈りと鮨屋が繋がったようで、「あー、なるほど」と深く頷く。

「アンタたちだけなんだよね。『なんで？』って聞いてこなかったの」

浜ちゃんはしみじみとそう言った。

「何を？」

「だから、どうしてこんな頭にしたのかって」

「ああ」

世之介としても、自分がなぜ聞かなかったのか分からない。興味がなかったわけではない。ただ、この興味というものが完全に自分側のもので、当の浜ちゃんには一切関係のないものだということだけは、なんとなく分かっていたのだろうと思う。

六月　梅雨の晴れ間

「横道くん、昼行こう、昼」

大あくびを噛《か》み殺そうとしたところを社長に見つかり、世之介は意味もなく足が攣《つ》ったふりをする。

「どうした？　足、攣ったの？」

社長もめざといので、世之介の小芝居を見逃さない。

「すいません、嘘です」

小芝居を認めて謝る世之介を、孫でも見るように眺めているこの好々爺《こうこうや》、現在、世之介が昼間のバイトで世話になっている会社の社長、玉井《たまい》創一《そういち》である。

会社といっても、バイトの世之介を含めて総勢五名の零細企業で、何をやっている会社かといえば、主に乾燥させた海産物、たとえばワカメとか昆布とかを、スーパーや百貨店に卸《おろ》している。

中でも数年前にダイエットに効果があると脚光を浴びたオリジナルの「もずく酢」が人気商品で、

「一時期の売り上げから比べると、さびしいもんだけど、それでもダイエットにはうちのもずく酢以外は考えられないってお客さんも多くてな。今でも結構、デパートなんかでも良い棚に置いてもらえてんの。まあ、リピーターになってくれるってことは、ダイエット成功してないんだけどな」

と、面接の際、少し東北訛《なま》りの残る社長が、本気か冗談か真顔で言っていた。

会社は品川駅の港南口にある。現在、新幹線ホーム拡張のための大改装中なので、駅からは裏口のような通路を抜けて出てくるのだが、出てくれば港南口と言うだけのことはあり、大きな空の下にだだっ広い倉庫地区が広がり、池袋や新宿のごちゃごちゃした場所からやってくると、なんとも壮大な気分になれる。

ただ、たった五人の会社なので、会社自体はすこぶる狭い。倉庫の中に小さなプレハブがポツンとあるので、一番大きなマトリョーシカの中に、一番小さなマトリョーシカだけが入っているようなスカスカ感である。

ちなみに働いているのは、社長の他に、社長の右腕で経理担当の早乙女《さおとめ》さん、事務全般を担う美津子《みつこ》さん、そして営業兼配送ドライバーの誠《まこと》さん。

「じゃ、昼行ってきます」

弁当持参の経理の早乙女さんに声をかけて外へ出ると、ちょうど郵便局に出ていた美津子さんが戻ってくる。

「あら、もうごはん？」

この美津子さん、すでに還暦は過ぎているが、元は新橋の芸者さんだったらしく、倉庫街で事務服を着て歩いていても、どこか艶っぽい。社長と男女の関係があるのかないのか、特にそれっぽい会話をするわけでもないが、社長が外出するときなど、背広についた糸くずをさらりと取ってやる仕草などは、やはり普通の社長と事務員には見えない。

「今日は社長がご馳走《ちそう》してくれるそうでして」

でへへ、と笑う世之介に、

「あら、じゃあ、和泉屋の特上海鮮丼、奢《おご》ってもらいなさいよ」

と美津子がけしかける。

すでにその和泉屋の方へ歩き出していた社長が、

「特上でもなんでも食わしてやるよ」と笑う。

空には雲一つなく、視界に入ってくる景色の八割方は青い空。だだっ広い倉庫街の道路を大型トラックが走り抜けていく。

「横道くんって、出身は長崎だったか?」

「はい。そうです」

世之介は遠慮なく注文した特上海鮮丼をそわそわと待っている。以前、来たときに七百八十円の普通の海鮮丼は食べたことがあったが、二千五百円の特上は初めてである。メニューに載っている写真によれば、特上にはウニもイクラも入っている。

ここ和泉屋は品川倉庫街の社食のような場所なので、昼時は港湾関係者でいつもいっぱいになり、荒っぽい男たちがずらりと並ぶ。そのだだっ広い食堂を眺めていると、東京の胃袋がここにあるように見えてくる。

「長崎かぁ、新婚旅行で行ったきりだなぁ」

ふと、思い出したように社長が呟く。世之介には特上海鮮丼を注文させたのに、自分は焼さば定食、それもごはん少なめ、である。

「えー、新婚旅行で行ったんですか？」

「宮崎熊本長崎だったな」

「なんか、地味っすね」

「そうか？　当時は、今でいうハワイ旅行みたいなもんだぞ」

「えー、なんか、ハワイに悪いですぅ……」

社長の話よりも、海鮮丼である。世之介は落ち着きなく厨房《ちゅうぼう》から出たり入ったりするおばさんから目を離さない。

「ご両親は元気にしてるの？」

「はい、おかげさまで」

「たまに帰ってるの？」

「帰ってないですよ」

「なんで？」

「なんでって、歓迎されないですもん」

「なんで？」

「だって……」

世之介の言わんとすることが伝わったらしく、社長もすぐに、

「まあ、せっかく大学まで出してやったのにバイト暮らしじゃ、親御さんも心配だろうよ」と声を落とす。

心配ならいいのだが……と世之介は思う。

わりと一般的な親であれば、息子がこのような状況に陥った場合、「うちのバカ息子は……」と嘆き悲しむ。しかし、世之介の場合、このような状況に陥るまえから、「うちのバカ息子」だったわけで、となると、バカ息子とバカ息子を×《かける》ことになり、その答えがなぜか「良い息子」ということになってしまうらしいのだ。

去年の秋、祖母の法事で帰省したときなど、集まった親戚や近所の人たちに、

「で、世之介は今、何してんの？」「息子さんは大学卒業して、どこにお勤め？」

などと訊かれるたびに、母に妙なスイッチが入った。

「世之介はほら、子供のころからとにかく優しい子でしょ。私が風邪引いたときなんて家のことは全部やってくれるし、何より、ほら、何事にも慎重というか、じっくり考えてから答えを出す方だから」

まず、いつも元気な母親が風邪を引いたところなど世之介は見たこともなければ、ちょっとまえまでは、その慎重な性格は「ぐずぐずしている」と片付けられていた。

この母の変化は、今では父にも伝わっているらしく、最近、たまたま市内の居酒屋で会ったと

いう高校の同級生から電話があり、

「世之介の親父さんから、世之介が小学校三年の一学期に通知表でオール5取ったって話、三十分も聞かされたよ」

という恥ずかしい報告も入っている。

要するに、親が自分の子供を「バカ息子」と呼べるのは、実際にはバカ息子ではないからなのである。そして今、世之介の両親は、元バカ息子をあちこちで賞賛しているという。

「そりゃ、帰りづらいな」

社長じゃなくても、そう言うはずである。


「そういや、今度の日曜日のバーベキューは来るんだろ？」

焼さば定食を食べ終えた社長に訊かれ、

「無料《ただ》で肉が食えるところならどこにでも行きます」

と、応えそうになった世之介は、ふと、その言葉をやけに薄い緑茶と一緒に飲み込んだ。

「ん？　どした？」

「あ、いや、ちょっと……」

「なんか予定あるの？」

「いや、予定というか……」

「なんだ、横道くん、来られないのか。横道くんがいないと、面白くないなぁ」

まるで小学生のように膨《ふく》れる社長の気持ちはありがたいのだが、この社長の世之介贔屓《びいき》が、世之介をして、「あ、いや、ちょっと……」とバーベキュー行きを躊躇《ためら》わせる原因なのである。

だいたいにおいて、今どきの若者というのは世之介とは正反対で、この手の業務なのか余暇なのか、社長命令なのか遊びの誘いなのか、よく分からないような中途半端なものを極端に敬遠する傾向にある。

実際、社内でも、営業兼配送ドライバーの誠さんなどは、二年前に配送中のガソリンスタンドで引っ掛けたという可愛い新妻を連れて一応毎回バーベキューには参加しているようだが、決して楽しそうじゃないし、まだ鉄板も冷めぬうちから、明らかに帰りたがっている素ぶりも見せる。

一方、誰よりも楽しんでいるのは、もちろん社長として、その次となると、愛人のような、単なる事務員のような元芸者の美津子さんで、こちらも賑《にぎ》やかなことは大好きらしく、中学生になる姪《めい》っ子や、昔の芸者仲間やらも誘い出して、埼玉の河川敷にちょっとした花街を作ってくれる。

問題なのは、もう一人の社員、経理の早乙女さんである。

この早乙女さん、早乙女という名前が罰ゲームに思えるほど、いわゆるガッチリとした猪首《いくび》の柔道体型で、五分刈りにした頭はさっぱりしているが、分厚いメガネの中でいつもしょぼしょぼしている小さな目はどこか神経質である。

早乙女さんも、毎月の社長主宰の余暇には、奥さんと、中学一年の息子、小学生の双子の娘たちを引き連れてやってくる。

そして、楽しそうに見える。言い出しっぺの社長よりも実は楽しんでいるのではないかと思うほど、河原では盛り上がっている。

ただ、前回のバーベキューのとき、世之介はその裏の顔を見てしまった。というと、大げさなのだが、帰り間際、川で一緒に汚れた食器を洗っていると、

「横道くん、君さ、自分が楽しんでどうするんだよ。社長に楽しんでもらうために、みんな集まってるんだろ」

と、チクリと刺されたのだ。

「いや、でも……、そんな風に考えたら、逆に社長も楽しめないですよ。誰かを楽しませたいときは、まず自分が楽しまなきゃ」

言い終わって、決まった、と、世之介は思った。

が、

「なに、その正論。そんな正論が社会で通用するわけないじゃん」

と、更に深く刺されたのである。

「……すみません、じゃあ、これからは気をつけます」

「あとさ、社長に気に入られて、いい気になってるみたいだけど、調子の良さだけでうまく人生やり過ごせるなんて思ってんだったら大間違いだから」

「別に、そんなこと思ってないですけど」

さすがに世之介も腹が立って言い返すが、早乙女さんは更に腹を立てている。

「その調子の良さで、社長を騙《だま》そうとしてんだろうけどさ」

「騙すって……。どうしてそうなるんですか？」

「じゃあ、その天真爛漫《らんまん》キャラで、社長に取り入ろうとしてるんだろうけどさ。そんなの、俺には見え見えだから、社長は騙せても、俺は騙されないから」

「騙すって、ちょっと待ってくださいよ……」

当然、怒っている早乙女さんが待ってくれるわけもない。彼は洗い終えた皿を重ねると、

「社長、お待たせしましたー。今、出れば、まだ渋滞に嵌《は》まらず戻れますよー」

と、自分こそ天真爛漫な笑顔を浮かべて、みんなの元へ戻っていった。

世之介からすると、かなり理不尽である。せっかくバーベキューを楽しんでいたのに、とつぜんどしゃ降りになったくらい理不尽である。とつぜんのどしゃ降りなら、「わー」とか「おー」とか、みんなで一緒に声を上げて逃げるのも一興だが、この場合、声を上げると、また天真爛漫ぶっているなんて言われそうで口も開けない。

その夜、あまりにも腹が立ったので、コモロンを呼び出して飲んだ。

「やな奴だな」

と、言ってくれると思って呼び出したのだが、まだ酔っていないコモロンの口からこぼれてきたのは、

「そりゃ、そうだよ。俺だって早乙女さんの立場なら世之介なんて目ざわりだよ」

だった。

「なんで？」

「なんでって……。早乙女さん、いくつ？」

「さあ、四十代半ば？」

「で、中学生の息子と、小学生の双子の娘がいて、たぶん、郊外に中古のマンションとか買ってるよ」

「マンションまでは知らないけど、その子供たちは素直でいい子たちなんだよ」

「そりゃ、そうだよ。子供たちだって、もう分かってるんだよ」

「何を？」

「だから、考えてみろって。せっかくの休日まで、社長のまえでへーコラしてる父親の姿を子供たちに見せたいか？」

「まさか」

「だろ。でも、早乙女さんはもうその覚悟をしたんだよ。そうしてでも、今の生活を守っていくって腹を決めたんだよ。そして子供たちだってそうだよ。そんな父親の覚悟を子供ながらにちゃんと理解して、バーベキューに来てるんだよ」

いつになく強い口調のコモロンに、気がつけば、世之介は何も言い返せなくなっていた。

「横道くん、コーヒーでも飲んで帰ろうか」

和泉屋を出て、品川埠頭《ふとう》の潮の匂いを嗅《か》ぎながら会社へ戻っていると、珍しく社長に食後のコーヒーを誘われた。

「コーヒーって、この辺、自動販売機の缶コーヒーくらいしかないですよ」

と、世之介は笑ったが、

「野村通運の倉庫に社食があって、わりと美味《うま》いコーヒー出すんだよ」

と、教えてくれる。

「誰でも入れるんですか？」

「社食だから、無理だろ」

「じゃあ、無理じゃないですか」

「だな、あはは」

と、笑いながらも社長の足は野村通運の倉庫に向かっている。

結果、社員証の確認があるわけでも、ドアに暗証番号があるわけでもない他社の社食の、東京湾を一望できる窓際の席に世之介たちは落ち着いていた。

「な？　なかなか美味いだろ。ここのコーヒー」

「甘ったるい缶コーヒーでも満足する人間なんで……」

世之介の正直な感想に、社長はさほど興味を示さない。

「横道くん、今日はちょっと話があるんだよ」

「はい」

「横道くん、うちで働いてみないか？」

「え？」

「いや、だから、バイトじゃなくて正社員として」

社長からのとつぜんの誘いに、一瞬にして、いろんなことが頭をよぎった。

こんなにも同時にいろんなことがよぎるだけの頭があったのだと呑気に驚けるほど、本当にいろんなことだった。

まず、喜ぶ両親の顔が浮かんだ。世之介がとうとう就職できた、と。だが、同時に、個人商店のような会社を見て、その両親が表情を曇らせる。

次に浮かんだのが、なぜか早乙女さんだった。こちらの表情は分からず、いつものように世之介に背中を向けて電卓を叩いている。

その次に、打ちのめされた就職活動中の日々も走馬灯のように流れていく。

「横道くん」

社長の声がして、世之介は我に返った。

「私はね、ずっと横道くんみたいな若い人が欲しかったんだよ。結局、人間っていうのは性根だよ。性根が良いか悪いか。こればっかりはね、本人の努力じゃどうにもならない。どんなに努力したって、性根ってのは変わってくれない」

社長の話を聞きながら、世之介は自分の腹のうちを覗き込んでみる。

すると、どこからともなく、

「きっと、この辺なんだよ」

という声が聞こえてくる。

「この辺って？」

と、世之介は思わず問い返す。

問い返しながらも、その意味はもう分かっている。

「横道くん、何か目指してるものがあるのか？」

また社長の声である。

「……役者とかミュージシャンとか、そんなとこか？」

「僕ですか？」

と、聞き返すのがやっとである。

そんなものないです、と正直に答える勇気がない。

今、社長の期待に応えられる夢見る若者であろうとする浅ましさが、どういう気持ちからなのか自分でも分からない。

「まあ、夢っていうのは、黙って追うもんだ。こうなりたい、ああなりたいなんて、ベラベラ喋ってる奴はそれで満足するから。だから、私もこれ以上は聞かないよ。聞かないけど、陰ながら応援はする。夢を諦めろとは言わない。ただ、私だって、これまでにいろんな若者のことを見てきた。今、横道くんは二十四歳だろ。中途半端に過ごすのはもったいないよ。この時期の決断が、横道くんの人生を決める。それが間違いないことだけは分かる」

世之介はまた自分の腹のうちを覗き込む。

「きっと、この辺なんだよ」

と、また声がする。

「この辺って？」

と、世之介もまた聞き返す。

「あの、すいません、ちょっと考えさせてもらっていいですか？」

気がつけば、世之介はそう言っていた。

「もちろん、ちゃんと考えていいよ。こっちは急がないから」

と、社長が笑顔を見せる。

「すいません、ありがとうございます」

見渡すと、野村通運の社食はガランとしていた。倉庫に横づけされていた大型トレーラーが、次々と敷地内を出ていく。


いつもの床屋に入ろうとして、珍しく混んでいるので出直そうと、すぐに諦めたのは世之介である。

ただ、開けたドアを閉めようとすると、

「あ、ちょっと、お客さん！」

と、いつも刈ってもらっている強面の理容師が呼び止める。

一瞬、ドアの開け閉めが乱暴すぎたかと慌てたが、鋭利な刃物を手にしながらも、「すぐ順番来るから、待ってれば」と引き止める表情は妙に優しい。

ちなみに、これまでにも混んでいて諦めたことは何度かあるが、こんな風に声をかけられたことなどない。

ソファで待っている常連客たちも、日ごろからこの強面の理容師とどう付き合っていいのか迷っているようで、「ほう、こんな優しい顔もするのか」と一様に驚いている。

なので、世之介がソファの隅《すみ》に腰かけると、ちょっとした羨望の眼差しまで向けてくる。若いのに、あんなヤクザまがいの理容師に気安く声をかけてもらえるなんて、きっと見かけによらず、肝の据わった人なのだろう、と。

結局、すぐ順番来るから、と言った理容師の言葉は当てにならず、世之介は一時間近くも待たされた。

待ちくたびれて、あくびしながらやっと空いた理髪台に着くと、

「このまえ、来たよ」

と、唐突に理容師が言う。

「え？　誰が？」

鏡の中で問いかける世之介に、

「お客さんの友達だよ。ほら、五分刈りにした女の子……」

「ああ、浜ちゃん？」

「最近、会ってんのか？」

「いえ、ここしばらく会ってないっすね。彼女、銀座の鮨屋に就職決まって、『大漁』辞めたん

ですよ。だから、ここしばらく連絡もないし、パチンコ屋でも見かけないし、忙しくしてんじゃないかな」

「タイリョウ？」

かなりタイミングのズレた質問が返ってくる。

「彼女がバイトしてた居酒屋の名前です。『今日は大漁だなぁ』の大漁。池袋の北口にあるんです」

「たまには会ってやれよ」

「え？」

思わず振り返ろうとした世之介の頭を、理容師が摑む。再び鏡の中でぶつかったその視線は真剣そのものである。

「会ってやれって、浜ちゃんにですか？」

「……だから、このまえ、来たんだよ」

「はい。今、聞きました」

「また五分刈りにしてくれって」

「ああ、鮨屋で職人の修業中だから」

「あれ、かなりかわいがられてるぞ」

「かわいがられてる？」

もちろん、彼の言う「かわいがり」が、赤ちゃん方面ではなく、いわゆる相撲《すもう》部屋方面のニュアンスであることはすぐに伝わってくる。

「浜ちゃんがそう言ったんですか？」

「あの子はなんにも言わねえよ。ただ、見りゃ分かるんだよ」

この辺りで客が切れ、店主のおばさんがすぐそこの赤札堂で夕飯の買い物を済ませてくると店を出ていった。

店内に二人きりになったせいか、

「あんまり客には言わねえように注意されてんだけどさ」

と、理容師が重い口を開く。

この理容師、名前を坂内憲三《さかうちけんぞう》さんという。今さら自己紹介されたわけではなく、タイムカードの名前がちらっと見えたのだ。

坂内さんの話によれば、以前、店主のおばさんから遠回しに聞いていた通り、彼は理容技術をやはり刑務所内の学校で習得したらしい。

「刑務所の中ってのは、標的にされると、もう無茶苦茶にやられんだよ。俺らみたいに組の傘がある奴はいいけど、そうでなくて、目つけられると悲惨なもんだよ。やられる奴も最初はまだ反抗心があるんだよ。実際に反抗できなくても、その目にちゃんとそれがあるんだよ。でもな、それが毎日毎日続いていくと、だんだん目の色が変わってくんだよ」

坂内さんによれば、その目が絶望してくるのだという。

まず、この過酷な状況に反抗しようとする気持ちが消える。そのうちこの状況になんとか耐えようとする気持ちも消える。

そして最後にすべてを受け入れてしまう。

「俺なんか学がねえから、一人の人間が絶望するなんてことを、うまく説明できねえけどよ。ただ、一つだけ自信持って言えるのは、人間を絶望させる臭いってもんがこの世の中にはきっとあるんだよ。それはさ、ある人間にとったら、雑居房の糞尿《ふんにょう》の臭いかもしれねえし、ある人間にしたら、汗臭い自分の臭いかもしれねえ。でも、とにかく人間を絶望させる臭いってのは間違いなくあって……。でな、とにかく、その臭いを嗅いだ人間の顔を、あの子がしてたんだよ。あの五分刈りの女の子が」

とつぜん話が浜ちゃんのことに戻り、世之介はひどく慌てた。

ただ、自分が知る浜ちゃんは基本形が咥えタバコでパチンコだし、念願の鮨屋に就職もできたばかりだし、どうしても今の浜ちゃんと絶望という言葉がうまく繋がらない。


「コモロン、浜ちゃんの連絡先聞いてない？」

この日、世之介は床屋を出た足で、そのまま隣駅にあるコモロンのアパートへ向かった。日曜日の夕方で、コモロンは大量の枝豆を茹《ゆ》でており、

「お、ちょうど良かった。テラスで飲む？」

と、呑気に迎え入れてくれる。

ものは言いようで、確かに間取り図にはテラスと書かれているらしいが、実際には広い物干し

台のような場所である。ただ、晩酌好きのコモロンは、そこにパラソル付きのテーブルと椅子を置き、テラスに寄せる努力をしている。

「そんなことより、浜ちゃんの連絡先聞いてない？」

と、世之介が繰り返すと、

「知らない。世之介、知らないの？」

「知ってて、この質問する？」

とりあえず冷蔵庫から缶ビールを一本もらう。

「どうしたの、そんなに慌てて」

「いや、ちょっと浜ちゃんが心配で」

「心配？　なんで？」

「……うん、ちょっと話すと長いんだけど」

「じゃ、ちょっと待って。枝豆茹でちゃうから」

「『大漁』で聞けば、教えてくれるかな」

「さぁ、無理じゃない。従業員の連絡先を客に。それも女の従業員を男の客に。いや、絶対に無理だね。というか、連絡先交換してなかったんだ？」

「あ、コモロン、鮨屋の名前は？　覚えてない？　ほら、浜ちゃんが就職したとこ」

「あ、覚えてる。えっとね、えっと、か……、か、えっと、あ、嘉六《かろく》だ。……鮨嘉六」

「あ、そうだ、それだ。コモロン、すごい」

「俺、記憶力いいんだよ。子供のころなんて、学校の先生の親とか兄弟とか子供とか親戚の人の名前教えてもらって、全部覚えてたからね」

「ええー、それは、ちょっと気味悪い」

世之介は、勝手知ったるコモロン宅のベッド下から、早速、銀座界隈が載っているぴあマップを引っ張り出すと、

「嘉六、嘉六……」

と呟きながら、その所在地を探し始めた。

「でも、なんで、そんなに慌ててんの？」

枝豆を湯切りしながら、コモロンが声をかけてくる。

「今日、これからちょっと行ってみようかと思って」

「行くってどこに？」

「だから、その嘉六」

「なんで？」

「うん、ちょっと」

「今日、日曜だから、銀座の鮨屋ってほぼほぼ休みだよ」

「銀座ってそうなんだ？　詳しいね、コモロン」

「会社の付き合いで、たまに行ってたし、銀座の鮨屋」

「おー、大人ぁ。回ってないやつ？」

「鮨は回ってないけど、値段聞いて目回った」

「うまい」

「あははは。さて、枝豆ができました！」

茹で立ての枝豆にキラキラした塩をたっぷり振りかけたコモロンが、機嫌良さそうに物干し台のようなテラスへ出ていく。

「あ、あった！」

世之介は声を上げた。鮨嘉六が見つかったのである。

銀座六丁目とある。あまり縁のない場所なので、まったく風景が浮かんでこない。

「コモロン、銀座六丁目ってどんな感じ？」

「いかにも夜の銀座ってところ」

「それ、どんなところ？」

「だから、この枝豆が五千円するところ」

「まさか」

とりあえず笑おうとするが、以前、東京見物に来た両親をドライブに連れ出したとき、途中で銀ブラしたのだが、その際、ほんの半日、駐車場に入れた料金が、世之介の一週間分の食費になっていたこともあり、「銀座を舐《な》めちゃいけない」と、改めて世之介は気を引き締める。

実際に浜ちゃんと会うまで、結局、世之介は床屋の坂内さんの話をどこかで少し大げさなんじゃないかと軽く考えていたのだと思う。

この日も、どうせ日曜日は銀座界隈の鮨屋は休みらしいし、と、コモロンと茹でた枝豆をつまみに缶ビールを飲み始めたときには、ほとんど浜ちゃんのことは考えていなかった。

それよりもコモロンが雑誌の懸賞で当てたという真新しい双眼鏡があり、珍しくてあちこちを眺めているうちに、覗き見は良くないと分かっていながら、つい目が離せなくなるほどの美人が暮らす部屋を見つけてしまった。

コモロンのアパートは高台に建っている。三階建ての小ぶりなアパートで、一階に暮らしている大家のお爺ちゃんが、

「小諸くんが仕事に出かけてる間に、部屋の換気扇、新しいのに取り替えといたから」

と言ってきたらしい。

「思わず、ありがとうございますって、礼言ったんだけどさ」

と、呑気なコモロンでも大家の違法行為に気がつくように、借主の留守中に大家が良かれと思って、合鍵で部屋に入って不具合を直してくれるようなアパートである。

「だから、一応、抗議したんだけど、大家のお爺ちゃん、なんか急にシュンとしちゃうし、なんかこっちが申しわけなくなって、『いや、別に怒ってないですよ。別にいいんですよ。そういう親切は本当にありがたいですから』って最後に付け加えちゃったら、もうそのあとは容赦なく立ち入る立ち入る。このまえなんか、朝起きてカーテン開けたら、テラスで大家のお爺ちゃんが一服しているから、『な、何してんですか?』って驚いたら、『ちょうど、ここの雨樋《あまどい》直し終わって休憩中。あ、お早《はよ》う』って、爽やかに挨拶を返されたからね」

ちなみに屋上からハシゴで下りてきていたらしい。

とにかく、そんな開放的なコモロンのアパートは高台に建っていて、坂下の十階建てのマンションの辺りがうまい具合に一望できる。

目が離せなくなるほどの美人が暮らしていたのはその八階の部屋で、双眼鏡の視界に入ったとき、彼女はテレビ前の座卓で行儀悪く立膝をして、うどんかラーメンを啜っていた。

しばらく、というか、かなり長い間、双眼鏡を動かさずにいると、

「あ、世之介も見つけちゃった？」

と、コロモンが声をかけてくる。

「ということは、コモロンも？」

「女優さんみたいだよね。覗いてると、映画見ているような気にならない？」

「なるなる」

「あんまり動きのない映画だから、ミニシアター系のヨーロッパ映画」

「だね。シネマライズとか、シネ・ヴィヴァンとかでかかってそうな」

「ポンヌフの恋人とか、ベティ・ブルーとか」

「行ったねえ」

「画面に動きないけど、感情の動きは激しかったねえ」

「ったねえ」

実際、彼女に動きはない。熱心にテレビを見ながら、たまに思い出したように麺を啜る。だが、

発狂する恋人たちの映画を思い出していたせいか、動かぬ彼女もまた激しい感情の持ち主のように見えなくもない。

「言っとくけど、彼女、子持ちだよ」

ふいにコモロンの声がして、

「え?」

と、世之介は振り返った。

目が合ったコモロンに、

「違うよ。俺が見てるの、この部屋だよ」

と、なるべく双眼鏡の位置を動かさぬようにコモロンに覗かせる。

首だけ伸ばして覗いたコモロンが、

「そうだよ。彼女。子持ち」と頷く。

世之介は改めて双眼鏡を覗いた。いつの間にか彼女の姿が消えている。

「あ、いなくなった」

と呟いた次の瞬間、三歳くらいだろうか、男の子を抱いて元の場所に戻り、今度はフーフーと息を吹きかけて冷ました麺をその子に食べさせているのだが、相変わらず彼女自身はほとんどテレビに目を向けている。

その瞬間、彼女が笑った。

「あ、笑った!」

思わず世之介も声が出る。

テレビで何か面白い番組でもやっているらしい。

つい声が出てしまうほど、彼女の笑い顔には魅力があった。どこがどんな風に魅力的だったか、うまくは説明できないのだが、とても無防備な笑い顔だった。

「彼女、何見てんだろう」

いそいそと部屋へ戻ってテレビをつけようとする世之介に、

「そこまでやると、犯罪」

と、コモロンが呆れたように首を振る。

コモロンに呆れられても、気になるものは気になるので、結局、テレビをつけていろいろとチャンネルを変えてみるも、双眼鏡の向こうの彼女が笑っているような番組は見当たらない。

たまたまJリーグのヴェルディ川崎と横浜マリノスの試合をやっており、

「そういえば、コモロン、今度サッカー観に行くって言ってなかった？　昔から好きだったんだっけ？」

と、世之介が尋ねると、

「好きじゃないよ。体育の授業でやってたときなんて、最初から最後まで一度もボール蹴られなかったし」

「一回くらい近くに来るじゃん」

「来ないよ」

「好きでもないのにサッカー観に行くの？」

「来る……。まあ、いいけど。……あ、でも、じゃあ、なんで好きでもないのにサッカー観に行くの？」

「好きじゃないけど、こんだけ世の中がサッカー一色だと、さすがに気になるじゃん」

「気持ちいいくらい分かりやすいよなー、コモロンは。よっ、このミーハー！」

ちなみに日本初のプロサッカーリーグ、Jリーグが華々しく開幕したのが先月のことである。

更に補足だが、年の初めに小和田雅子《おわだまさこ》さんが皇太子妃に内定という緊急ニュースが流れた途端、急に皇室ウォッチャーと化したのもコモロンで、流行にまったく疎《うと》い世之介には皆目見当もつかないのだが、コモロンの脳みそというか、体の中で何がどうなるのか、気がつけば、小和田雅子さんの自宅を見に行ったり、皇后美智子《みちこ》さまの写真集を買ったりしていたのである。

結局、これというテレビ番組も見つからず、世之介は再び双眼鏡を片手にテラスへ戻った。

さっきの位置に立ち、改めて向こうのマンションに双眼鏡を向けると、

「行ってみたいんだよね」

と、唐突にコモロンが呟く。

「どこに？　Jリーグ？」

「Jリーグは行く」

「じゃ、どこ？」

双眼鏡から目を離すと、コモロンが向こうのマンションを見つめている。

「行きたいって、あのマンション？」

呆れつつも、世之介もこの手の冒険が嫌いではない。

「マンションの下まで」

コモロンはすでに立ち上がっている。世之介も遅れまいと双眼鏡を置き、枝豆をいくつか口に放り込んであとを追う。

アパートを出ると、気持ちの良い夕方だった。コモロンと並んで、日を浴びた坂道をのんびりと下りていると、自分たちがとても幸せな人間に思えてくる。

「コモロン、そういえば、今バイトしてるところの社長から、正社員にならないかって言われてんだよ」

世之介は坂の途中にある邸宅の垣根の葉を一枚ちぎった。

「バーボンバー？」

「じゃなくて、もずく酢の方」

「どうすんの？」

「なあ？　どうすんだろう……」

坂を下りると、目指すマンションを見上げるような格好になる。こちらは裏口で、エントランスは表通りにあるらしい。

「世之介ってさ、将来に不安感じたりしないの？」

「そりゃ、するさ」

「するの？」

「するよ」

古いマンションだが、表通りのエントランスホールには観葉植物が並び、応接用のソファも置いてある。とはいえ、管理人がいるでもなく、オートロックでもない。

もちろん冗談半分でここまで来たので、中に入るつもりもない。風通しの良いマンションらしく、裏口から入った風が観葉植物の葉を揺らして吹き抜けていく。

「世之介、また俺の部屋に戻んの？」

「いや。このまま帰る」

「銀座は？」

「銀座？」

コモロンに問われて、浜ちゃんのことを思い出す世之介である。

「そこに、郵便受けあるよ」

コモロンがエントランスの中を覗いている。

「だから、この一線越えたら犯罪だって」

「ここに来た時点で犯罪だって」

そう言って、コモロンがぴょんと階段を上がり、エントランスに入っていく。

「コモロン！」

声はかけるが、世之介も止めはしない。ただ、「なるほど、この行動力で小和田雅子さんの家を見に行ったりするんだなあ」と納得している。

郵便受けのまえに立ったコモロンが手招きするので、

「もういいって」

と言いながらも、結局、世之介も入っていくと、

「この階だよね」

と、コモロンがずらりと並んだ八階の表札を眺めている。

「……角部屋だから、８０１か、８０５か」

ちなみに８０１には名札が入っていない。８０５には「日吉」とある。

「こっちかな」

コモロンが８０１の方を指差す。

「なんで？」

「子供はいるけど、女の一人暮らしだから表札は出さないかなと思って」

「なるほど。俺たちみたいな変質者もいるしね」

世之介の誘導尋問に、コモロンも素直に頷く。

横にあるエレベーターが開いたのはそのときで、中からやけに厚化粧の老嬢が出てくる。

「こんにちは」

挨拶するので、

「こんにちは」

と、世之介たちも声を揃えた。

次の瞬間、閉まりかけたエレベーターにコモロンが身を滑り込ませる。

「ちょ、ちょっと」

さすがに止めようとするつもりが、気がつけば世之介まで身を滑り込ませていた。ドアが閉まり、エレベーターが上がっていく。

「気持ち悪いよ」

世之介が呟くと、

「俺さ、そうとうストレス溜まってんのかも」

とコモロンも同意する。

「りょうた！　りょうた！」

悲鳴のような女の声が聞こえたのは、エレベーターが八階に到着したまさにそのときである。

廊下に響く女の声に、思わずコモロンが「閉」ボタンを押そうとする。

「ちょ、ちょっと」

その手を世之介が咄嗟《とっさ》に押さえた瞬間、

「りょうた……、ちょっと、りょうた！」

と、更に慌てふためく声がした。

世之介はエレベーターを降りると、声のする方へ走った。

一番手前が例の女の部屋で、廊下にはアルミ格子付きの窓があり、開け放たれたサッシ窓の向こうは台所で、その先に倒れた男の子を揺すっている例の女の姿があった。

「りょうた……、きゅ、救急車……救急車！」

アルミ格子から覗いてみると、どうやら男の子が何やら口に詰まらせたらしく、床で目を白黒させている。

「すいません！　すいません！」

思わず叫んだ世之介の声に気づいた女が振り返る。

「背中！　背中叩いて！」

世之介が叫ぶも、気が動転して女は更にあたふたする。

「ここ、ここ開けて！」

世之介は横にある玄関を叩いた。これには女も反応し、這うように慌てて玄関まで来ると鍵を開ける。

世之介はもう靴のまま駆け込んだ。男の子の体を起こし、四つん這いにして、背中を叩く。口に指を入れようとするが、よほど苦しいのか、男の子が強く嚙みついてくる。

世之介は更に男の子の脚を持ち上げた。片手で持ち上げ、もう片方で背中を叩く。少し乱暴過ぎるようだが、

「頑張れ、吐け！」

と、世之介が声を出した次の瞬間、男の子が一度大きくえずき、その小さな口から吐き出され

た赤いビー玉が、床をコロコロと音を立てて転がった。

まるで自分が吐き出したように肩で息をする世之介の腕から男の子が滑り落ち、転がるビー玉を見つめているうちに、よほど怖かったのか大声で泣き出す。

「もう大丈夫……」

へたり込む世之介をよそに、男の子が母親に抱きつき、更に声を張り上げる。

「大丈夫。もう大丈夫だから」

男の子を抱きしめる母親も、まだどこか上の空で、必死にその頭を撫でてやりながらも、ダイニングテーブルの脚で止まった赤いビー玉を呆然《ぼうぜん》と見つめている。

「も、もう大丈夫だと思います」

世之介が声をかけると、

「すいません、すいません」

と、母親が呆然としながらも繰り返す。

「ボク、口の中痛くない？」

と、世之介は訊いた。

男の子は泣きながらも首を横に振る。

ふと我に返ったような母親が抱きついている男の子を離し、その口を無理やり開けて、中を覗き込んでいる。

「ビー玉だから、喉が切れたりしていることはないと思うんですけど」

と、世之介は言った。

「亮太、口の中、痛くない？　血が出てない？」

母親の質問に、男の子がまた首を横に振る。

「あ、あの……、きゅ、救急車、呼ぶ？」

背後からコモロンの声がする。世之介が確認するように母親を見ると、男の子の泣き方が峠を越えて、少し嘘泣きっぽくなっており、

「もう！　なんでビー玉なんか口に入れるのよ！」

と、今になって怒り出し、

「……さっきも注意したの。あそこに、ああやってビー玉並べて、自分が掃除機になって一個ずつ吸ってくの」

「掃除機？」

見れば、確かに隣の部屋の床にずらりとビー玉が並んでいる。

「まったく、もう……」

やっと落ち着いたらしい母親が、改めて世之介を見て、

「ん？」

と、首を傾げる。

「あ、あの……」

世之介は慌てて玄関に立つコモロンを振り返るが、

「……あの、えっと……」

次の言葉が出てこない。たとえば、隣のお宅を訪ねてきたとかなんとか言えればいいのだが、世之介の喉にはビー玉ではなく、「双眼鏡」という言葉が詰まっていて、つい呟き込みそうになる。

「うちに……、何か？」

母親がここへきて、不審そうに世之介を見る。

実際、状況としては、女子供だけの部屋に見知らぬ男が二人も居座っているのである。

「あ、あの、こちら８０５ですよね？」

あたふたするだけの世之介の背後から、頼もしいコモロンの声がする。

「え、ええ。そうですけど。８０５」

心なしか、母親がすでに泣き止んでいる息子を守るように抱き直す。ただ、その姿はか弱いというより、逆に戦闘的にも見える。

「中上って友達を訪ねて来たんですけど」

コモロンが訳の分からないことを言い出す。

「中上？」

「ここだったよな？」

コモロンが急に話を振るので、世之介も慌てて、

「え、あ、うん。たぶん……」

と、話を合わせる。

合わせながらも、なんでそう面倒な嘘にするかなとコモロンを睨んだ瞬間、そんな世之介の心配をよそに、母親はどこか安心したようで、

「あ、じゃあ、私たちのまえの人かも。私たち、先月、越してきたばっかりなんで」

「あ、そうなんですか？」

「たぶん、まえの人だと思う」

見知らぬ男たちがなぜここにいるのかが分かってしまうと、母親もまた本線へ戻り、

「本当にすいませんでした。おかげで助かりました」

と礼を言い始める。

出発は双眼鏡の覗きだったが、なんだか感謝される形になり、さすがに世之介も居心地が悪くなってくる。その後、彼女は、「お茶でも」と言おうとしてためらい、それを察した世之介たちは、

「とにかく大事にならなくてよかったです」

と、すでにカードゲームを出して遊んでいた息子の頭を撫でて部屋を出たのである。

七月　区民プール

日差しはすっかり夏である。

品川の港湾エリアなので、コンテナが並んだだだっ広い敷地が日差しをたっぷりと浴び、熱くなった空気が東京湾からの風に乗って流れてくる。

首都高速の高架下にできた日陰で、かき氷を小さなスプーンで掻き込んでいるのは世之介で、昼過ぎからずっと営業兼配送ドライバーの誠さんと二人、倉庫の棚卸しをしていたので作業着は汗でぐっしょりと濡れている。

「もうちょっとデカいスプーンくれたらいいと思いません?」

文句を言いながらも、手を休めない世之介に、

「おまえの食い方見てると、スプーン五つくらい持って食ってるみたい」

と、誠さんが笑う。

そういう彼もまた決して上品な食べ方ではなく、さっきから何度も痛むこめかみを押さえている。

皿に残ったイチゴシロップを飲み干し、立て替えてもらっていた代金を払おうと、世之介が尻

ポケットから財布を取り出すと、

「いいよ、おごるよ」

と、誠さんが太っ腹なことを言う。

「ごちそうさまです！」

一切の遠慮がない世之介である。

世之介が大きく背伸びをしていると、

「そういえば、おまえさ……」

やはり皿のメロンシロップを飲み干した誠さんがそこで言葉を切る。

「俺が？　なんすか？」

「いや、おまえさ……」

よほど言いにくいことらしく、またそこで言葉が途切れる。

「だから、なんすか？」

「いや、だから、おまえ、手癖悪くないよな？」

「手癖？」

思わず棚卸しで汚れた我が手を見つめる世之介である。

「いや、悪い。気にするな」

「いやいや、気にしますって。手癖悪くないし」

「いや、分かってるよ」

誠さんがそのまま倉庫に戻ろうとするので、

「いやいや、気になりますって。このラスト」

と、世之介は食い下がった。

「いや、なんか、俺もよく分かんねえんだけど、最近、事務所で金がなくなるらしいんだよ。まあ、金って言っても、百円とか、五百円とかの小銭らしいんだけど。小口現金用の小さい金庫あるだろ?」

「あの、早乙女さんのデスクに、いつも開けっ放しで置いてあるやつでしょ?」

「そうそう、あれあれ。あの中の小銭がなくなるんだって。もちろん、早乙女さんの計算ミスっていうか、勘違いだろうって話にはなってんだけど……」

「え? ええ? もしかして俺が疑われてるんですか?」

「いや、そうじゃないけど」

「でも、今の誠さんの話し方だと、そういう流れじゃないですか」

「だから、おまえだけじゃなくて、一応、みんなに聞いてんじゃねえかな。なんか知らないかって」

「俺、聞かれてませんけど」

「いや、だから……」

「勘弁してくださいよ。自慢じゃないですけど、俺、これまでに人様の物に手つけたことないですからね」

「分かってるよ」

「いや、一度だけ中一のときに、一年上のバスケット部の先輩にそそのかされて、学校の近所の駄菓子屋でおでんを万引きしようとしたことありましたけど」

「おでん？」

「はい、おでん」

身の潔白を証《あか》そうとしているうちに、だんだんと腹が立ち口調も熱くなってくる。

「あの、熱々の？　あんなのどうやって万引きするんだよ」

「ええ、ですから、すぐにバレましたよ。店出た瞬間に、先輩が『早く食え食え。証拠消せ！』って急《せ》かすもんだから、慌てて熱々のおでん口に入れて、『アチチ、アチチ』って大騒ぎしてるところを、店のおばさんに取り押さえられて」

「おまえ、バカか……」

「でも、ほんとにそれだけですから！　それ以外、やましいことなんか一つもないですから！」

「だ、だから、分かったって……」

小さいスプーンを振り回して力説する世之介に、さすがに誠さんも辟易《へきえき》している。

腹立ちが収まらぬまま事務所へ戻ると、

「社長が探してたよ」

と、事務の美津子さんが教えてくれる。

「そこで誠さんとかき氷食ってて」

「だから、そんなにベロが真っ赤なんだ」

「赤いっすか？」

美津子さんの手鏡を借りてベロリと舌を出すと、確かにイチゴ色に染まっている。

「まだ、上にいると思うよ」

美津子さんが社長室兼物置になっている二階を見上げる。

「じゃ、ちょっと行ってみます」

一旦、事務所を出て、外階段を駆け上がる。上がりながら、もしかすると例の盗難の件を聞かれるのかもしれないと思い当たる。とすれば、自分だけが除《の》け者にされていたわけではなく、やはり順番に確認していたことになる。

「社長！　いますか？」

声をかけると、

「ああ、横道くんか？　入れ入れ」

と、社長の声がする。

「失礼しまーす」

ドアを開けて、中へ入ると、社長が目薬をさしながら、

「棚卸し、終わったの？」

と聞いてくる。

「はい。完璧です。誠さん、もう営業に出ました」

「ご苦労さん」

姿勢を戻した社長の両目からたらりと目薬が流れ落ちる。

「社長が探してたって。美津子さんが」

応接セットのソファに積み上げられた段ボールを床に下ろし、空いた場所に腰を下ろして世之介は尋ねた。

「あ、うん。横道くんにちょっと話あってな」

さあ、きたと、世之介は準備万端である。喉元では、「生まれてこの方、おでん以外で人様の物に手を出したことはない！」というエピソードが、今か今かと出番を待っている。

「……まあ、あれだ。そう重たくとらんでもいいよ。あの、まあ、あれだ。ほら、このまえ、ちょっと横道くんに言ったろ。うちで正社員として働いてみたらどうかって」

「あっ……」

社長の口から出てきたのがまったく予期せぬ案件で、世之介は思わず声をもらした。

実はあのあと、社長からの誘いについては世之介も真剣に考えた。ありがたい話だったし、就職活動の経験上、請われて働けることがどれほど運の良いことかも分かっている。

ただ、結論としては断るつもりでいた。明確な理由があるわけではないのだが、なんとも名状しがたい気持ちが、社長からの誘いを拒んだ。もしどうしてもこの名状しがたい気持ちに名前をつけるとすれば、もう少しだけ人生にジタバタしたい、とでも言えばいいのだろうか。

どん底の気分から始まった今のフリーター生活だったが、いざ始まってみると、一気に焦りが消えた。もうどうにでもなれ、と思う気持ちが、逆にヘンな勢いになっていて、気がつけば、何か決めるのは、もっといろんな世界を見てからでもいいいんじゃないかと思えるようになっていた。

「あの……、その話なんですが……」

世之介は姿勢を正した。

「うん、その話なんだけどな。悪いんだけど、あれ、なかったことにしてもらえないかな」

「……大変申しわけ……」

現実の会話と、心の中での会話が混じり、うまくリズムが合っていない。

「もちろん、こっちの事情だよ。横道くんが悪いわけじゃない」

「えっと……」

「いや、ごめん。横道くんが動転するのも無理ないよな。ついこないだ、正社員になってくれって頼んでおいて、やっぱりなかったことになんて言われたら、誰だって混乱するよ。いや、悪い」

「いや、あの……」

「本当に横道くんの人間性がどうこうって話じゃないんだよ。まあ、簡単に言えば、正社員を増やすほど、うちに余裕がなかったというだけで。いや、本当に悪かった」

人間性という言葉が出てきたことで、世之介の思考は止まった。その人間性を買ってくれてこその誘いだったはずである。

まさか。

さすがに鈍感な世之介でも、さっき誠さんから聞かされた盗難事件のことが頭をよぎる。

「あの、もしかして、社長……、本気で僕のこと疑ってます？」

思わずそんな言葉がこぼれた。

「ん？　何？」

「いや、なんか事務所で、金が……、いや、なんか……」

「何？」

「いや、だから。もしそうだったら、僕、違いますよ」

「だから、何が？」

「いや、なんか……」

そのとき、社長の目を見て、世之介は血の気が引いた。その目が、「もういいよ」と言っていたのである。

急に力が抜けた。すでに諦めているのである。小銭泥棒を見る目なのである。

抜けたと同時に、なぜか早乙女さんの顔が浮かび、先月のバーベキューで、

「社長に気に入られて、いい気になってるみたいだけど、調子の良さだけでうまく人生やり過ごせるなんて思ってんだったら大間違いだから」

と言われたことを思い出し、更に、それを愚痴ったときのコモロンの、

「早乙女さんはもうその覚悟をしたんだよ。そうしてでも、今の生活を守っていくって腹を決めたんだよ」

という言葉まで浮かんでくる。

もしも、この盗難騒ぎが早乙女さんの仕組んだことだったとしたら。社長のお気に入りという自分の居場所を奪われまいとした早乙女さんが計画したことだとしたら。

そう考えようとした瞬間、すっと何かがさめた。

違う、俺じゃない！　という怒鳴りたい気持ちも、姑息《こそく》な早乙女さんに対する気持ちも、何もかもが一気にさめて、そこに悪意だけがポツンと残った。安価な応接セットのテーブルに、ポツンと誰かの悪意が残ったのである。

もし本当に早乙女さんの仕業なら、これは早乙女さんの悪意になる。

ただ、世之介はとっさにそれを手放した。手放してテーブルに置いた。置いた途端、なぜか、それは誰のものでもなくなったように見えたのだ。

「分かりました。一度でも誘ってもらえただけ、嬉しかったです」

と、世之介は言った。

負け惜しみでも嫌味でもなく、素直な気持ちだった。

「まあ、あれだ。横道くんはまだ若いから、これからどうにだってなるよ」

なるほどそうか、と世之介は思う。これも嫌味ではなく素直な気持ちで、なるほどそうかと思う。

ついこのあいだ、社長に言われた。

「今、横道くんは二十四歳だろ。中途半端に過ごすのはもったいないよ。この時期の決断が、横道くんの人生を決める。それが間違いないことだけは分かる」と。

世間というのは、まだ期待している若者には「もう二十四歳だぞ」と焦らせ、もう諦めた若者は「まだ二十四歳じゃないか」と慰めるのだ。

世之介は黙礼して、社長室を出た。

おそらく今月のバイト代の締め日まで働いてクビなのだろうと分かっていたが、不思議と誰にも腹が立たなかった。

もしかしたら、今回の一件を仕組んだかもしれない早乙女さんにも、こんな計略に簡単にはまっている社長にも、そしてたぶん、一バイトが入ってきて辞めた、ということだけで、このまますべてを流してしまうだろう誠さんや美津子さんにも、そして何より、こんな濡《ぬ》れ衣《ぎぬ》を着せられたまま、ここをあとにするしかない自分にも、なぜかまったく腹が立たなかった。

ただ、単純に、みんな、生活があるもんな、と素直に思えた。

早乙女さんは嫌な奴だが、嫌な奴になってもしょうがないと思えたし、社長はいい奴にも嫌な奴にも平等なのだろうし、誠さんや美津子さんにはもちろんなんの非もない。

事務所に戻ると、早乙女さんが背中を向けて電卓を叩いていた。世之介は自分の席に着き、棚卸しの手伝いをするまえに頼まれていた「もずく酢」の新パッケージの検品に取り掛かった。

六本木アマンド前の横断歩道を、疲れ果てた顔で渡ってくるのは世之介である。

六本木駅へ向かうつもりで渡ってきたくせに、よほど疲れているのか、まるで低きへ流れる水のように、そのまま芋洗坂《いもあらいざか》を下りていく。

ちなみに本人はまったく無意識だったらしく、坂の途中で、

「あ」

と気づき、元へ戻ろうとしたのだが、下ってきたのだから、当然、戻りは上り坂。

途端にやる気がなくなり、

「どっかには着くだろ……」

と、うるさい六本木通りの一本裏道をトボトボと歩いていく。

しばらく行くと、学生時代にコモロンが柄にもなくバイトしていた高級バーが入っているピラミデというビルがあった。

当時、冷やかし半分で一度だけ行ったことがあるのだが、店に入っただけでチャージ代とやらが二千五百円、おまけに出されたカクテルのグラスが、

「それ、バカラ製で一つ四万円だから」

と脅され、持ち上げようとしていたグラスから手が離せなくなったという苦い記憶がある。

懐かしいなぁ、と眺めていると、以前はなかったオープンテラスのカフェレストランがあり、時間が中途半端なせいか、さほど混んでもおらず、日を浴びたパラソルの下を心地良い風が吹いている。

一人で入るのは気が引けるような店だったが、時給千五百円という破格の仕事を決めてきたばかりでもあったので、三時のおやつくらい六本木っぽいものを食ってやれ、という気持ちで店に入った。

ハーフらしい可愛い女の子に案内されたテラス席で、コーヒーとカヌレなる、あまり美味しそうには思えないネーミングの焼き菓子を頼んで一息つくと、隣のテーブルの客たちの会話が耳に入ってくる。

世之介より二つ、三つ年上の男たちだろうか、その三人が三人とも、一目でポリエステルではなく、高級ウールと分かる仕立ての良いスーツを着ており、空いた椅子には眩《まぶ》しいくらいのアルミ製のアタッシュケースが置いてある。

エリートサラリーマンたちのコーヒータイムを絵に描けと言われたら、まず浮かんでくる風景である。

おまけに聞こえてくるのは、今度のクライアントがなんちゃらかんちゃら、明日のアポのミーティングでどうたらこうたら、コンサル的にはなんたらと、コント以外でついぞ耳にしたことのない言葉がぽんぽん飛び出してくる。

届いたコーヒーを舐めながら、なんとなく彼らの会話を聞いていると、どうやら彼らはアーサー・アンダーセンだか、プライスウォーターハウスだか、とにかくそういう外資系の巨大経営コンサルタント会社というか、プロフェッショナル・サービスファーム（知的専門集団）の社員であるらしかった。

と、世之介が自分でも驚くほどこの手の知識があるのは、大学で一応経営学を学んだ学生だったからで、どちらかといえば、バイトとサンバに明け暮れた学生生活だったとはいえ、同じ教室には現役での公認会計士合格を目指して猛勉強中の友人が何人もおり、そんな彼らの口から出てくるのが、アーサーなんとかだとか、プライスなんとかだとか、とにかく金の臭いがプンプンするような外資系経営コンサルタント会社の名前だった。

考えてみれば皮肉なもので、そんな将来を見据えた友人たちの、まさに将来の姿が隣でコーヒーを飲んでおり、その年収はおそらく一千万、逆に将来を見据えていなかった自分はといえば、大学の必修科目であった簿記論で単位取得のためにどうしても必要とされていた日商簿記二級をなんとか取っていたおかげで、さっき試しに登録に行ってみた、今流行りの派遣会社の面接で、

「あら、簿記二級があるんだったら、経理で仕事探せますよ」

と言われ、その上、時給がなんと千五百円という、もずく酢の会社やバーボンバーの時給とは、その桁《けた》が違うことを知らされて飛び上がって喜んでいるのである。

もちろん時給千五百円は高給だが、社会保障も何もない上に、年収一千万円と比べれば、その三分の一にもならない。

ちなみに新しい仕事が決まって喜んだわりに、派遣会社を出てきた世之介が疲れ果てていたのには理由があって、当初は、まさか学校の授業でいやいや取らされた簿記二級が自分の人生の役に立つなどと思ってもいなかったので履歴書にも書いておらず、となると面接官は当然、

「何か資格がないと、厳しいですよー」

という反応しかなく、

「じゃ、とりあえずタイプの速さとか計ってみます？」

と座らされたワープロのまえで、世之介が見せたのは猫にマッサージでもしているのかという、

まさかの一本指打法。

呆れた面接官は声もなく、

「資格とは言わないまでも、何かあるでしょ……」

と二人で頭を抱え込む時間が続いたからである。

学生時代の呑気だったころの記憶と、ついさっきの面接の切羽詰《せっぱつ》まっていた記憶が交互に蘇《よみがえ》り、思わずため息をついた世之介が、すっかり氷のとけたアイスコーヒーをズルズルと飲み干して、テラスの席を立とうとすると、ふと隣のテーブルからの視線を感じた。

まさか、自分の脳内映像が伝わって同情されているわけでもないのだろうが、なんとなく居たたまれず、立ち去ろうとしたまさにそのとき、

「あれ？　よ……、よこ……、横道だっけ？」

と、エリートテーブルから声がかかったのである。

「え？」

思わず世之介が振り返ると、

「やっぱそうだよな。久しぶり！　俺だよ、俺」

立ち上がった男はやけに嬉しそうだが、

「あ……」

そう呟いた世之介の方は顔が曇る。

たった今、蘇った学生時代の記憶の中、まさに現役で公認会計士に合格した男が目のまえに立

っているのである。

「赤水《あかみず》？」

世之介の力のない問いに、

「おお、やっぱ横道だよな。ぜんぜん気づかなかった。ずっとそこにいたよな？」

あまりと言えばあまりの言い分だが、自分だって気づかなかった、というか、まさか隣のエリート集団に自分の知り合いがいるとは思ってもいなかった。

「横道、おまえ、何やってんの？」

こうやって空白の時間をズカズカと埋めようとするのは、間違いなく自信がある方である。

「え？　何が？」

そしてこうやってはぐらかすのは、間違いなくそれがない方だ。

「何がって、仕事？　えっと、おまえ、たしか証券だったよな？」

おそらくコモロンと間違えているのだろうが、どうせこの先、連絡を取り合うとも思えず、

「え？　あ、ああ」

とりあえず生返事で誤魔化《ごまか》すと、

「今度、飲もうぜ。ちょっと連絡先教えろよ」

「え？　あ、ああ」

「ほら、電話番号」

早速、手帳を開いた赤水に、さすがに嘘はつけず、正直に自宅番号を教えた。

教えながら、次第に赤水のことを思い出してくる。昔からなんとなく相性の悪い男だった。あれはいつだったか、赤水が付き合っていた女を振ったという話をしていた。そうだ、舞台はここ六本木だったはずだ。バーで別れ話をして、一人さっさと店を出た赤水は六本木駅に向かったという。彼女もあとをついてきた。別れたくない、と泣いていたという。駅の改札で、追いすがる彼女を突き飛ばすと、転んだまま、

「たっくーん！　いやー、たっくーん！」

と、すでにホームへ向かっていた赤水を、泣きながら呼び続けたらしい。

という悲惨極まりない話を、赤水は心底面白そうに、それこそ涙を流して笑いながら話していたのだ。

「じゃ、横道、また連絡するわ！」

逃げるように立ち去る世之介を、赤水の声が追いかけてくる。

「会うもんか」と思いながら、

「じゃ、また！」

と、世之介は六本木駅へ向かった。

「さすがに平日は空いてるなー」

今年初めての猛暑日である。呟いたのは生っ白い肌を晒《さら》した水着姿のコモロンで、目のまえにはきらきらと日を浴びた区民プールの波紋が揺れている。

「これで入場料二百円はお得だよなー」

横で、やはり生っ白い肌を甲羅焼きしている世之介は、すでに顔も背中も真っ赤である。

「俺ら、もうどれくらいいる？」

コモロンがふと思い出したように、管理事務所の壁時計へ目を向け、

「うわ、もう昼じゃん」

と呆れると、ひょいと立ち上がり、目のまえのきらきらしたプールに足からドボンと飛び込んだのだが、すかさず監視員から、

「静かに入ってください！」

と拡声器で注意を受ける。

それでもプールの縁《へり》に気持ち良さそうにへばりついたコモロンが、

「世之介、まだいる？　俺、もう帰るけど」

と声をかけてくるので、

「えー、もうちょっといようかな。帰っても暑いし、やることないし」

「ええー、じゃあ、俺、帰りバスじゃん」

ここまで世之介のスクーターに二人乗りで来たので、バス停まで歩くのがよほど面倒らしく、コモロンは露骨に嫌な顔をする。その嫌な顔に日を反射させた波紋がきらきらしている。

本来なら職場にいるはずのコモロンだが、今日は有給を取ったとやらで、取るなら取るで何か予定でも入れればいいものを、結局やることがないからと、朝っぱらから世之介のところにやっ

てきたのである。

「あ、そういえば、世之介、浜ちゃんが勤めてる銀座の鮨屋行ったの？」

やけに唐突な質問だなと世之介が顔を上げると、なんてことはない、小学生の女の子が海老《えび》の形をした浮き具で遊んでいる。

「いや、まだ……」

「まだって、あんなに心配してたくせに？」

「行こうとは思ってんだけど、なんだかんだでバタバタしててさ」

言いながら、さすがに世之介も区民プールで甲羅焼きしている自分の姿に気づき、

「いやいや、面目《めんもく》次第もございません」

と素直に謝る。

「……というか、あの床屋のおっさんが大げさに言ってるだけじゃないかな」

「あー、出た。世之介の悪いポジティブ思考」

「悪いポジティブ思考ってあんの？」

とかなんとか笑い合っているうちに、

「さて、帰ろっと」

プールを出たずぶ濡れのコモロンが敷いていたバスタオルを持って更衣室へ歩いていく。

プールサイドを歩いていくコモロンをなんとなく眺めたあと、再びゴロンと横になろうとした世之介の視線が女子更衣室と書かれたドアに向いたのはそのときで、こちらもなんとなく眺めて

いると、中から男の子がまず駆け出してきて、

「走るな、コラ！」

と、そのあとを母親が追いかけてくる。

すぐに捕まった男の子に無理やり水泳帽子をかぶせる若い母親……。

「ん？」

世之介は思わず体を起こした。

顔を上げた若い母親が、眩しそうにプールサイドをぐるっと見回す。そして、その視線がピタリと世之介で止まる。

「あ」

声は聞こえないが、彼女の表情が変わる。

世之介はバスタオルの上に正座した。

間違いなかった。こちらを見ているのは、コロモンの部屋の物干し台（テラス）から双眼鏡で覗いた女で、その手が引っ張っているのは掃除機の真似をしてビー玉を喉に詰まらせた男の子である。

「ども」

正座したまま、世之介が会釈すると、向こうもまた、

「ども」

と、子供の手を引いたまま会釈する。

しかし子供は早く幼児用プールに行きたいらしく、その手をぶるんぶるん回している。

スタートは覗き魔だったにせよ、結果的には、ある意味で男の子の命の恩人と言えなくもない相手なので、向こうも挨拶に来た方がいいのかどうか迷っているようで、なかなかその場を動かない。プールの目のまえで、意味不明なお預けを食らうのは男の子にとっては当然、理不尽である。

更にぶるんぶるんが大きくなったとき、世之介が先に動いた。立ち上がってプールサイドを駆け出したところで、

「プールサイドは走らないでください！」

と、監視台から注意され、仕方なく競歩スタイルで近づいた。

「あ、あの、このまえはどうも」

声をかけた世之介に、

「こちらこそ、このまえはどうも」

と女も応える。

「プールですか？」

「ええ、プール」

「暑いですもんね」

「ええ、暑くて」

大人たちにとってどうでもよい会話は、子供には更にどうでもよい。

「お母さん！」

さすがに痺《しび》れを切らした息子が、本気で睨みつけてくる。

そこで、「じゃあ」と立ち去れれば命の恩人風なのだが、出が覗き魔なので、幼児用プールへ向かう二人のあとを、なぜか世之介もついていく。

「ほら、入るまえに体操！」

早速、プールに入ろうとする息子に女が注意すると、

「ウゴウゴルーガの『くまさん』でいい？」

と尋ねた息子が、輪唱で有名なあの『森のくまさん』を、

「ある日、ある日、森の中、森の中」

と早送りしたような歌い方で歌い出し、それに合わせて体操なのかダンスなのか、奇妙に体をくねり出す。

「すいません、今、保育園で練習してるもんだから」

息子の奇妙なダンスが多くの視線を浴びる中、恥ずかしそうに説明する女も、自分から言った手前、プール入りたさに必死に踊る息子を止められない。

結局、最後まで踊り切った息子がプールに駆け込むと、誰よりもホッとしたように、女がパラソルの下の日陰に避難する。

「あれ、体操なんですか？」

気になったので世之介が尋ねてみると、

「体操？　じゃないよね？」

と女も苦笑いする。

そのとき、パラソル下にいた中年の男が気を利《き》かせて椅子を空けてくれたので、なんとなく二人で腰かけた。彼女は水着ではあるらしいのだが、その上に短パンとTシャツを着ている。

「この辺なんですか？　家」

女に聞かれ、

「池袋の北口です」

「じゃあ、近くもないけど、遠くもないか」

「ここまでスクーターで十分くらいですかね。さっきまで、このまえも一緒だったコモロンもいたんですけど」

「え？　コモ……」

「あ、コモロン。このまえ、お宅に伺ったときに一緒だった……」

「あ、そうだ。私、日吉です。日吉桜子」

「桜子？　なんかアイドルっぽいっすね」

「そう？」

「俺、横道、横道世之介」

そのときプールから「一緒に遊んでくれ」という男の子からの催促があり、

「やだなー、日に灼《や》けんの」

と女が顔を歪めるので、

「代わりに遊んできましょうか。どうせヒマだし」

と、世之介は立ち上がった。

一瞬、「いやいや、ご迷惑でしょうから」と、女も断ろうとする表情を見せたのだが、炎天下のプールに出ていくのも嫌なら、ここで世之介と話し続けるのもどうかと思ったのかどうか、とにかく、

「ええ？　いいんですか？」

と、言葉とは裏腹に、女は世之介の申し出をすでに受け入れている。

とつぜん見知らぬ男が近づいてくるので、さすがに息子も不審がったが、水深の浅いプールを世之介がサンショウウオのように不気味に近づいて行くと、まず怖がって世之介の背中をひと踏みしたあと、

「キャッ、キャッ」

とはしゃいで水の中を逃げ回り始めた。

とつぜん現れたサンショウウオに、幼児用プールはちょっとしたパニックというか、大好評で、気がつけば、桜子の息子だけでなく、他の子たちも歓声を上げて逃げ回る。その間を、世之介は右に左にと動き回り子供たちを追いかけ回す。

どれくらいそんなことをやっていたのか、さすがに疲れて世之介がプールから上がると、すっかりサンショウウオにも慣れた桜子の息子もついてくる。ひょいと抱き上げ、パラソルの下へ戻

れば、

「疲れたでしょー」

とさすがに桜子も労《いたわ》ってくれる。

「結構、水飲んじゃって……」

「うわっ！」

世之介の一言に、桜子が遠慮なく顔を歪める。

「あ、いいです。その先は言わなくても……」

慌てて遮《さえぎ》る世之介に、「あ、すいません」と謝ったくせに、その連想からなのか、

「あ、亮太、オシッコまだいい？」

と尋ねる桜子に、がっかりの世之介である。

その後、すっかり懐いた亮太の体をバスタオルで拭いてやっていると、桜子が更衣室の自動販売機でポカリスエットを買ってきてくれた。

「あ、いただきます」

「横道さんって、ずっと池袋なんですか？」

「いや、荻窪とか世田谷とか、いろいろ引っ越してきて池袋。わりと引っ越し多くて、全部、東京の西側なんですけどね」

「西側？」

「ほら、東側ってなんか柄悪いイメージありません？　小岩《こいわ》とか。昔、配送のバイトであの辺の

担当だったことがあるんだけど、午前中に酔っ払いに絡まれるの、普通でしたからね。俺、九州長崎の出身で、いとこが福岡の小倉《こくら》ってとこ住んでて、ほら、漫画の『ビー・バップ・ハイスクール』ってあるでしょ。あのヤンキー漫画の舞台があの辺で、まあ、そこも柄の悪い町だったけど、小岩行ったとき、そこよりひどいって思いましたからね。あ、そういえば、その小倉に、俺のいとこが中学一年のときに長崎から引っ越していったんだけど、半年後に両親たちと会いに行ったら、昆虫博士って呼ばれてたそのいとこ、髪はリーゼントだし、剃り込み入っているし、もちろん眉毛ないし、自分が昆虫みたいになってましたからね。……あ、そうだ。ところで、桜子さんて、今のマンションのまえはどこにいたんですか？　引っ越してきたばっかりなんでしょ？　それまでは？」

「実家に」

「実家って？」

「小岩」

自分の話に自分でゲラゲラと笑っていた世之介は、その辺りですっと正気に戻る。たいがい、世之介が調子に乗って喋り出すと、必ず何かの地雷を踏むのである。

「あ……」

慌てた世之介が、話を逸らすように亮太の体をまた拭こうとすると、

「もう乾いてる」

と、桜子の冷たい一言。

「いや、小岩もね、いろんな顔があるから、俺が担当してた地区が、なんていうか、ちょうどあの辺りで一番柄の悪い飲み屋街で、なんかあちこちのスナックから下品なカラオケなんか聞こえてて。でも、あれですもんね、小岩も住宅街に行くと、下町情緒あっていいですもんね」

その辺りで桜子が笑い出した。

よかった、小岩でも住宅街の出身だと、世之介が安堵《あんど》したのもつかの間、

「うちの実家、そのスナック街のど真ん中なんだけど」

とまずトドメを刺されたあと、

「でも、横道さんが悪いわけじゃないもんね、悪いのは小岩」

と、更に笑い出す。笑っているのだが、なんだかその目の端に、小岩っぽいというか、小倉っぽいというか、そんな町特有の狂気《マッドネス》がちらりと浮かんでいる。

「いやいや、小岩が悪いなんて、そんな……、小岩は悪くない。絶対悪くない」

「いや、悪いよ。絶対悪い」

「だから、悪くないですって」

「いや、悪い。だからアタシみたいな女が育つんだよ」

桜子の口からこぼれた「アタシ」という言葉の発音が妙に板についている。

さすがに世之介もピンとくる。

あ、本物だと思う。

日本各地にヤンキー文化が吹き荒れたのは、世之介がまさに思春期だったころである。『積木

くずし』なる大ヒットドラマが生まれ、今では考えられないかもしれないが、中学生だった世之介が週末に友達と観に行く映画が『夜をぶっとばせ』だったのである。

ちなみにこの『夜をぶっとばせ』を簡単に説明すれば、十五歳の主人公の少女が東京近郊にある地方都市の中学校に転校したところから物語は始まる。赤いチリチリの髪、眉毛を剃って、ロングスカートの彼女は、学校では相手にされなくても、地元の暴走族とはすぐに親しくなるというような話で、不良学生たちからのリンチあり、シンナーあり、保健室でのセックスあり、という凄まじいシーンをこなすこの主役少女を、実際に、喫煙、シンナー、暴走、喧嘩《けんか》、不純異性交遊など非行を重ねてきた本人が演じているという、リアリティバツグンの作品であった。

もちろん世之介自身は、眉毛もあったし、バスケットボール部の部員だったりもしたので、どちらかといえばクラスの中でもスポーツ枠ではあったが、それでも時代とはいえ、丸坊主のチームメイトたちと、週末に観ていたのがこんな映画だったのである。

ただ、当然、観るのはいいが、こういうヤンキー女とは関わりたいわけではないから、学校ではその手の先輩たちとは目を合わせないように、それこそ、そんな先輩たちが暴走族の彼氏たちのバイクに同乗して、学校の廊下に走り込んできても、何事もないように黒板を見つめているような日々だった。

そういえば、そんな先輩たちの中に、幼いエマニュエル夫人とまで呼ばれたアメリカの女優、ブルック・シールズにそっくりな人がいた。名前をあけみ先輩といったが、上京した世之介が初めて長崎に帰省した際、空港から市内に向かうリムジンバスの座席ポケットにあった「長崎ガイ

ド」なる薄い雑誌をパラパラと捲《めく》っていると、

「長崎の夜はアタシたちにお任せ」と、市内のスナックやクラブを宣伝するページに、そのあけみ先輩が「スナック　青い蝶《ちょう》」のママとして載っていた。

ちなみにその店に好奇心から飲みに行った中学の同級生がいた。昔は怖い先輩でも、今は客とスナックのママだぞと店に入ったのはいいのだが、当然あけみママは優しかったにしろ、その目の端にはまだあの狂気《マッドネス》が残っており、最初から最後まで料金をぼったくられる心配で頭がいっぱい、同じ中学だとも言い出せぬままに退散してきたらしい。

ふと我に返った世之介のまえにあるのは、桜子の顔である。

小岩→アタシ→積木くずし→夜をぶっとばせ→あけみ先輩という連想のあとにその顔があると、もうその延長線上にしか見えない。

「……そろそろ帰ろっかな」

唐突に口にした世之介が立ち上がると、

「じゃ、アタシたちも帰ろうかな。あ、そうだ。亮太と遊んでくれたお礼に、そこのそば屋でご馳走させてよ」

と桜子まで立ち上がる。

そう、この手の女には子分肌の男の匂いを嗅ぎ分ける能力がある。まさに痛恨の思いの世之介であった。

去年まではそば屋だったという商店街の店が、いつの間にか、おしゃれなカフェに変わっていた。窓際の席に案内されてメニューを開くと、オランダ、ドイツ、デンマーク、ベルギーなどのヨーロッパビールフェアをやっている。先ほどまで炎天下のプールにいたせいで、世之介の喉も鳴る。

「横道くん、ビール飲んでよ」

「日吉さんもビールにします？」

「私、今日は休肝日だから」

休肝日。若い身空《みそら》でこんな言葉がさらっと出てくるのは、水商売か、コモロンくらいしかいない。

ちなみにこの桜子の方もわりと勘がいいようで、自分の仕事がこれで伝わったと気づいたらしく、

「横道くんは何やってんの？」

と尋ねてくる。

「あ、俺は、いわゆるフリーターで、昼間の仕事はこのまえクビになって、夜は新宿のバーボンバーで」

「ふーん、じゃあ、お互い水商売だ」

「じゃないと、平日のこの時間に区民プールでぱったりなんてないし」

結局、休肝日だったはずの桜子もさほど意志は強くないようで、ベルギービールを頼む。

「ところで、亮太くんって食べてるとき、びっくりするくらい静かですよね」

思わず口にした世之介のまえで、当の亮太は黙々とホットケーキを食べている。

「でしょ？　気味悪いくらいだもん」

「こんなに集中して食べてる子、初めて見た」

「でしょ？　だから、地元の友達とかに、『あんた、いつもちゃんと食わせてんの？』なんて言われんの」

いろいろ気になるところはあったが、ここで立ち止まると先に進みそうにない。

「でも、すごく美味しそうに食べてる」

「あ、それ、託児所の先生にも褒められんの。『亮太は口が汚くない』って」

「その人、おばあちゃん先生？」

「そうだけど、なんで？」

「なんとなく」

「飴《あめ》とか舐めさせるじゃない。すると、目、とろ～んとさせて、幸せそうにしてんの。な？　亮太、あんたが静かなの、食べてるときだけよね？」

母親の問いに応えもせず、亮太は実際とろ～んとした目で甘いホットケーキを口に運ぶ。

「……やっぱり血ってあんのかもね。この子の父親が食い意地張ってたのよ」

「そうなんだ。どんな人？」

「どんなって……、良く言って、クズ」

「悪く言えば？」

「死ね」

顔は笑っているが、目が笑っていないところを見ると、この話には深入りしない方が良いらしい。

ホットケーキを食べ終わると、亮太が眠いと言い出してソファで寝てしまった。世之介が二本目のビールを頼むと、「じゃ、私も」と桜子も手を上げる。

「横道くんって、彼女いないの？」

「俺？　いないいないない。いたら、コモロンと区民プールなんか来ない」

またコモロンが分からなかったようだが、気にはならないようで、

「ふーん」

と頷く。

「……横道くんって、免許持ってる？」

「車？」

「船」

「持ってないよ……」

「冗談よ。車」

「あ、じゃあ、持ってる」

「今度、ドライブ行かない？　私、今、免停中でさ、試験受け直しに行く時間もなくって」

「レンタカーで？」

「車は、実家のがあんの」

一瞬、シャコタン・カモメウィングの、いわゆる族車を思い浮かべたのだが、「実家の」を信じることにした。

「どこ、行く？」

しばらくドライブなどしていない世之介も、なんだかんだで乗り気である。

「横浜は？」

「おっ、いいね。ドライブっぽい」

寝心地が良くなかったのか、この辺りで亮太が目を覚まし、帰りたいと駄々をこね始めた。

「自分で歩くんだよ」

桜子の言葉に、「うん」と頷きはするが、その両腕はすでにおんぶされる前提で、まえに差し出されている。

自分がお礼に誘ったのだから会計は持つと、桜子は譲らない。となると、差し出された亮太の腕を、世之介は自身の背中に回すしかない。

とはいえ、背負ってみれば、真夏の暑さと子供の体温で背中は汗びっしょりながら、背中に心地よい亮太の重み、耳に心地よい亮太の寝息で、なんとも歩くのが楽しくなってくる。

「やっぱり、ちゃんと時間作って、免許取り直しに行かないとなあ」

横を歩く桜子が、脱げそうだった亮太のサンダルを手に持つ。

「免停って、何やったの？」

「何って、ちょっとしたスピード違反とか、一通無視とか、あと駐車違反。とにかく運が悪いのよ。そういうことやったときに限って、向こうからパトカーがぬっと出てくんの」

「あの、先に言っとくけど、俺、腹立つほど安全運転だよ。教習所の先生が最終的にイラついてたから」

「なに、それ。あはは」

冗談と受け取ったらしい桜子に、世之介は敢えて弁明しなかった。

八月　冷夏

記録的な冷夏である。七月の終わりにカッと暑くなり、いよいよ夏本番との意気込みで八月を迎えると、一転、最高気温が二十二度という日さえある。

桜子とのドライブが現実となったのは、そんな気の抜けたような夏の日で、まずは車をピックアップに来てほしいと言われた世之介は小岩の実家へ向かった。

ある程度の覚悟はしていたものの、桜子と駅前で待ち合わせて少し離れた駐車場に行くと、そこに停まっていたのは、なんと紫色のマークⅡだった。

「いや、さすがにこれは……」

狼狽《うろた》える世之介に、

「色は派手だけど、中はまったくいじってないから大丈夫だって。ミサイルが出るボタンがついてるわけじゃなし」

とは桜子で、もちろん冗談なのだろうが、逆にミサイルが搭載されてない方が違和感がある。

「これ、兄貴のなんだよね」

「え？　乗っていいの？」

「大丈夫だよ。私も頭金、半分出してるし」

「お兄さん、いないの？」

「いるよ、うちに。今日は亮太の子守」

てっきり亮太と三人でのドライブだと思っていたので、となると、本格的にデートになるよな、と、こんな車をまえにしながら、世之介に妙な緊張が走る。

「ほんとに乗っていいの？」

「だから大丈夫だって」

桜子に、「ほいっ」と鍵を渡され、ここまで来たら仕方ないと、肚《はら》を決めて運転席に乗り込む。

実際、乗ってみると、己《おのれ》の奇抜な外見は見えないので、多少、気持ちも落ち着く。

早速、助手席に乗り込んできた桜子が兄貴のらしいCDケースを物色し、

「相変わらず趣味悪っ」

と貶《けな》す。

その横で、まずシートの角度をああでもないこうでもないと弄《いじ》った世之介が、今度はルームミラーを右に三ミリ、左に一ミリの角度で調整し、次にアクセルとブレーキの踏み具合を確認した辺りで、

「今日中に横浜着く？」

と桜子が笑うので、

「俺、ハンドル握ると、性格変わるから！　普段以上に丁寧になるから！」

と、世之介は唾《つば》を飛ばした。

「そっちに変わる奴いるんだ？」

真顔で驚く桜子である。

幸い、世之介の正直な宣言がよかったのか、横浜へ向かう首都高で、どんどん他の車に追い抜かれようと、当初予想していたように、桜子が「まくれ、まくれ」などと運転を煽《あお》るようなことはなく、逆にこちらの外見が紫色なため、こんなに低速で走っているのに抜くに抜けない車も多く、気がつけば、背後は大渋滞、

「パトカーじゃないんだから」

さすがに桜子も、スピードを出せない他の車に申しわけなさそうだった。

予定通り、山下公園に到着したのは正午少しまえで、超低速運転だったにしろ、窓全開で風を浴びるドライブは、やはり桜子にとって気分が良かったらしく、やっと見つけた駐車場に車を停めて、公園の海っぺりで背伸びする彼女の姿は、とても晴れやかに見えた。

とりあえず潮風でも浴びようとベンチに腰かけると、正面にも似たような若いカップルがいる。向こうの男はどんな車に乗ってきたのか知らないが、スレてないというか、どこか初々《ういうい》しい。

「タカシくんって、ケイコちゃんに冷たいよね」

とつぜん桜子が鼻から抜けるような甘えた声を出す。一瞬、気でも触れたかと思ったが、どうやら正面のカップルの女の子に勝手にアフレコしているらしい。

ちなみに文脈からタカシがそこにいる男だというのは分かるが、ちゃん付けのケイコが誰なの

か分からない。

「ケイコちゃん、タカシくんに気があるんじゃないかなー」

向こうの声は聞こえない距離なのだが、桜子がうまくアフレコするので、本当に女の子が喋っているように見える。

「えー、ケイコちゃんが？　そんなことないってー」

世之介も付き合いで男役を演じてみると、これがまたぴったりと合う。

「タカシくんって、鈍感なんだよー」

「そうかなー。でも、俺、今、好きな子いるもん」

「え？　誰ー？　私が知ってる子？」

「うん、知ってるよ」

「えー、誰よ、誰よ」

と、ここまでやって、ふと素《す》に戻った桜子が、

「ちょっと待った。私が今度、モテる方やるわ」

と言い出す。

「了解。俺も鈍感なモテ男、しっくりこない」

早速、キャラクターを入れ替えた世之介が、

「そこに泊まってる氷川丸《ひかわまる》ってのはね、チャップリンも乗ったことのある豪華客船だったけど、終戦後は大陸からの引き揚げ者をたくさん乗せてきたって歴史もあってね」

と、氷川丸の蘊蓄を語り出し、

「あー、確かに、そういう男、イラつく」

と、桜子が喜び始めたときである。どこからともなく、がなるような男の歌声が聞こえてきた。楽しげに歌っているというのではなく、明らかに誰かの命令で歌わされているような切迫した声色で、なんとも殺伐とした雰囲気である。

「なんだ？」

思わず立ち上がった世之介の目に飛び込んできたのは、夏の休日を楽しんでいる親子やカップルで賑わう花壇広場で、ベンチの上に仁王立ちし、一人声を嗄《か》らしているスーツ姿の男だった。

「ああ、自己啓発系の研修だよ」

と、桜子がうんざりしたように言う。

「何、それ？」

「知らない？　徹底的に自分を否定して、従順な会社人間になるように送り込まれる研修。十日間ぐらい監禁されて、自分がいかにダメな人間で、なんの取り柄もないかを徹底的に叩き込まれて、追い込まれて、最終日なんて、そんな自分みたいな人間が、それでもこの過酷な研修に耐えられたんだって褒められるもんだから、みんなもう気持ちが解放されちゃって、大の男たちが大声で泣くらしいからね。知らない？」

「知らない」

「ほら、電車とかでも見るじゃない。次から次に客に話しかけてくる人」

「あ、それなら見たことある。自己紹介された」

「それ。あれも一緒」

やけに詳しい桜子からの説明を聞き終えたころ、嗄れ果てた声で一曲歌い終えた男が、「ありがとうございました！」と叫んでベンチを下りる。

しかし、これで終わったのかと思っていると、男が走り去った花壇の向こうには、リクルートスーツを着た男女が十人ほど並んでおり、二番手らしい男がこちらへ全速力で駆けてくる。

なんとなく眺めていた世之介だったが、この男がベンチに飛び乗った途端、

「ええ？」

と思わず声を裏返した。

憔悴《しょうすい》しきった顔でベンチに立った男が、なんとコモロンだったのである。

言葉もない世之介のまえで、コモロンが応援団風に胸を張り、さっきと同じ歌を歌い出す。ただ、よほど喉を酷使してきたのか、その声は掠《かす》れ切っており、人間の歌声というよりも、元気のない馬のいななきにしか聞こえない。それでも、「今日はちょっと喉の調子が……」という感じで首でも傾げ、また歌い直せばそこに狂気は感じないのだろうが、喉から声が出ようが出まいが、コモロンは歌をがなり続けるのである。

痛々しい。

これ以外に感想はなく、花壇広場にいた親子やカップルたちも、まるで陰湿ないじめの現場を見せられたような顔をして、無言でその場を去っていく。

声の出ないコモロンは、いつの間にか声の代わりに涙を流して泣いている。よほど苦しいのか、しゃくりあげ、鼻を啜り、涙でグショグショの顔で歌おうとしている。

さすがに見るに忍びなく、気持ちではコモロンに駆け寄ろうとするのだが、なぜか肝心の体が動かない。

「あの人って……」

世之介の異変から、休日の広場の雰囲気をぶち壊してる男の正体に桜子も気づいたようで、一気に身近に思えたのか、その表情に更に気色悪さが増している。

「ちょ、ちょっと行ってみようかな」

行きたいのなら勝手に行けばいいのだが、やはり足が動かない。

そうこうしているうちに、指導官らしき男が二人やってきて、コモロンのまえに立ったかと思うと、

「声がちいせぇよ！」

「なに言ってんのか、ぜんぜん分かんねえよ」

「てめえ、バカにしてんのか？　バカはてめえだぞ！」

「泣くな！　男のくせに！」

と、聞くに耐えない罵詈雑言《ばりぞうごん》で、更にコモロンを追いつめる。

どんな事情があるのか知らないが、コモロンもそんな男たちの叱責《しっせき》に、

「すみません！　すみません！」

と鼻水を啜りながら謝り続ける。

世之介が知っているコモロンは、池袋の安い居酒屋で幸せそうに酎ハイを飲むコモロンである。会計時、財布にその居酒屋の割引券を見つけて本気で喜ぶコモロンである。もちろん社会人だし、大手金融機関で働く男なのだから苦労は多い。それでもコモロンは根っからの良き人であり、どんな理由があろうとも誰かに罵倒される人間ではない。

「やっぱり行ってくる」

世之介の足がやっと動いたとき、ちょうどコモロンの歌のような、喘《あえ》ぎのようなものも終わった。

「不合格！　明日、もう一回。ほんとに何やらせても、おまえが一番ダメだな」

そんな指導官の声を聞きながらも、世之介が花壇の遊歩道を進んでいくと、その異様な迫力が目に入ったのか、気づいたコモロンが途端にオロオロし始めた。

すでにコモロンを「助ける」つもりでいる世之介は、自分にも気合を入れるように鼻息が荒い。

「コモロン！　何やってんだよ！」

まず口から出たのは、そんな言葉だった。

公共の場での苦情には慣れているのか、指導官たちが機嫌悪そうに振り返る。

慌てたのはコモロンで、ベンチから飛び降りると、世之介と指導官たちの間に割って入り、

「何してんだよ？　こんなとこで」

と鼻水を啜りながら、世之介の方に食ってかかる。

「何してるって……、日吉さんとドライブで……」

振り返った世之介の視線を追ったコモロンも、すぐに桜子のことは思い出したようだが、さすがに二人の進展について聞く余裕はないらしく、

「とにかく、どっか行ってくれよ。今度、ちゃんと話すから」

と、世之介の方を厄介者扱いする。

「だって、コモロン……」

「いいから！　とにかく行ってくれって」

勇気を出して助けにきたのにこの扱いである。世之介がもう少し冷静かつ大人であれば、何かしらあるはずのコモロンの事情を推《お》し量《はか》ることもできるのだろうが、勇気を振り絞ってきたという自分のことで興奮しており、なんだかとても腹が立つ。

「じゃあ、いいよ！　行くよ！」

拗《す》ねた子供である。

背後では世之介の登場などなかったかのように、次の研修者がベンチに立って歌い出しており、不合格となったコモロンは指導官に連れられて列へ戻ったのである。

そのコモロンから電話がかかってきたのは、桜子とのドライブを終えて小岩に戻り、紫のマークⅡを駐車場に停めて帰宅したその夜のことである。なんでも研修はまだ続いており、就寝前の一時間の休憩時間にかけているという。

世之介が電話に出るなり、

「ごめん」

　とコモロンが謝るので、

「いや、別にいいけどさ」

　と世之介もすぐに折れたのだが、次にコモロンから聞かされた話の方にショックを受けた。

　なんとコモロン、せっかく就職できた大手証券会社をすでに退職していたそうで、

「いや、言おう言おうとは思ってたんだけど、言うんだったら田舎の両親に言う方が先かなあって」

　と、要するに、すでに辞めて何ヵ月も経つのに、まだ親にも伝えていないらしい。一流企業に就職できた息子を、あんなに自慢していた親にさえ。

「だって、ちゃんと会社行ってたじゃん。このまえだって会社帰りに待ち合わせて飲んだじゃん」

「だから、あれは……、わざわざスーツに着替えてから出かけてきたから。ほんとは家にいたんだけど」

「面倒くさっ」

　引っかかるところはそこではないのだが、思わずそんな言葉が出てしまう。

　更に詳しい話によれば、それでも再就職先を探してはいたようなのだが、この就職氷河期にタイミングよく再就職先が見つかるわけもなく、そのうち昼間っからテラス（本当は物干し台）で飲んでしまう自分を嫌悪するようになり、これじゃダメだと、ここ最近流行《はや》っている自己啓発系

の本を買い漁《あさ》って読んでいると、

「願えば叶《かな》う」

「習慣を変えれば人生も変わる」

「自身の潜在能力を信じろ」

と、どの本を読んでもこの三つのことが書いてあり、というか、この三つのことしか書いておらず、次第にポジティブ思考になってきたところ、ある本の巻末に紹介してあったこの研修プログラムに自ら応募したというのである。

「っていうか、なんで辞めたの？　せっかくあんな一流企業に入れたのに」

今さらといえば今さらだが、どこにも就職できなかった世之介にしてみれば、どうしてもその一点が理解できない。

「俺、ほんとに仕事できなくて……」

コモロンがポロリとこぼす。しかしその口調がいつものコモロンではない。どちらかといえば、昼間、コモロンを叱責していた指導官の口調である。

「……自分でもはっきり分かるんだよ。他の同期と比べても俺は劣ってるって。どんなに努力したってダメな人間なんだよ。営業成績だってずっと最下位で、そんな奴、会社はいらないんだよ。それにな、世之介なんかに俺の気持ちが分かるもんか！　最初から人生捨ててる世之介なんかに、俺の、こんな気持ちが分かるわけないんだよ！」

先進国の風景というのは、二十五年の月日が流れてもさほど変化がない。これがベトナムのような国だと、通い慣れた路地は一年でガラリと変わり、五年もあれば町でさえ別の顔になる。

町の変化というのは、匂いの変化だ。

事実、ベトナムのホーチミン市に暮らして十年になるが、暮らし始めたころには町中にスパイスと汗と石鹼《せっけん》の匂いが溢れていた。それがメインストリートに外国資本のカフェがオープンし、街路樹が伐採されて道は舗装され、大きな空き地にショッピングモールが完成すると、町からも、人からも、匂いが消えた。

もちろん不衛生極まりなかった日常に未練があるのではない。ただ、町や人の匂いとともに、何かとても大切なものもまた、そこから消えてしまったような気がして仕方ない。

日本に帰国したのは、三年前の母の葬儀以来だった。その際は成田から地元へ直行したので、考えてみれば、こうやって東京の街を歩くのはかれこれ十年ぶりになる。

池袋の西口を出た途端、

「変わらないなあ」

と思わず声が出た。

実際、駅前のロータリーからロサ会館の方へ歩き出してもその印象はほとんど変わらず、「世之介が通っていたパチンコ屋、まだあるな」とか、「ああ、よく行ってた居酒屋も生き残ってるよ」とか、ラーメン屋の軒先に「ミシュランお断り」なんて札がかけてあるところなんか、「相変わらず池袋だなー」だとか、懐かしさというよりも、その変化のなさに嬉しくなってくる。

池袋にやってきたのは、駅前のホテルでミーティングがあったからだ。約束までまだ時間があり、気がつけば、その懐かしさにあちこち歩き回っていた。

歩き回っているうちに、いろんなことが思い出される。真っ先に思い出したのは、当時、暮らしていたアパートで、池袋からは更に埼京線で一駅先だったが、今、思い返してみれば、なんとも不思議な造りのアパートだった。

一階が老夫婦の大家の自宅で、二階と三階にそれぞれ賃貸のワンルームが二部屋ずつ。借りていたのは三階の西側で、部屋は狭かったがテラスというか、広い物干し台がついていた。

天気がいいと、枝豆を茹で、よくそのテラスでビールを飲んだ。大学三年のころ、柄にもなくバイトしていた六本木のバーで知り合った優里《ゆり》と、大家さんには内緒で半年ほど同棲したのもあの部屋で、今思えば、なぜ優里のような、どちらかといえば派手で賑やかなグループにいた女が、自分のような、どちらかといえば地味な男と付き合ったのだろうかと不思議で仕方ないのだが、もしかすると彼女もまた、あの物干し台で過ごすのんびりとした夕方を気に入ってくれていたのではないかとも思う。

あとになって分かったことだが、当時、優里には好きな男がいたらしい。彼女にとっては、その寂しさを紛らわすための付き合いだったのかもしれないが、それでも自分にとっては、あの半年こそが輝かしい青春時代そのものだったと今なら胸を張って言える。

彼女と暮らしていた時期が、ちょうど就職活動と重なっていた。自信というのは知らず知らずのうちに身につくものなのか、幸いにも第一志望だった大手証券会社に内定をもらったときには、子供のころからどちらかといえば引っ込み思案だった自分が、まるで別人に変わったような気さえした。

しかし、いざ働き始めてみると、すぐに壁にぶつかった。驚くほど何もできず萎縮した。萎縮すると、更に周りの同期たちからも差をつけられた。一日、会社にいて誰とも目が合わない。誰の目にも自分の姿が映っていなかった。

西口の商店街を歩き出したときには、軽く蕎麦《そば》でも食べるつもりだったのだが、帰国してまだ六日目で、もうベトナムの味が恋しくなったのか、気がつけばバインチュンというちまき料理の写真につられ、ベトナム料理店に入っていた。

店内は混み合っていたが、幸いカウンターの隅に一つだけ空席があった。ちまきとフォーを注文して一息つくと、本来、この席は従業員が休憩する場所らしく、壁際にベトナムの新聞や私物の携帯電話が置いてある。

退屈しのぎに新聞を引っ張り出してみた。

いよいよ今月末からここ東京で始まるパラリンピックに関する記事が載っており、先月ホーチミン市内のホテルで行われた選手団壮行会の集合写真の中、お揃いのユニフォームを着たクエンの姿もそこにある。

　上肢障害であるクエンは、パラ水泳の五十メートルと百メートルの背泳ぎにベトナム代表としてエントリーしている。ベストタイムでは有力選手たちに大きく及ばず、おそらく予選で振り落とされるだろうが、それでも関節痛を少しでも和らげようと始めた水泳を好きになり、当初は二十五メートル完泳を目指すところからだったものが、こうやってついにパラリンピックのベトナム代表選手として選ばれるまでになったのだから、彼の歯を喰いしばるような努力はもちろん、ここまで彼を支えてくれた平和村のスタッフたちや、スイミングスクールのコーチたち、ひいては彼と同じように枯葉剤の後遺症に苦しんでいる子供たちを、ここ東京で戦う彼の勇姿がどれほど勇気づけるかと思えば、その貢献は絶大で、言ってしまえばタイムなどどうでもいい。

　ただ、クエン本人にそんなことをちょっとでも言えば、きっと本気で怒る。彼は勝つために努力してきたアスリートであり、決して被害者の代表なんかじゃないからだ。

　考えてみれば、このクエンとの出会いが人生の分岐点だった。

　一念発起して、せっかく就職した大手証券会社を辞めた。ここで逃げたら、この先一生、嫌なことから逃げ続ける人生だぞ、という内なる声も聞こえたが、もう一度、一からチャレンジしたいという思いは捨てられなかった。

　当然、再就職先探しには苦しめられた。いわゆる氷河期というタイミングの悪さもあったのだろうが、一度でも大手に就職できたことが奇跡だったとしか思えなかった。

　流れが変わったのは、せっかくのチャンスなのだからと気分を変え、アメリカを二週間ほど旅行してからだった。

最初は一人旅もいいと思ったが、すぐに飽きると分かっていたので世之介を誘った。まず西海岸を車で巡る。ラスベガスやグランドキャニオンを走破し、次にフロリダへ飛んでキーウェスト島を満喫、最後にニューヨークを歩き回る。

旅の途中、世之介といつものようにバカ話をしながら、だんだんと頭がクリアになっていったことを覚えている。

帰国すると、すぐに行動を起こした。改めてアメリカの大学で投資学の勉強をすることに決めたのだ。もともと、英語はかなり得意だった。あとは二十四歳という年齢が改めてスタートを切るのに、まだ遅くないと思えるかどうかだった。

一年、ニューヨークの語学学校に通い、晴れて志望大学に入学できた。まさになりふり構わず、教室の机に、図書館の机に、かじりついた五年間だった。

卒業後、担当教授の紹介もあって、香港の投資会社にかなりの好条件で就職できた。決して楽な仕事ではなかったし、勤めた十年の間に胃潰瘍《かいよう》や十二指腸潰瘍などで何度となく入院や通院を余儀なくされはしたが、それでも運や時代も味方してくれたのか、四十歳をまえに、気がつけば、いわゆる一財産が貯まっていた。

十年目で初の長期休暇を取り、中国人の同僚に誘われてベトナムを旅した。当初は、彼女と二人きりでリゾートに滞在する予定だったのだが、到着して三日で喧嘩別れして、その後は一人でぶらぶらしていた。

たしか喧嘩の原因はエアコンの温度設定だったはずだ。

クエンたちが暮らす平和村の施設を訪ねたのは偶然だった。滞在していたホーチミンのホテルのプールで、国連で働いているという同世代の日本人女性と出会った。まったく色っぽい関係にはならなかったが、よく笑う女性で、なぜか妙に気が合い、何度かランチをしているうちに、一緒に見学に行かないか、と誘われたのが、クエンたちが暮らす平和村だった。

一九六〇年代、米軍が撒《ま》き散らした枯葉剤の被害は、世代を超えて広がっていた。当時まだ十歳でわんぱく盛りだったクエンは、いわゆる第三世代の被害者だ。

施設に入ると、正直、言葉を失った。もちろん知識としては知っていたが、苦しみとして知ったのは、それが初めてのことだった。

誘ってくれた彼女は、すでに何度も訪問しているようで、すぐに見知った子供たちに囲まれ、また仕事の話もあったのか、気がつけば、事務室に姿を消していた。

初めて会ったとき、クエンはベッドの上で声を殺して泣いていた。

関節痛で脚の痛みがひどいのだ、と忙しそうなスタッフが教えてくれた。

「痛いところを、ずっと摩《さす》ってあげたいのだけれど、この子ばかりにも構っていられない」と。

クエンは両腕がなかった。自分で摩りたくても摩れなかった。

気がつくと、その細い脚を摩っていた。

どう摩ってやれば痛みが和らぐのか、逆に痛みを与えていないか、ビクビクしながらではあったが、それでもゆっくりと、その細い太ももを、小さな膝を、痩《や》せたふくらはぎを、ただずっと摩り続けた。

クエンが枕に押しつけていたその顔をゆっくりと上げたのは、どれくらい摩ったころだったか。

初めて見るクエンの黒い瞳がキラキラしていた。

「Feel good?」

尋ねると、その瞳が微笑んだ。


のんびりとフォーを待っていると、携帯が鳴った。

ベトナムのオリンピック事務局からで、東京での視察状況は順調に進んでいるかという問い合わせだった。

クエンが競技選手となったころに、付き添いのつもりで出入りしていた協会で、気づけば理事のようなことをやっている。

今回、協会のスタッフたちと東京に来たのは、今月末から始まるパラリンピック大会最終準備のためで、すでに手分けして宿泊施設や、来日スケジュールの確認、またベトナム大使館や関係者との壮行会等の打ち合わせも終わらせていた。

「オリンピックは今夜が閉会式でしょ？　そっちは盛り上がってますか？」

電話の向こうからそんな質問を受け、そうか、オリンピックの方は今日が最終日だったと思い出す。

もちろんスケジュールは頭に入っていたが、とにかく来日以来、ずっと慌ただしくしていたせいで、ほとんどオリンピック競技をテレビで見ることもなかった。

電話を切ると、フォーが届いた。

「ベトナム語、お上手ですね？」

電話が聞こえていたのか、オーナーらしき女性が話しかけてくる。

「今、ベトナムに住んでるんですよ」

「どうりで」

彼女自身は日本人らしいが、ベトナム語を解するらしく、

「テレビ、つけましょうか？　今、ちょうど男子マラソンやってますよ」

と、壁のテレビをつけてくれる。

見るともなく、テレビを見上げた。まだスタートしてそう時間も経過していないようで、画面には二十人ほどの先頭グループが映っている。

冷めぬうちにフォーを啜った。耳にアナウンサーと解説者の声が届く。

「森本選手、大野選手、日吉選手、日本代表の三選手はきっちりと先頭集団に入ってますね」

「三選手とも、とてもいい位置取りだと思います。今は三選手がまとまって走ってますが、十キロ地点になると、集団も二つか三つに分かれると思いますから、そのときにどうにか先頭グループについて行ってほしいですね」

「現在、トップ3はケニアのムタイ選手、ケニヤッタ選手、そしてイギリスのスミス選手です」

「スミス選手がスタートからかなりのハイペースなので、全体がそれに引っ張られるような格好で進んでますよね。ただ、自己ベストでいうと、スミス選手がこのまま逃げ切るというのは難しいでしょうから、となると、このハイペースで全選手がかなり自分のペースを乱されているのは間違いないでしょうね」

「各選手にとっても、想定外のレースでしょうか？」

「そうですね」

「たとえば、そういった波瀾《はらん》含みの展開が予想されるとして、そういったレースに強い選手というのは誰になりますでしょうか？」

「まあ、波瀾の種類にもよるんですが、日吉亮太選手なんかは、わりと想定外なレースで結果を出すことが多いですよね」

「たとえば？」

「悪天候ですとか、いわゆる走りにくいコースなんかにも強い選手だと思います」

「あっと、この辺りで集団が分かれそうですね」

「そうですね。やっぱりスミス選手が急激にペースを落としましたね。日本の三選手はここで、スミス選手を抜いて、前に出ないと……」

「あ、出ましたね！　三選手とも、スミス選手をかわして先頭集団に残りました」

別皿の香菜を丼に加えながら、なんとなくアナウンスを聞いていた。

「ん？」と、首を傾げたのはそのときだった。ただ、自分が今、何に反応したのかが分からない。

丼から顔を上げ、辺りを見渡す。

店内は相変わらず混んでおり、賑やかな笑い声がする。

「……日吉亮太選手？」

耳の奥に残っていたアナウンサーの声が、ふいに蘇った。もう一度、確かめるように思い出してみるが、やはりはっきりと「日吉亮太」と残っている。

慌ててテレビに目を向けた。画面では、アナウンス通り、二つに分かれた集団が上空から撮影されている。

ちょうど水を注ぎにきたオーナーに、

「すいません、今、日吉亮太選手って言いましたよね？　テレビで」と尋ねた。

オーナーは聞いていなかったようで、

「マラソン選手ですか？　なんかそういう名前の人がいたような気がしますけど。あ、そうだ。たしか、今日のスポーツ新聞に載ってたような……」

彼女がベトナムの新聞の下から日本のスポーツ新聞を引っ張り出す。

広げてみると、「今日、走る」という大きな見出しの下、肩を組む三選手がデカデカと写っており、そこに間違いなく「日吉亮太」とある。

思わずフォーを横にどかし、カウンターに紙面を広げた。

一九九〇年生まれ、東京出身、三十歳。

指折り数えてみる。掃除機の真似をしてビー玉を喉に詰まらせ、目を白黒させていた男の子と、写真に写る選手の顔を見比べる。

面影がある。あの当時が三歳くらいだったはずで、となれば年齢も合う。

画面が切り替わり、先頭集団で走る日本人三選手の姿が映っている。日吉亮太は、他の二選手の背後におり、彼らの肩越しにときどきその顔が映る。

性格なのか、習性なのか、厳しい顔をした二選手と違い、亮太の表情にはまだ余裕があり、どこか飄々《ひょうひょう》としている。

「あの、彼、日吉亮太選手って有名な選手なんですか？」

まだ横にいたオーナーに尋ねた。

テレビに視線を向けた彼女が、

「ごめんなさい。私、あんまり詳しくなくて。でも、この森本選手はすごく有名ですよ。もう一人の大野選手も顔は見たことあるかなー」

そう答えるオーナーとテレビを見上げていると、背後のテーブルにいた男性客が、

「日吉選手って、急遽《きゅうきょ》代表になったんですよ。ほら、なんとかって選手がバイク事故起こして」

と教えてくれ、その事故に関してはオーナーも知っていたらしく、

「そうだそうだ。それはニュースで見た」と頷く。

スポーツ新聞の写真の下に、今回のマラソンコースの地図が載っていた。神宮外苑の新国立競技場をスタートするコースは銀座などを回って、新国立競技場に戻ってくる。

地図の各地点には、親切にも先頭集団の到着予想時間が記されている。時計を見る。ここ池袋

からでも、急いで向かえば、どこかで観戦できる。

突然立ち上がると、財布から料金を出した。

「すいません、残しちゃって」

「それはいいんですけど、どうかしたんですか?」

オーナーが心配して尋ねてくる。

「今、走ってるこの日吉選手……、いや、この亮太が、アメリカに旅立つ僕を空港で見送ってくれたんですよ。『コモロン、頑張れ!』って」

すでに足は亮太の応援に向いていた。

店を飛び出し、タクシーと電車と迷って地下鉄の入口に入る。若いころに遊び歩いていた町だった。地上だろうが地下だろうが、近道は知っている。

階段を駆け下りながら、当時のことが鮮明に蘇ってくる。

一人寂しく旅立つはずだった成田空港に見送りに来てくれたのが、世之介と亮太だった。

桜子の兄に借りた車は紫色のマークⅡで、空港の検問所では予想通りに止められて、ダッシュボードからトランクはもちろん、旅行カバンの中まで検査された。

「その子は? 君の子?」

警官に質問された世之介が、これ以上、面倒にならないように、「はい」と嘘をついたものだから、

「違う。お父さんじゃない!」

と、亮太が騒ぎ出し、更に状況を悪くした。

「いや、だから、俺の子供のようなものって意味で……、もうちょっと詳しく説明すると、今、僕が付き合ってる彼女の息子で、今日は僕が子守の日だから連れてきたんです。こいつ、あの、コモロンっていうんですけど、こいつがアメリカに留学するんですよ。それで一人で旅立つっていうから、それじゃ寂しいだろうって」

世之介の説明を警官も信じていないこともないのだろうが、最悪、国際的な誘拐事件という線もある。

結局、出発前に三人で検問所の詰所に連行され、身分証明だの、桜子への連絡だので、かなり余裕を見ていったはずが、空港に入ると出発間際になっていた。

「じゃ、行ってくるよ」

チケットを握りしめ、保安検査所のまえで別れを告げた。

「行っといで」

世之介がポンと肩を叩いてくれた。

保安検査所に入ろうとすると、背後から恥ずかしいほどの大声が聞こえた。

「コモロン、頑張れ！」

叫んでいるのは、亮太だった。そして、亮太と一緒に、世之介も万歳三唱をしてくれていた。

珍しくもない砂利《じゃり》敷きの月極《つきぎめ》駐車場で、とても珍しい紫色のマークⅡに乗り込み、神経質なほどシート位置を変えているのは世之介である。

つい先日開通したレインボーブリッジをみんなで渡ろうというイベントなのだが、世之介が出発前のシート位置やドアミラーチェックに時間がかかるのを知っているので、桜子はその時間を利用して亮太を連れ、コンビニに電気料金の払い込みに行っている。

ちなみに今日はコモロンと浜ちゃんも誘っている。コモロンは電話で誘えたが、浜ちゃんはわざわざ銀座の店まで会いに行った。

閉店時間を見計らって、世之介が店のまえで待っていると、運良く板前服の浜ちゃんが看板の電気を消しにきた。

「浜ちゃん！」

電柱の陰から飛び出した世之介に、浜ちゃんは相当驚いていたが、

「ちょっと聞いてよ。コモロンがせっかく入った会社辞めてさ。なんか自分を見つめ直すとかなんとか言って、妙な研修にハマってんだよ。このまえ、ばったり横浜の公園で見かけたんだけど、よくよく聞いてみたら、いろんなタイプの自己啓発セミナー受けてて、その研修がもう三ヵ所目らしくて、今じゃ、すっかり研修マニアみたいになっちゃってて」

と、いきなり話が止まらなくなってしまった世之介から逃《のが》れるに逃れられず、

「ちょ、ちょっと、今、仕事中だって」

と、浜ちゃんも遮ろうとはするのだが、

「浜ちゃんもさ、今、いろいろ大変なんだろうけど、ちょっとコモロンの相談に乗ってやってよ」

と、世之介が唾を飛ばす。

「わ、分かった。分かったから。今度、電話するって」

「電話番号知らないじゃん」

「まあ、そうだけど。とにかく、今、無理だって。早く戻らないと」

「分かってるよ。だから今日は誘いに来たの。ドライブ行こうって」

「無理無理。今、無理」

「日曜日休みじゃないの?」

「休みだけど、無理無理。今、ドライブなんて気分じゃない」

「俺だって気分じゃないのよ。ドライブったって、紫のマークⅡだからね。シャコタンでカモメウィングだからね」

その辺りで、いよいよ店に戻らなければやばいと思ったのか、浜ちゃんが、

「もう、分かった分かった。行くって」

と明らかな嘘をつく。

「よかった。じゃあ、日曜の十一時に小岩ね」

「はいはい」

「小岩の北口からちょっと歩いたところに『スーパーまる福』ってあるから、その正面にある月極駐車場で。かなり遠くからでも分かるはず。その車、住宅地に孔雀《くじゃく》がいるみたいに目立ってるから。『スーパーまる福』ね！」

「はいはい」

孔雀の件《くだり》はほとんど聞かずに、浜ちゃんは店に戻った。


自動車学校の講師にもうんざりされるようなチェックを終えると、世之介は汗だくになっていた。今になって、「あ、そうだ」と冷房をつけてみるが、そう簡単に汗は引きそうにない。

まず時間通りに駐車場に現れたのはコモロンだった。電話では、ああいう類の研修にまったく価値を見出さない世之介に腹を立ててもいたのだが、小和田さん、Ｊリーグ開幕と、とりあえずトレンドは押さえないと落ち着かないミーハー心だけは止められなかったようで、世之介の口から出た「ドライブは行くけどさ」の一言に、

「ドライブは行くけどさ」

と、わりと簡単に承知したのである。

「え？　まだ俺一人？」

砂利敷きの駐車場に入ってきたコモロンが辺りを見回す。

世之介は運転席を降りると、

「やっぱ、コモロンってすごいな。この車見て、感想なしって」と感心する。

「ああ、ほんとだ。……何これ？」

「遅いよ」

などと言い合っていると、桜子と亮太が戻ってきた。またコンビニでお菓子をしつこくねだって桜子に叱られたようで、三歳児ながらスナイパーのような目で世之介を睨みつけてくる。

初対面以来だった桜子と短い挨拶を交わしたコモロンが、急に世之介を引っ張る。

「何？」

「これって、桜子ちゃんの車？」

今さら驚くコモロンに、

「だから、正確には桜子の兄貴の車で、桜子も頭金、半分出して……」

「っていうかさ、世之介と桜子ちゃんって付き合ってんの？」

「だから……。このまえ、飲みながら話したろ？ プールで再会して、なんとなく二人で横浜にドライブ行って、そのあともなんとなく会ってるって」

「そうだっけ？」

「っていうかさ、知ってはいたけど、コモロンって本当に俺に興味ないよね」

ここは、「いやいや」と否定するところなのだが、特にそれもなく、

「へえ。付き合ってんだ」

と素直に感心している。

片や車の反対側では、助手席に乗ると言い張る亮太と桜子の激しい言い合いが終わったらしい。ちゃんと聞いていなかったが、

「助手席って女が乗る場所なんだよ」

という桜子のハッタリに、亮太はあっさりと騙されたらしく、素直に後部座席に乗り込んでいる。

桜子も母親なのだから一緒に後部座席に乗ればいいものを、自分は自分で乗り慣れた助手席がいいらしく、

「ほら、コモロンさんの膝に乗せてもらえば、景色見えるから」

と、早速コモロンに我が子を委《ゆだ》ねる。

時計を見ると、すでに約束の時間を十分ほど過ぎていた。やはり浜ちゃんは来なかったか、と世之介が諦めかけたその瞬間、

「おい！」

と声がかかり、どう見ても休日のチンピラにしか見えないジャージ姿の浜ちゃんが立っていた。少し伸びているが、髪は丸刈りである。

一応、説明はしていたので桜子も動揺はなく、逆に自分と同じ匂いがするのか、本能で仲間だと判断したようで、

「後ろ、狭いんだけど大丈夫？」

と、そこは譲る気がないらしい。

「助手席は女が座るんだって」

桜子の嘘を真に受けている亮太が、さも仲間が増えたように喜ぶが、この手の勘違いには浜ちゃんもすでに慣れているらしく、その上、他の誰も訂正しないものだから、そのままドライブ出発と相成った。

小岩を出発して京葉道路から首都高に入り、いよいよ開通したばかりのレインボーブリッジを渡ってお台場に向かったドライブが、ものすごく楽しかったかと言われればそうでもない。

きっちり法定速度で走る世之介の車に乗っていると、ドライブの爽快感というよりは、自分だけが取り残されていくような焦燥感の方が強かったし、気分転換にかけようとした音楽もまた趣味がバラバラで、こういう場合、ムードメーカーになるはずの三歳児は乗り物に乗るとすぐに眠ってしまう癖《くせ》があるらしく、出発早々コモロンの膝の上で寝息を立て始めたのはいいとして、そのコモロンにもまた同じ癖があったのは誤算だった。

それでも運転に集中する世之介をよそに、桜子と浜ちゃんはやはり気が合うらしく、それぞれがどんな中学生だったかという話で盛り上がっており、「ネンショー行った先輩がさー」とか、「私の同級生で、戸塚ヨットスクール入れられた奴いたからね」なんて会話が聞こえていた。

目的のレインボーブリッジを渡り始めると、さすがに亮太とコモロンも起きた。橋とはいえ、高速道路なので一時停止など禁止に決まっているのだが、ちらほらと路肩駐車している車もあり、法を犯すとなると目の色が変わるのが二人も乗車しているので、やはり、「ちょっと止まってみようよ」ということになる。

開通したばかりのレインボーブリッジはとても牧歌的な雰囲気だった。路肩駐車して東京湾の大パノラマを見渡す。

さすがに世之介も、「ほう、やっぱ東京デカいなー」と素直に声をもらした。

しばらくすると、路肩駐車をやめ、すぐに走行車線に戻るように、という警察のアナウンスが流れた。定期的に流れているようで、世之介たちはもちろん他の車も一斉に走行車線に戻る。

翌日も朝が早いという浜ちゃんと、レインボーブリッジ以外は興味がないコモロンを池袋で降ろして、小岩に戻ったのはちょうど夕飯時だった。車を置いて、三人で商店街のレストランにでも行くつもりだったのだが、

「亮太が眠そうだから、実家で食べようよ。アタシ、なんか作るし」

と、桜子はすでに目のまえの「スーパーまる福」に向かっている。

だったら何作ってもらおうかな、と呑気に考え始めようとした瞬間、さすがに世之介も状況に気づき、

「実家って、だって、誰かいるんじゃないの？」と尋ねれば、

「いるよ。親父と兄貴。別に三人分作るのも五人分も変わんないじゃん」

と、話をすり替える。

ちなみに桜子の父親と兄が小さな自動車工場をやっているのは聞いている。そしてその兄の車がこのマークⅡである。

「いや、俺は、とりあえず今日は遠慮しとこうかな」

及び腰の世之介に、

「今日会うか、来週会うかの違いだよ。どうせ歓迎されないんだから」

桜子はすでにスーパーの入口でネギを選んでいる。寝ぼけた亮太を抱き、カゴを持たされた世之介に、今さら逃げ出す余地もない。

このスーパーの鮮魚売り場で、桜子の兄の友人という男が働いていた。

「サク、おめえ、今、どこにいんだよ？」

透明冷蔵ケースの向こうから声をかけてきた男も決して柄のいい店員ではなかったが、

「うっせーな。それより、この鱈《たら》、少しまけろよ」

と返す桜子も、決して上品な客ではない。

きっと他の客は迷惑してんだろうなあ、と世之介は心配したのだが、

「ちょっとお兄ちゃん、このお姉ちゃんに安くすんだったらアタシもまけなさいよ」と、他の客も容赦ない。

大量の食材を買って、桜子の実家に向かった。まだ八月だというのに、今年の冷夏はやはり異常で、日が落ちて少し肌寒いくらいである。

桜子の父親がやっている自動車工場は、密集した住宅地を抜けたところにあった。目のまえが土手なので、夜空が広がって開放感がある。

シャッターの開いた工場内には誰もいないようだったが、まだ眩しいくらいの明かりがついて

おり、修理中らしいタクシーの車体がジャッキアップされている。

こういう場合、この車の下からゴロゴロッと、いかつい父親とか、悪そうな兄貴が出てくるんだよなー、と警戒していたのだが、

「晩メシ、なんだよ？」

と、いきなり声が聞こえたのは背後からで、思わず慌てた世之介が、

「鍋です。値切った鰆で」

と応えてしまった。

土手を背にして立っていたのは、誰がどこからどう見ても、ヤンキー上がりの自動車整備工員としか見えない桜子の兄で、世之介を特に歓迎していないのは明らかである。

「あ、今日はありがとうございました。お車お借りして。でも、あのー、もう、ほとんど走ってないと言うか……」

しどろもどろの世之介の元へ桜子の兄が近寄ってくる。てっきり胸ぐらを摑まれるか、頭を叩かれるくらいのことがあるだろうと、思わず頭の方を差し出そうとすると、世之介が下げているスーパーの袋を広げて中身を確認し、

「ゆずポン買ってきた？」と桜子に聞く。

「あ、忘れた！」

「なんだよー。もう冷蔵庫にもねえぞ」

兄の落胆もひどいが、買い忘れた桜子の舌打ちもすごい。

「あの、俺、買ってこようか？」

気が利くというよりは、とりあえずこの場を離れたい世之介である。

早速、スーパーへ走っていこうとすると、工場の奥から、

「おいおい、兄ちゃん兄ちゃん」と、呼び止める声がする。

振り返れば、桜子の父親らしき大男が立っており、こちらはまた兄とは別の種類の威圧感で、その手に骨つきのマンモスの肉を持っていないのが不自然なほどである。

「兄ちゃん、ビールも買ってこいよ。一番冷えてるのくれって」

父親が財布を出そうとするので、

「いえいえ、それは僕が」と世之介はスーパーに駆け戻った。

桜子の実家から離れると、よほど緊張していたのか、解放感から膝が笑い出しそうだった。

「よかったー」

と思わず呟いた次の瞬間、

「いやいや、よくないよ。これからあの二人と鍋なんだから」

と今さら気づく。

九月　アメリカ

　ずらりと並んだバーボングラスを慣れた手つきで磨いているのは世之介である。入口の看板を消してきた店長の関さんが、

「暇だったなー」と大欠伸する。

「あ、関さん、急なんですけど、今度、二週間ほど休みもらっていいっすか？」

「いいよ」

「え？　二週間っすよ。二日じゃなくて」

「だからいいよ」

「なんで？」

　自分から頼んでおいて納得いかない世之介である。

「いや、実はさ、この店、今月で閉めるらしいんだよ。横道にも話さなきゃって思ってたんだけど、おまえほら、派遣かなんかで時給のいい経理の仕事が見つかったとか言ってただろ。だからまあ、いいかなって」

「あんなの、続くわけないじゃないですか。大学の授業で取った簿記二級持ってるからって、さ

も経験者みたいに経理部に送り込まれたって、一日で未経験なのバレますって」

「え？　ダメだったの？」

「話しましたよ！　研修一日目でお払い箱だったたって。たぶん、一度話して忘れてたから、二度話してますよ！」

ちなみにこのバーボンバー「ケンタッキー」、和歌山県の山林王がオーナーである。もう少し詳しく言うと、その山林王一家が有り余る資金にものを言わせて、東京で始めたフランチャイズの飲食店が当たり、その際に設立した会社が今度は立ち飲みスタイルのバー経営を、とオープンさせた数店舗のうちの一つなのだが、やはり立ち飲みというスタイルが日本には合わなかったのか、それとも従業員に向上心がなかったのか、開業以来、赤字続きではあった。

「この辺り、再開発されるだろ。それで立ち退き料が出るんだって。それで見切りつけるらしいよ」

関さんの話しぶりがあまりに他人事《ひとごと》なので、もしやと思って尋ねてみると、

「俺？　俺は千葉のケンタッキーに引き抜いてもらった。だって、ほら、おまえは時給のいい経理の仕事があるって言ってたから」

人間の耳というのは、なるほど都合良くできている。

「千葉のケンタッキーって、ここと同じバーボンバーですか？」

と世之介が尋ねると、

「違うよ。新宿で流行らない店が、千葉で流行るわけねえだろ。本物のケンタッキーだよ」と関

さん。

「フライドチキン？」

「おまえ、知らなかった？　うちのオーナーって、ケンタッキーのフランチャイズも全国で何店舗かやってんだよ」

「そうなんですか。知らなかった。あ、それでこの店の名前、ケンタッキーなんだ」

「いや、そこはバーボンからだろ」

話はすっかり逸れてしまったが、世之介が二週間の休みを必要としたのは、次のような顚末からである。

レインボーブリッジへのドライブから数日後、コモロンから一緒にアメリカ旅行に行ってくれないかと誘いがあった。

「無理無理。俺、バックパッカーみたいに裕福じゃないから」

と即答したのだが、旅費と宿泊費はコモロン持ちで、旅先での行いが良ければ、日当三千円を出す用意もあると言う。

「行く」

と、次は食い気味に即答していた。

なんでもコモロンの話によれば、こんなに長い休みはこの先一生取れないだろうし、どうせ無益な時間を過ごしているなら、その中でも有益なことをしようと研修期間中に閃《ひらめ》いたらしく、幸い、これまでのボーナスが使わずにそのまま残っており、当初は一人旅を考えてたのだが、一人は退屈そうでもあり、せっかくなら同じように無益な時間を過ごしている世之介を旅のお供にしようと考えたと言うのである。

「って、ひどい言い草でしょ？」

と、世之介はこの辺りで関さんに同意を求めたのだが、「へえ、やっぱ証券マンってのは一、二年でそんなにボーナスもらえんのかー」と別のところに引っかかっていた。

「とにかくひどい言い草なんですよ。そのコモロンって友達に言わせると、俺は、マラソン大会とかで、辛《つら》くて、いよいよ立ち止まって、レースから脱落したときに横を歩いてくれる奴なんですって。息が整うまで一緒に歩いてもらって、自分の息が整ったら、俺を置いて走っていくんですって。ひどくないですか？」

「でも、『行く』って即答したんだろ？」

「そりゃ、しますよ。だって、あごあしまくら付きのアメリカ大名旅行ですよ。海外なんて行ったことないし」

「なんか、分かる気するよ、おまえの友達が言ってること。……確かに人生の谷間におまえみたいなのがいたら、重宝しそうだもんな」

もちろん関さんの意見に納得はできなかったが、終電時間も迫っていたし、とりあえずグラスを片付けてタイムカードを押した。

山手線で池袋へ戻ると、すでに午前一時を回っていた。駅から自宅へ戻る途中、イートインのあるコンビニで、中南米からの娼婦たちに交じって缶コーヒーを飲んで待っていると、仕事終わりの桜子が派手なメイクのまま現れる。

「おつかれ」

空《あ》き缶を捨てて店を出る。亮太を預けている夜間託児所に向かいながら、

「ちょっと小腹空いた。『あべとん』まだ開いてたら、お好み焼き食べて帰ろうよ」

と桜子が提案する。

池袋駅から託児所、託児所から「あべとん」、「あべとん」から桜子のマンションまでが、ちょうど五分ずつくらいである。

マンション型の託児所のドアを世之介が静かにノックすると、里美《さとみ》先生がそっと鍵を開けてくれる。

桜子と里美先生が連絡帳のやり取りをしている間、勝手知ったるで奥の部屋に入った世之介は、床の布団で見事な大の字を描いている亮太を抱き上げる。胸に抱いた途端、夜の子供の匂いとしか言いようのない匂いがする。

他の子たちを起こさないように玄関に戻ると、

「じゃ、また明日」

「ありがとうございました」

と小声で里美先生に挨拶し、桜子とともに外へ出る。

こうやって初めて亮太を迎えにきたときには、まだ寝汗をかいていたが、すでに夜風も冷たくなり、歩き出すと桜子が自分のショールを亮太にかける。ちなみに世之介がいないとき、亮太は

無理やり起こされて夜道を歩かされていたらしい。

あいにく「あべとん」の座敷は満席だった。カウンターなら空いていたが、まさかカウンターに亮太を寝かせるわけにもいかず、少し遠回りになるがスーパーに寄って、家で焼きそばを作ることにした。

「そういえば、あの話、本決まりになった」

腕からずり落ちそうな亮太を、世之介は抱き直す。

「あの話って？」

桜子は里美先生からもらった連絡帳を歩きながら読んでいる。

「コモロンとアメリカに行く話」

「え？　マジで行くの？」

明らかに桜子は反対らしい。ただ、口論するには仕事で疲れ過ぎているらしく、すぐに連絡帳に戻ってしまう。

家に戻ると、まず亮太を寝かせた。よほど腹が減っているようで、桜子がすぐに焼きそばを作り始める。

世之介はその後ろ姿を眺めながら、亮太のビックリマンチョコを盗み食いする。

「あ、そうだ。さっきの話。二週間も行くんでしょ？」と桜子が焼そばにソースをかける。

「正確には、十五泊十七日」

「コモロンのおごりで？」

「そう」

そこで会話が途切れ、美味そうなソースの匂いが漂ってくる。

「なんか、アタシってさ、クズが寄ってくるフェロモンでも出てんのかな?」

「クズって、俺?」

「だってそうじゃん。ほぼ無職で、半分パチプロみたいな生活してて、彼女の家で、彼女の息子のビックリマンチョコ盗み食いしてる男のこと、他になんて言う?」

思わずお菓子の包み紙を隠してみるが、

「ああ、確かにクズかも」

と、そこは認める。

「……ちなみに、もう一つ悪いお知らせが」

と、世之介は少しでも印象を良くしようと、桜子の横に立つと、棚から二人分の皿を出してやりながら、

「……今、働いてるバーボンバー、潰《つぶ》れるんだって」と告げた。

「最悪じゃん。……焼きそばの出来、最高だけど」

香ばしい匂いを漂わす焼きそばが白い皿によそわれる。待ち構えていた世之介も、すかさず青のりをふる。

「アンタってさ、もしかして金持ちのボンボンかなんか?」

待ちきれぬとばかりに皿を食卓へ運ぶ桜子を、

「金持ちのボンボンに見える？・」と世之介も皿を持って追う。

一応、ちらりと確認した桜子が、

「金持ちオーラ一切なし」と即断。

世之介としても異存はない。だが、

「……でも、アンタを食わせてやる気ないからね」

との桜子からの次の一言に、思わず顔を上げてしまった。

焼きそばを啜る桜子は真顔である。ふざけた顔で焼きそばを啜る人などいないかもしれないが、それでも真顔であるということは、彼女には世之介がそういった男、要するにヒモになる可能性がある男だと真剣に思っているということで、なぜかそこにとても大きな衝撃を受ける。

自己評価でも、もちろん安定感のある男だなどとは思っていない。ただ、ヒモのような男というのは根っからの不安定志向というか、自ら選んでその道を極めるようなイメージがある。

しかし決して世之介は不安定志向ではない。れっきとした安定志向の人間であるのに、なぜかそう見られていない。

たとえばこの不安定・安定を、ヤクザ・カタギと置き換えてもらうともっと分かりやすい。

世之介はカタギどころか、根っからの小市民である。それなのに世間からはヤクザに見られているのである。

本来ならここで、「いやいや、ヤクザじゃないです。小市民です」と否定するのが筋である。

ただ、厄介なことに根っからの小市民ほどヤクザに見られて喜ぶところがある。根っからの安定志向の人間ほど、このような誤解に流されて不安定になっていくことがあるのである。

　行列である。結局、機内では一睡もできなかった世之介だが、初の海外で眠気も吹っ飛び、飛行機を降りてからというもの、空港内の看板、いかつい警備員、トイレのマークに、ゴミ箱まで、目に入ってくるものの一々をカメラで撮ろうとするものだから、さすがにコモロンからリュックごと引っ張られる。

　そこで、この行列である。

　世之介たちが並んでいるのはレンタカーの受付で、受付嬢は迫力のある黒人女性である。世之介たちの前にも後ろにも五組ほどの客が並んでいるのだが、この受付嬢が私用電話をやめない。明らかな私用電話で、ときに機嫌よく笑い声を上げながら、その片手間でレンタカーの受付をしているので仕事が捗《はかど》るわけがない。

　やっと一組の手続きが終わった際、さすがに誰かが苦情を言うだろうと、世之介は前後の客たちに催促の視線を送ったのだが、誰も催促する者はおらず、おらぬどころか誰もがわりと平然としている。

　窓の外は、真っ青なカリフォルニアの空である。

　ちなみにこのレンタカーだが、出発の数日前になってコモロンが日当まで払って世之介を旅行に誘った真の魂胆が露見した。

　アメリカといえば、雄大な景色の中、どこまでも続く一本道である。しかしコモロンは車の免許を持っていない。

「無理だよ、無理無理。アメリカで運転なんて無理無理」

もちろん世之介は全力で拒んだのだが、コモロンも引かない。

「大丈夫だって。アメリカは日本と比べて道が倍くらい広いから、絶対にぶつからないって」

「いやいや、車の大きさだって倍じゃん」

と押し問答の末、その夜、コモロンに無理やり観せられたのが、『イージー・ライダー』と『テルマ&ルイーズ』と『キャノンボール』だった。

最初の二本では心動かされなかったが、ラストの『キャノンボール』で、なぜかいけそうな気がしてしまったのである。

やっと受付の順番になり、世之介は恐る恐る国際免許証を差し出した。ちなみに受付嬢はまだ私用電話を続けている。

世之介の国際免許証を手にした彼女が、ちらりと世之介を見る。自分の何が証明されているのかも分からないような書類を、仕事中に堂々と私用電話をするような人間に渡したのだから、なんとも心もとない。

「イエス！　ヴァケーション！　ツー・ウィーク！」

何か質問されたときの答えは、すでに喉元で出番を待っている。ちなみに入国審査で一度使っているから慣れたものである。

が、次の瞬間、明らかに入国目的以外の質問がされた。

本能的に、世之介は聞こえなかったふりをした。しかし私用電話中のくせに、確認事項にはうるさいらしく、同じ質問をまた繰り返す。

「ノー！　ペラペラペラ、ペラペラペラペラ」

そのとき、横から口を挟んできたのがコモロンだった。

呆気に取られる世之介をよそに、何やら受付嬢と口論を始める。英語を話すコモロンは、なんだか別の人格が乗り移ったようである。それも普段日本語を話しているコモロンからは想像もできないような、我の強そうな人格である。

「オーライ、オーライ」

結局、見るからに手強《てごわ》そうな受付嬢をコモロンは言い負かした。聞けば、予約していたクラスの車がないから、一つ下のクラスになると言われたそうなのだが、

「それは受け入れられない」

と、コモロンが断固拒否したらしい。

英語を話すコモロンには逆らわない……。

そう心に決めながら、世之介はやっと空港の外へ出た。

大きな空の下、それに負けないくらい広い駐車場がある。世之介は真っ青な空に向かって背伸びした。日本で見る空と繋がっているはずなのに、初対面のようでぎこちなかった。

二週間のアメリカ旅行となれば、さぞ優雅な旅程と思いきや、コモロンが立てた計画は運動部の夏合宿でもまだ余裕があると思われるほどの過密スケジュールで、渡された予定表には五時起

床、十時就寝の尼僧のような生活が書かれてあった。

とはいえ、二人のことだからすぐにグダグダになるのだろうと、当初世之介はたかをくくっていたのだが、とにかく英語を話すコモロンというのは我が強く、たとえば宿泊先のモーテルで五時にモーニングコールを頼むと、その五分前には目を覚まし、五時五分を過ぎると、

「モーニングコールがまだなんですが」

と、わざわざクレームの電話を入れるのである。

ただ、実際に旅が続いていくうちに、コモロンの計画がまんざら狂気じみたものでもなかったことに世之介も気がついた。

ロサンゼルスを車で出発し、数日間でヨセミテ国立公園、グランドキャニオン、デスバレーに向かうとなると、東京―名古屋間を毎日走らなければならないという過酷なもので、おまけに世之介は呆れるほどの慎重&安全運転なので、燃費はいいがどこに行くにも時間がかかる。

それでも気の合った友達同士の旅が楽しくないはずもなく、言ってみれば、枝豆とビールで過ごすコモロンちの物干し台から、アメリカの雄大な景色を一望しているようなもの、多少の寝不足なんかなんのその、二時間走っても一切変わらぬ砂漠の景色に笑い、自分たちを追い抜いていく宇宙船のような大型トレーラーに笑い、星降る夜空にも笑い出してしまうような、なんとも幸福な毎日だった。

世之介はここ数年、すっかり押入れの肥やしになっていたカメラで何から何までフィルムに収める。それこそ砂漠を走るトカゲから、コモロンが間違えて注文した巨大ステーキまで。

この西海岸の国立公園をめぐる旅の中、もちろんヨセミテの清潔な森の一日も新鮮だったし、グランドキャニオンを吹き渡る風も気持ちが良かったが、一番記憶に残った場所はどこかと聞かれれば、世之介は「デスバレー」と答える。

この死の谷ことデスバレー、シエラネバダ山脈の東部に広がる砂漠なのだが、とにかく暑い。暑い暑いと言っても、「もう我慢できないから、区民プール行こうよ」というような東京の暑さとは桁が違う。ちなみに一九一三年には五十七度という世界最高気温を記録している。

世之介たちが向かったときにも、すでに午前中から四十度を軽く超えており、コモロンが面白がって窓を全開にした途端、熱風というか、体育教師のビンタというか、とにかくそこに殺意を感じるようなものが、二人の頰を叩いた。

「うわー、暑いー」

と至極当たりまえなことを叫ぶ世之介の口も、すぐに熱風でカラカラになる。

「……こりゃ、死ぬよ。デスバレーだよ」

と、ドライブ中はこのように思っていた世之介が、ふと考えを改めたのはその夜のことだった。

確かに、暑くて死ぬー、からデスバレーなのだが、安モーテルで水圧の弱いシャワーを浴びていると、日に焼けた肌が冷えていく中、日中のデスバレーの景色が蘇ってきた。

たっぷり三時間ほどは砂漠の中を走ったはずなのだが、その景色に一切の変化がない。遠い地平線は遠い地平線のままだし、砂丘でさえ近づいてくる気配もなく、唯一動きがあるのは、車道脇の枯れたサボテンくらいである。

ははーん、と、垂れるシャンプーに顔を歪めながら世之介は気づく。死ぬほど暑いからデスバレーじゃないな。どんなに走っても景色が変わらないからデスバレーなんだな、と。死っていうのは、きっとそういうことなんだな、と。

早速、風呂を出てコモロンにも、この発見を伝えた。しかし、コモロンはさほど共感できないようで、

「それより食費が結構浮いてるから、明日ラスベガス着いたら、ノーカットのエロ本買うことにしたよ」とニコニコしている。

「だって、ロスで買おうって言ったとき、成田で没収されるからもったいないって言ってなかった？」

「一か八か賭けてみるよ」

セリフはカッコ良さげだが、ブツがブツだけに間抜けである。

「いくら聞いたって、楽しそうなお気楽旅行じゃない。それがどうして喧嘩別れして、ニューヨークで置き去りにされる羽目になんのよ？」

さて、ここはすでに二週間のアメリカ旅行から帰国後の桜子のマンションである。

日曜日の昼下がり、世之介はベランダ側のひなたに敷いた毛布の上で亮太と昼寝をしている。

「いや、だから英語をしゃべるコモロンって、何かが取り憑《つ》いたみたいで、マジで厳しいっていうか、もう怖いんだって」

「エクソシストじゃあるまいし」

「いや、怒らせると、今に口から緑色の液体とか吐くよ」

世之介のたわごとに付き合う気もないようで、桜子は食後の一服をくゆらせている。

「このあと、実家戻るけど、来る？」

桜子の誘いに、「行く」と即答しようとして、さすがに世之介も間をあけた。

レインボーブリッジドライブのあと、桜子の実家を訪ねたのはまだ蜩《ひぐらし》の鳴く夏の終わりだった。あの日、見るからに頑固そうな父親と見るからに柄の悪い兄貴をまえに、お愛想程度に晩酌に付き合い、頃合いをみて、さっさと退散しようと思っていたのだが、互いに手酌で始めたビールを飲みながらの鱈鍋の晩餐《ばんさん》が、なぜか妙に居心地良かったのである。

同じ仕事で四六時中一緒にいる父親と兄貴が、仲良く話すということはもちろんないのだが、無口な中にも互いが互いのテリトリーを認めている雄の野良猫同士くらいの近しさはあり、同じような近しさで世之介も迎えてくれた。

「ほら、世之介くん、このきんぴらも食いなよ」

などと、声をかけてくれるわけではなく、逆に、

「おい、冷蔵庫からもう一本ビール持ってこい」

と、二人とも人使いは荒いのだが、腹を空かした新参者の野良猫としてはそれでも餌を分けてもらえるだけありがたかったのである。

「……行こうかな」

かなりもったいつけてからの返事だったので、てっきりこの間が遠回しな断りだと思っていたらしい桜子も、「え？　来んの？」と驚いている。

桜子がくゆらす煙草の煙を眺めていると、フロリダのキーウェスト島に浮かんでいた夏雲が思い出される。まだコモロンともうまくいっており、モーテル裏の誰もいないビーチで波の音を聞いていた日々が、なんだかとても懐かしい。

ちなみにキーウェスト島では車移動がなかったせいで、あっという間に生活のリズムも乱れた。コモロンは島のいたるところにあるバーに昼間から入り浸る。酒に酔って英語を話すコモロンは、見ていてちょっと引くくらい社交的になる。日本ではどんなに酔おうと、隣の客のために醤油もとってやらないくせに、英語だと妙にフレンドリーになるらしく、ドイツからだという老夫婦とはワルツの話で盛り上がり、カナダからの新婚カップルには酒を奢り、更に酔うと、ギリシャの大学生たちと肩を組んでなにやら歌まで歌っていた。

そして、喧嘩の原因はこの辺りに起因している。

世之介としては、英語が分からないので、バーにいてもコモロンほど楽しめない。

「何？　なんの話？」

と、一々聞くのも楽しげな会話に水を差すし、何より聞かれたコモロンが露骨に鬱陶《うっとう》しがるくせに、

「だから、俺は部屋でのんびりしてるよ。コモロン、一人で行っといで」

と世之介が言えば、

「せっかく来たのに、もったいない」

と機嫌が悪くなり、最終的には、

「世之介には向上心がない」などと説教まで始まってしまうのだ。

あごあしまくら付きの上に日当までもらっているので、たいがいのことは我慢する覚悟だったが、さすがにこう毎日ねちねちと責められると腹も立つ。

「じゃ、ニューヨークでは完全別行動で」

と言い出したのはどちらだったか、とにかくフロリダからニューヨークに向かう便さえ、隣同士だった座席をわざわざ離してもらうほどになっていたのだ。


夕方、小岩の駅から何度も亮太にバク宙させてやりながら、やっと桜子の実家に到着すると、日曜だというのに工場はシャッターが開いており、中で桜子の親父さんが働いていた。

誘っておきながら、桜子は用事があるらしく、さっさと奥の母屋へ行ってしまうし、なんとなく世之介が亮太と遊びながら親父さんの仕事ぶりを眺めていると、

「おい、そこのレンチとってくれよ」と、車の下から声がかかる。

「これですか？」

丸椅子に置かれたレンチを渡せば、「ありがとよ」とまた車の下に潜り込む。

亮太は工場前の空き地にしゃがみ込み、ここで遊ぶとき用に揃えてもらっているらしいＬＥＧＯブロックを積み上げている。

向かいの土手に日が当たって、とても眩しい。そろそろ色の変わり始めたススキもある。

「おい、兄ちゃん、おまえヒマなんだろ。そこにあるボルト、大きさで分けてくんねえかな」

見れば、麻袋の中に汚れたボルトがわんさかある。

「……そこに新しい軍手あるからよ」

探そうとすると、

「そこの白い箱」と、亮太が教えてくれる。

世之介は軍手をはめ、麻袋に手を突っ込んだ。子供のころからわりとこういう単純作業は嫌いではない。

バイクで通りかかった近所の人が、ＬＥＧＯで遊ぶ亮太に声をかけていく。作業着姿なので、やはりこの辺りで工場でもやっている人らしい。

「坊主、何作ってんだよ？」とかなんとか尋ねているのだが、熱中している亮太は返事もしない。

近所の人も子供に返事など求めていないのか、

「重夫《しげお》ちゃん、信金の多部《たべ》さんが異動したの知ってる？」

と親父さんに声をかけてくる。

「ああ、聞いたよ。なんか今度の担当がお高くとまった嫌な奴なんだろ」

「だってな。多部さんは面白かったもんな。融資断られても、なんか気分良く帰ってきてたしよ」

笑い合う二人の間で世之介はボルトを分けているのだが、近所の人にはまったく気にならないらしい。どこかでカラスが鳴いている。池袋や新宿のカラスは殺気立っているが、土手に響き渡るカラスの声は妙に悲しげである。

近所の人はもう一度亮太に声をかけて、もう一度無視され、それもまた気にもせずにバイクで走り去っていった。

誘ったくせに桜子は夕食まで一度も工場に顔を見せなかった。その間、必然的に世之介は工場の手伝いをすることになる。もちろん専門知識などないので、親父さんに言われるがまま動くだけだが、それでもワイパーのゴムを取り替えたり、マットを洗ったりしているうちに、もしかすると、運転よりも整備の方が向いているような気がしてくる。

桜子が準備した夕食は六時半に出た。三時間ほど労働したので、ちょうどいい具合に腹も減っていた。

ただ、前回は大歓迎こそされないまでも、どこかお客様扱いだったのが、二度目の今日は一切特別扱いがなく、たくわんは繋がっているし、風呂上がりの親父さんはパンツ一丁だし、ここが自分の実家じゃないことの方が不思議である。

その夜、てっきり一緒に池袋に帰るつもりでいたのだが、夕食が済むと、

「私たち、今日泊まってくから」と、いきなり桜子が言い出す。

見れば、亮太も眠そうだし、明日の午前中に散らかっているこの家を大掃除したいらしい。

さすがに、「じゃ、俺も泊まっていこうかな」とは言い出せるはずもなく、すでに居間の畳で座布団を枕にクイズ番組を見ている親父さんに挨拶して家を出た。

一応、桜子が表まで見送りにきてくれたので、お別れのキスでもするのかと思っていると、

「もしかしたら、池袋の店辞めてこっちに戻るかも」と、桜子が世之介の胸を押し戻す。

「なんで？」

「オーナーと喧嘩してから、ちょっと居づらくて」

「ああ、引き抜かれた子をかばった件」

「まあ、それもあるけど、他にもいろいろ」

それ以上は話す気もないらしく、「じゃ」と桜子が家へ戻る。

「じゃ」

と、世之介も手を振って、少し遠回りになるが駅まで土手を歩いていくことにする。夜空が大きい。遠くにかかった橋を電車の窓明かりが流れ星のよう渡っていく。

土手を下り、駅に繋がるアーケードの商店街を歩いていると、「おい」と通りの向こうから声をかけられた。

見れば、立っているのはほろ酔い加減の桜子の兄貴である。

「あ、お兄さん」

「だから、その『お兄さん』やめろって」

「あ、すいません、じゃ、隼人《はやと》さん」

名前覚えておいてよかったーと、世之介が胸をなで下ろしていると、

「それより、おまえ、何やってんだよ？」と、隼人さんがガードレールを跨いでくる。

「今まで、お宅にお邪魔してました」

「もう帰んのかよ？」

「はい、なんか桜子……さん、今日は泊まるみたいなんで」

「ふーん。……あ、おまえ、一軒付き合えよ。まだ電車あんだろ？」

半ば強制的に連れられていったのは商店街から一本裏にあるスナック「夢ごこち」で、わりと混み合った店には、目鼻口の位置と化粧の位置がすべて若干ずれているような下町風のママと、もう一人「なんで、こんな店に？」と思わず二度見してしまうような美人がいた。美人女優というよりは、美人スタントマンといったキリッとしたタイプである。

カウンターは常連客でいっぱいだったので、世之介たちは奥のボックス席に落ち着いたのだが、運良くテーブルに来てくれたのは美人スタントマンの方で、

「えっと、初めてだよね？」と気安く声をかけてくる。

「こいつ、あれだよ。サクの彼氏」

隼人さんの乱暴な紹介に、

「サク、男の趣味変わったね」と彼女も遠慮がない。

手早く水割りを作ると、遠慮のない美人スタントマンはさっさとカウンター客の相手に戻る。

「あれ、中学んときからの同級で、ゆかり」と隼人さん。

「美人ですね？」

「あいつ、三姉妹なんだよ。三人とも美人。でも、三人とも凶暴」

ちなみにその一番下の妹が桜子の親友らしい。

「そういえば、おまえ、アメリカ行ってたんだって？」

水割りを一気飲みした隼人さんが、まるで月旅行にでも行った人を見るような目で見る。

「はい。ロスから入って、フロリダ、ニューヨーク」

「『フロリダ』なんて、聞いたことはあるけど、今、初めて口で言ったよ」

「友達の付き添いっていうか……」

「桜子に聞いたよ。旅費とか全部出してもらったんだろ？　で、途中で喧嘩して、無一文で置き去りにされたって。でも、おまえ、すげえな。無一文で英語も話せねえのに、よく生きて帰ってきたよな。だって、怖《こえ》えんだろ、ニューヨークって」

世之介も濃いめの水割りをグイッと飲んだ。浮かんでくるのは、二十四時間営業のマクドナルドの店内である。

わざわざ席を離して搭乗した飛行機がニューヨークに到着すると、とはいえ、別行動ってのも不経済だしと、早速軟化し始めていた世之介を置いて、なんとコモロンは本当にさっさと空港をあとにしていたのである。

かなり長い間、おそらく三時間ほど世之介は空港で途方に暮れていた。こうなったらもう別行動でもいいのだが、それに先立つ資金がなかったのである。全額コモロン持ちの大名旅行とはいえ、大人なのだから万が一に備えてある程度の現金を用意しておけばいいものを、世之介もすっかりコモロンを信じきっているし、日当も出るし、と財布にはなんと、百ドルほどしか入っていなかった。百ドルといえば一万円ほど、たったそれだけで五日後の帰国まで過ごさねばならなかったのである。

もしここが日本だったらなんとでもなる。ただ、相手はニューヨークである。単純に百ドルを五日で割っても日に二十ドル、食うには困らぬがすでに紅葉が始まっているニューヨークで野宿などしたら凍え死ぬし、いや、凍えるまえに「ホールドアップ」と拳銃を突きつけられて、ない金を出せと散々脅されるに決まっている。

そこでまず世之介が思いついたのは、このまま五日間、空港で過ごしてしまおうということだった。ならば街中へ出るバス代もいらないし、ホテル代もいらないし、何より暖房もトイレも付いている。

実際、三時間も途方に暮れたあと、ほとんどそのプランに決めるつもりでいた。しかしである。早速、寝心地の良さそうなベンチを探していると、

「あのー、すいません」

と声をかけてきたのが、見るからに旅慣れぬ日本女性である。ちなみにその雰囲気はとても清《せい》楚《そ》で、初めての海外旅行にワクワクしながらドキドキもして、となんだか八〇年代のアイドルソングみたいだった。

このアイドルソングが、「マンハッタンまで一人でタクシーに乗るのが怖いから、同乗してもらえないか」というのである。

一瞬、経済的な理由から断ろうかとも思ったのだが、アイドルソングは今にも泣き出しそうだ

し、タクシー代は自分が出すとまで言う。

あまりにも不憫《ふびん》なので、一応ガイドブックで調べてみると、行きは彼女持ちのタクシーで行ったとして、帰りは地下鉄を使えば7ドルほどしかかからない。

まあ、人助けのつもり、プラスちょっとニューヨークの街も歩いてみたいし、と調子に乗ったのが大きな間違いだった。

あとで分かることだが、この清楚なアイドルソングのような女、実はこの手の同乗詐欺の常習犯で、マンハッタンの夜景をぽかんと口を開けて見上げている世之介と一緒に市内へ着くと、タクシーのトランクから荷物を出した途端、

「あ」とかなんとか知り合いを見つけたように誰かを追いかけ、

「すいません、ちょっと払っといてもらえます？」

と姿を消したまま、結局、戻ってこなかったのである。

困り果てたのは世之介である。ほぼ全財産を運転手に渡し、いくら待っても女は戻らず、その上、運悪く雨まで降ってくる。

それでもまさかこのまま置き去りにされるなどとは（すでに一度置き去りにされているくせに）思いもせず、雨宿りに入ったのが目のまえにあった二十四時間営業のマクドナルドだったのである。

その夜を世之介はそこで過ごした。大きな店で人の出入りも多く、追い出されることもなければ、心配されることもなかった。夜が明けるころ、自分が騙されたことをさすがに認めた。認め

ると、急激に腹が立ち、腹が立つと金もないのに腹が減ってきて、更に腹が立った。

ほとんどヤケになり、有り金叩《はた》いたビッグマックにかぶりついた。気がつくと、なんの涙か頬が濡れていた。

女に騙された悔しさだけじゃない気がした。就職に失敗してからのこの数年、ずっと目を背けていた不甲斐《ふがい》ない自分への悔しさらしかった。

涙は止まらず、それでも食べようとするので痛々しいほど噎《む》せる。

「日本の方？」

声をかけられたのはそのときである。見れば、少し離れた席に座っていた日本人のカップルが見兼ねて近寄ってきてくれていた。

「すいません……」

さほど客もいないが、さすがに恥ずかしくなり鼻水を啜り上げる。

アメリカナイズドされたとでも言おうか、身のこなしもメイクも妙に大げさな女性だったが、間違いなく華やかさがあった。一方、横に立つ男性は、なんというか、どうもこの女性と釣り合わない。

赤いハイビスカスと亀の子たわし。もしくは、『ベルサイユのばら』のオスカルとニャロメ。

不謹慎な世之介をよそに、

「ニューヨークは旅行？」と、二人が隣の席に着く。

そのあと、「どうしたの？」という問いかけを合図に、世之介はとにかく喋った。タクシー詐欺の話やコモロンとの喧嘩についてはもちろん、フロリダ、デスバレーでの楽しかった思い出から、果ては就職できずにフリーターをやっており、そのバイト先がそろそろ潰れそうだという話まで一気にまくし立てたのだ。

話してしまうと、すっきりした。まるで何もかもが解決してしまったように、世之介は水っぽいコーラを啜り上げた。

逆に、すっかり重い気持ちになっているのは、話を聞かされた二人である。

本人は満足げに水っぽいコーラを飲んでいるが、簡単に言ってしまえば、年を食った迷子のようなものである。

先に話してしまうと、この二人、ナオミさんと護《まもる》さんのおかげで、世之介はなんとか帰国便までを生き延び、というか生き延びるどころか、すっかりニューヨークを満喫することができたのであるが、このナオミさんと護さん、その関係性がちょっと説明しにくい。

てっきり夫婦だと思っていたのだが、「恋愛感情はない」と、きっぱりとナオミさんは言う。

ただ、世之介の印象だが、護さんの方にはどう見てもそれがある。

二人はソーホーのアパートで同居しており、ナオミさんはアーティスト、護さんはそのマネージャーだという。

「アーティスト？」

自分の周囲にそんな洒落《しゃれ》た人がいないので、世之介は手探りである。

「パフォーマーって言ってもいいんだけど、ストリートとか、もちろん舞台とかで、踊りでいろんなことを表現してるの。去年はオフブロードウェイの舞台にも出演したし」

要するに、大道芸人というか、役者の卵というか、そういったものらしいのだが、このようにアーティストの方の足場がグラグラしているのに、そのマネージャーたる護さんの仕事ぶりが、メリル・ストリープのマネージャーでもここまでは気を遣わないだろうという奉仕ぶりなのである。

二人が暮らしているアパートを見れば、護さんに金があるのは一目瞭然である。更に親しくなるにつれ、日本で女優デビューしたが鳴かず飛ばずだったナオミさんが、世界デビューを目指してここニューヨークに渡ってくる際、だったら俺が全面的にサポートするよと、どうやら栃木の大地主の息子らしい護さんがくっついてきたということが分かってきた。

ストリートに立たない限り、ナオミさんに仕事などないのだから二人はヒマである。ずっと二人きりで退屈していたのもあるだろうし、誰かに自分たちがここニューヨークをエンジョイし、いかに街に溶け込んでいるかを伝えたかったところもあったのだろう、帰国までの五日間、おしゃれアパートのソファに寝泊まりさせてもらいながら、まあ朝から晩まで、今日は自由の女神、明日は流行りのイタリアンレストランにハーレムのジャズクラブと、

「わー、なんか俺までニューヨーカーになったみたいです」

と素直に喜ぶ世之介を連れ回してくれたのである。

「へえ。世の中にはいろんな奴がいるんだなー」

ちなみにこれ、世之介のニューヨークでの珍道中の話を聞き終えた隼人さんの感想である。実際アメリカで芸能活動するカップルというのを、ここ小岩のスナック「夢ごこち」でイメージするのは難しいようで、妙に感心したように水割りを飲んでいるが、その表情は明らかに戸惑っている。

「でもよ、そいつらが成功したら、ちょっと嬉しいよな」

てっきりニューヨークの話は終わったとばかり思っていた世之介は、

「そいつらって？」と聞き返した。

「だから、そのナオミと護。錦糸町の映画館に洋画観に行ったら出てたりしてな」

どうやら本気で言っているらしい。

「そうですね。……うん、確かに錦糸町の映画館で見つけたら嬉しいかも。まったく成功する方向では考えてなかったですけど」

「おまえもひでぇな。さんざん世話になっといて」

いつの間にかカウンターのグループ客が帰っており、

「隼人たち、こっちくれば」と、ナオミよりも華のあるゆかりさんが声をかけてきたので、二人してグラスとおしぼりを持って移動した。

「今日、早い時間に光司《こうじ》のお父さんとお母さん、来てたんだよ」とゆかりさん。

「知ってるよ。出かけてくとき、俺、光司んちにいたもん」と隼人さん。

「あ、そうなんだ」

「扇屋にメシ食いに行くって言ってたけど」

「うん、その帰りだって。二人で何曲かカラオケ歌って帰ってった」

「じゃあ、入れ違いだったんだ」

席に着くなり、世之介を無視した同級生トークが続く。しばらくママの手作りらしいタコの酢の物を箸でつついていると、隼人さんがトイレに立った。

「もう一杯作る？」

「お願いします」

ゆかりさんにグラスを差し出しながら、

「光司さんって人も同級生なんですか？」と、特に興味もなく尋ねた。

一瞬、ゆかりさんが、

「ああ、そうか。サクの新しい彼氏なら知るわけないか」と、きょとんとする。

世之介も付き合いで一緒にきょとんとした。

「中学んとき、バカみたいに本気で喧嘩して、土手から転げ落ちたときの打ち所が悪くて、もう何年になるのかな、ずっと植物状態よ」

きょとんとしたまま、表情が固まった。早く戻さなければと焦るのだが、焦れば焦るほど顔が引きつってくる。

「……光司が四中で、隼人が二中の番長。学校対抗で木刀持って、江戸川の土手で決闘とか、今考えるとほんとガキなんだけど、あの当時は私も本気で応援してたからね」

「あ、あの……」

ゆかりさんの語り口がニューヨークの珍道中を話す自分とさほど変わらぬトーンなので、更に世之介は混乱する。

「……あの、植物、植物状態って？」

「うん……、正式には遷延《せんえん》性意識障害っていうらしいんだけど」

その辺りで、別の客の相手をしていたママが、

「光司くん、どうかしたの？」と心配そうに口を挟んでくる。

「ううん、別に。ただ、このサクの新しい彼氏が知らないっていうから」

今日の早い時間には、この店に光司という人の両親が飲みに来ていたという。とすれば、この店というか、この界隈ではきっと誰もが知っている話なのだろう。

「あ、あの、隼人さんがその人を、っていうか……」

しどろもどろする世之介のまえに新しい水割りを差し出したゆかりさんが、

「まあ、お互いに木刀で殴り合ってたんだから、どっちもどっちなんだけど、結果的に光司の方がああなっちゃったんだよね。でも、あれだよ、本当に最初の最初は意識もなかったんだけど、諦めずに何ヵ月も声かけ続けて、電気療法やったりしたおかげで、今じゃ、こっちの声も聞こえるようになって、それに目や指で意思表示できるようになったんだから、すごい奴だよ、光司は」

「あ、あの……」

世之介はもう自分が何を聞こうとしているのかも分からない。それでも、この話に振り落とさ

れないように必死にしがみついている。

「……ってことは、さっきの話だと、今日、隼人さんはその光司さんのところに行ってたってことですよね？　お父さんたちと入れ違いだったって」

「そうだよ。今日どころか、よっぽどの用がない限り、日曜はいつも行ってるもん。高校卒業してからのこの十年は、ほぼ毎週通っててんじゃない」

ゆかりさんの口調があまりに軽いので、そこに寝たきりの人間の姿をなかなか思い描けない。

「毎週？」

それだけ聞き返すのがやっとである。

「その事件のあと、隼人は鑑別所でしょ。戻ってきて、一応高校は卒業して。あとで聞いた話だけど、高校のときもずっと家には行ってたみたい。そのうち光司の両親がやっと許してくれて、光司に会わせてくれたのが高校卒業したあとだったって」

情けないことに、この話に登場する誰の気持ちも、分かることはおろか、世之介には想像もできない。中学のころから寝たきりだという光司、自分のせいで一人の人間をそんな体にしてしまった隼人、そして光司を毎週見舞っているという隼人、更には隼人を許したという両親。

「隼人さん、毎週行ってるんですか？」

また同じ質問である。

「私も聞いたことあんのよ。毎週、何やってんのよって。そしたら、一緒にテレビ見てんだって。隼人が録画してやったボクシングとかプロレスとか。バカだよねえ、そんな状況でまだ格闘技とか見てんだから」

彼らの思いを分かろうとはするのだが、あまりにも今の自分とは背負っているものが違いすぎ、さっきの隼人ではないが、

「へえ。世の中にはいろんな人がいるんですねー」

としか受け止められない。

ほとんど狼狽えている世之介の元に、隼人が戻ったのはそのときで、

「なんだよ、あの便所の芳香剤。強すぎだよ」

と、実際その匂いを体から漂わせている。

「やっぱ、そうだよね。ママがさ、『まる福』で半額だったからって、三つも買ってきてんのよ」

「薔薇《ばら》の香りは香りだけどよ、薔薇の花、鼻ん中に突っ込まれたみたいで、便所に入った瞬間、イラッてくる」

隼人が大げさに深呼吸を始める。

寝たきりの病人の話からの落差があまりにも大きく、世之介も思わず深呼吸しそうになる。自分がこの先、どっちの話へ向かうべきなのか分からない。光司という人の話に戻ったところで、自分にその話を聞く覚悟があるとは思えない。かといって、このまま薔薇の芳香剤の話に逃げるのは、あまりといえばあまりでもある。

「そういえば……、さっき土手を歩いてたら、土手いっぱいに花咲いてましたけど、あれ、なんて花なんですかね？」

で、悩んだ結果の折衷《せっちゅう》案がこれだった。二人の決闘場所だった土手と、芳香剤の薔薇が混じったのである。

「ああ、あれ、コスモスだよ」

教えてくれたのはゆかりで、

「……今、ちょうど季節だもんねえ」と、空いた小皿に柿ピーを足してくれる。

十月　二十五歳

「おまえら、昼から土手でバーベキューなんだろ？　そこのベルト類、片付けたら、もう上がっていいぞ」

昨夜、急にエンジンがかからなくなったという常連客の車の下から、桜子の親父さんの声がする。

「じゃあ、片付けちゃいます」

ベルトの切れ端をゴミ袋に詰め込んでいるのは世之介で、先週買ってもらった新品のつなぎの作業服もすでにオイルや埃《ほこり》で汚れている。

「しかし、そこの土手でバーベキューやるったって、水なんかどうすんだよ？　水道なんかねえぞ」

一区切りついたのか、車の下から親父さんが出てくる。

「水は運びますよ。そこのポリバケツに入れて」

「大仕事だな」

「隼人さんなんか、光司さん連れてくるって言ってますからね。それに比べりゃ、水なんて」

「あの土手、車椅子でどうやって下りるんだよ」

「背負うんでしょ」

「大丈夫かよ」

「前にもやったことあるみたいですよ。途中で滑って、大変なことになったって言ってましたけど」

ゴミ袋を工場の外へ運び出すと、世之介はロッカーを開けて作業服を脱いだ。そろそろ買い出しに行っている桜子と亮太が戻るだろうから、戻ったところで先にバーベキューセットを土手へ運んでおくことにする。

今日の参加者は、当初の予定に比べて大人数になった。まず桜子と亮太、隼人さんがゆかりさんを誘い、光司さんを連れてくる。世之介の方で声をかけたのがコモロンと浜ちゃんで、コモロンはアメリカの遺恨がまだ癒《い》えぬらしく不参加、それでも口は利いてくれ、その近況報告によればアメリカ留学を考えているということで、

「ヘンな自己啓発研修なんかより、よっぽどいいよ」

と、世之介も少し安心した。

「行けるかどうか分からない」

といつもの感じだったのが浜ちゃんで、この感じは来ると世之介は踏んでいる。

そして、そこに隼人さんの友人が奥さんと二人の子を連れてくるというので、結果、十一人の大所帯である。

ちなみに桜子の親父さんは不参加で、

「あんな犬猫の肥溜《こえだ》めみたいなとこでメシ食って何が美味いんだよ」

と容赦なく、午後からはいつものように、同じ河川敷でも江戸川の方の競艇場へ行くらしい。

「それ、なんだよ？」

着替えた世之介が工場を出て行こうとすると、表でタバコを吸っていた親父さんに呼び止められた。

「写真です。アメリカで撮ってきた」

世之介は大きめの封筒を見せた。

「……そこにポストありましたよね？　写真コンテストに応募するんですよ。賞金百万円なんで」

「百万？　すげえな」

「でしょ？　自信あるっていうか、良い予感しかしないんですよね」

「そういや、おまえがいつも持ってるカメラ、あれ、結構いいやつなんだろ？　ライカとかなんとか」

「大学んときに知り合った人にすごく安く譲ってもらって、しばらく撮ってたりしてたんですけど、いつの間にかすっかり忘れてたのを、このまえのアメリカ旅行で引っ張り出しまして」

わざと親父さんのサンダルを履いていったらしい亮太が、スーパーからガニ股で戻ってくる姿が見えたのはそのときで、すぐに背後の桜子から、

「バーベキューセット、運んでくれた？」と催促される。

「まだ、だけど、すぐ行く」

世之介はまずは通り向かいのポストに走ると、まるで神社にでも拝礼するように二礼二拍手一礼し、恭《うやうや》しく封筒を投函する。面白がって亮太があとを追いかけてきたので、

「ほら、亮太も手叩け。佳作でいいですからって」と、同じように参らせる。

午前中には太陽を覆っていた雲も晴れ、午後は気持ちの良い秋晴れとなった。バーベキューセットや水を、亮太に手伝わせて河川敷へ運んでいるうちに、世之介も汗びっしょりである。

すぐそこにかかる鉄道橋を総武線の黄色い電車が行き来する。通るたびに亮太が手を振っているが、速度が速すぎて車内の様子は見えない。

「おーい、世之介、ちょっと手伝え！」

土手の上から声がかかったのは、すっかりバーベキューのセットも完了したころで、見上げれば、車椅子を押す隼人さんが手を振っている。

車椅子に乗せられているのが光司さんらしい。正直なところ、世之介のイメージより重症である。

「はーい」

と応えて、土手を駆け上った。

光司さんのまえに立つと、その瞳が秋晴れの行楽を楽しみにしているのが分かる。

「初めまして。横道世之介です」

と挨拶すると、

「おまえ、横道世之介っていうの？　なんか落語家みたいだな」

と、隼人さんが今さら笑い出し、

「……俺がこいつ背負うからさ、おまえ、車椅子持ってくれよ」と早速光司さんを背負おうとする。

しかし隼人さんは簡単に言うが、人を背負って下りるには傾斜がきつい。

「大丈夫ですか？」

世之介は、されるがままの光司さんの腕を思わず摑んだ。びっくりするくらい細い腕である。

「まあ、行けるだろ。いや、やっぱ無理か？　だったら、おまえさ、車椅子あとでいいから、俺らが転ばないように横で支えて下りろよ」

隼人さんが光司さんをひょいと背負う。

「……これ、後ろ向きで下りた方が楽だな」

隼人さんの言葉に、世之介もすぐに背後へ回り、光司さんの尻を支える。

「……行くぞ」

「はい」

一歩ずつ隼人さんの足が土手を下りる。それに合わせて光司さんの細い脚が揺れる。秋晴れの空の下、また鉄道橋を総武線の電車が走っていく。

「イチ、ニ、イチ、ニ……」

世之介の掛け声と、ガタンゴトンと響く電車の音が重なっている。

隼人さんが光司さんにナイキの帽子をかぶせ、川がよく見えるような位置に車椅子を固定した
ところで、土手の上を浜ちゃんが歩いてくるのが見えた。火を起こしていた世之介の代わりに、

「大将ー！」

と迎えに走ったのは亮太である。

ちなみに前回のドライブのとき、鮨屋で働いていることを知った桜子がそう呼ばせているので
ある。

「亮太！　さっきそこで手振ってたの、電車から見えたよー！」

浜ちゃんも叫び返す。ほとんど偏執的だった亮太の苦労も報われたようである。

土手の上で浜ちゃんから渡されたビニール袋を覗き込み、亮太が声を上げている。

「海老の差し入れ持ってきた！」

浜ちゃんの声に、

「え？　銀座の海老？」と、思わず世之介が立ち上がると、

「まさか。池袋の赤札堂だよ。でも、おがくずの中でまだ跳ねてる」

と笑いながら、亮太の手を引き土手を下りてくる。

その後、現れた隼人さんの友人は、車高を極端に上げたジムニーに奥さんと二人の子供を乗せ、
進入禁止の河川敷まで走り込んできた。

紫のマークⅡに比べれば大人しいものだが、急な土手を上ったり下りたりと、まるでカースタ

ントのようなことをして喜んでいるところを見ると、なるほど隼人さんの親友である。

控え室の窓から見下ろせるのは、蝶が羽根を広げたような美しい運河に建ち並ぶ煉瓦《れんが》造りの別荘群と、深い緑の樹々である。遠くにはアムステルダムの街並みを模したエリアが広がっている。

昨年開園したここ長崎のハウステンボスは、東京ディズニーランドより広い敷地に、オランダを再現するというコンセプトなのだが、ついこのあいだまでのバブル景気にものを言わせ、再現どころか、本家のオランダに勝つ気で挑んでいるのがひしひしと伝わってくる。

当然、本物ではないので偽物なのだが、偽物というのは本物の真似をするから偽物であって、ここハウステンボスはもう、偽物のくせに本物の真似をする気もないような、そんな気概に溢れている。

オランダのベアトリクス女王が住む宮殿を再現した建物の窓から、そんな気概に溢れたテーマパークを見渡し、すっかり怖気《おじけ》づいているのが世之介である。

この部屋は一応結婚式場の控え室なのだが、なにせ宮殿を再現しているので、この控え室だけでも小規模な披露宴なら開けるし、実際、

「今日の結婚式場は豪華だなー」

と、さっきから続々と参列者たちが迷い込んでくる。

そんな控え室の一番隅、更にロココ調の分厚いカーテンに隠れるように立っている世之介の耳に、

「世之介も東京から戻ってきてるらしいんだけど、向こうで何やってるかとか、嫁さんまだかとか、そういう質問は、とにかくしてくれるなってよ。多恵子《たえこ》さんが」

と、親戚のおばさん連中の容赦ない噂話が聞こえてくる。

ちなみにこの多恵子というのは、世之介の母である。

もともとは、従兄である清志《きよし》の結婚式に、世之介は出席する予定ではなかった。しかし、その清志が面白半分で応募したハウステンボスウェディングのモニター募集に当選してしまった。

モニターとして披露宴を行うのが、なにせベアトリクス女王の宮殿である。早速、親戚縁者に伝令が飛んだ。東京だろうが北海道だろうが、三親等以内で足腰立つ者は有無を言わさず全員集合。それでも頭数が足りない場合は、清志の父が経営する小さなタクシー会社の運転手たちも、総出で式に参加するという。

「いやいや、無理だってー。結婚するって連絡来たとき、清志兄ちゃんから『来なくていい』って言われたし。旅費ないし、ご祝儀ないし、礼服もないし」

二十四にもなって情けない限りだが、実際そうなのだから仕方ない。

「そんなこと言ったって、あんただけ来ないってわけにはいかないじゃない。ただでさえ親戚少ないのに」

「それにさ、行ったら行ったで、おまえは東京で就職もせずに何してんだって、親戚中から寄ってたかって説教されるに決まってるし」

「それはお母さんがちゃんとみんなに言っとくわよ。そういうことは聞いてくれるなって」

という話が事前にあったのだが、それがそのままの形で世之介の耳に入ってきているのである。いつまでも隠れているわけにもいかず、世之介は覚悟を決めてカーテンの裏から出た。一斉におばさんたちの視線が集まり、その誰もが世之介を見るなり、その唇をぐっと噛んでいる。

「もういいよ。なんか言いたいなら言ってよ。この沈黙、逆に堪《こた》えるって」

世之介が観念してソファに座った途端、

「別におばさんたち、あんたのことなんてどうでもいいわよ。ただ、多恵子さんが安心できないだろうなって、あんたのお母さんのことを心配してんのよ」

と、考えられる中で最大級に重い言葉をかけてくる。

「で？　実のところ、東京で何してんのよ？」

「まさかサラ金に借金なんかしてないわよね？」

「多恵子さん、あんたのことが心配で三キロも痩せたんだってよ。ずーっとスポーツクラブに通ってても、まったく痩せなかった人が」

その後、話がそれぞれのダイエット法に移った辺りで、世之介は静かにその場を離れた。

緊急事態とはいえ、集まれば集まったもので、控え室の片隅はすっかりタクシー会社の休憩室と化している。

昨夜遅くに実家へ着いたので、肝心の清志にまだ挨拶していないことに気づき、世之介は新郎控え室へ向かった。

控え室も豪華なら、廊下もまた格式高い内装である。ここでおふざけにしても王子然とできれば、まだ見所があるのだが、気がつけば廊下の端を歩いている。

恐る恐る新郎控え室のドアを開けると、白いタキシード姿の清志が、こちらもよほど落ち着かないのか、鏡のまえで挨拶の練習をしていた。

「おう、世之介か。おまえ、ちょうどよかった。ちょっとそこで挨拶聞いてくれよ」

清志が早速カンニングペーパーを広げる。

「そのまえに、清志兄ちゃん、タキシード似合わないねえ。昔の漫才師みたい」

「いやいや、これくらいの着ないと。この式場だぞ」

「なんで、モニター応募なんかしたの？」

「だって、当たるなんて思わないだろ」

「だったら応募しなきゃいいじゃん」

「いや、そうなんだけどさ」

清志の話によれば、もともと、このハウステンボスでこぢんまりと結婚式を挙げるつもりだった。申し込んだのは運河をクルーザーで巡りながら披露宴を行うという、ここハウステンボスではわりとシンプルなプランだったという。

「それより、おまえ、東京で何やってんだよ？」

清志が白い蝶ネクタイをこねくり回し過ぎて、プロペラのようになっている。

「何って、バイトだけど……」

「バイトって、おまえも……」

「清志兄ちゃんだって、小説家になるとかなんとか、大学卒業してからもしばらくグダグダしてたじゃん」

「俺はだって、ダメでも親父のタクシー会社あるもん。それに、最初から三年やって物にならなかったら諦めるって決めてたし」

「なんかさ、聞いてるだけで、夢叶いそうにないよね」

「ひどいな、その言い草も」

「だって、そうじゃん」

「でも、まあ、確かにおまえの言う通りなんだろうな。最初から諦める期限、決めてる奴なんて、小説家になれるわけないよな」

あのひねくれ者の清志も、人生が順調だとこうも素直になるらしい。

「……そういえばさ、俺が通ってた小説教室で知り合った五十代の人なんて、二十五年もまえに雑誌の公募小説で佳作になったらしいんだけど、それからずっとバイトで食い繋ぎながら、誰から頼まれてるわけでもないのに、『今月末が締め切りなんだよ』って言いながら毎年二作品ずつ小説を書き続けてたからな」

「へえ、すごいね」

「すごいけど。なんか気持ち悪ッて思っちゃったんだよな、俺」

気持ち悪ッというのは負け惜しみもあるのだろうが、それにしても誰からも頼まれもしない小説を書き続けるというのは、趣味はもちろん、もう仕事という範疇《はんちゅう》も超えてしまって、ある意味、業《ごう》というか、恨みのようなものに近い。とすれば、「三年やって物になんなかったら、親父の会社、継ごうっと」と思っているような清志には、到底向かない職業だったに違いない。

「あ、そうだそうだ。世之介、おまえ、なんか持ちネタの宴会芸ない？　上品なやつ」

「ないよ。下品なのもないよ。なんで？」

「高校の同級生たちが余興で裸踊りする予定だったんだけど、この式場見て、急に怖気づいちゃって」

「そりゃ、宮殿で裸踊りはまずいよ」

実際に困っているのだろうが、裸芸より自分の挨拶の方が気になるようで、清志がまた挨拶原稿に赤を入れ始める。

世之介がしばらく眺めていると、「未熟な二人ではありますが」という部分を、「未熟な二人ですが」に変更したり、戻したりするので、

「それ、どっちでもいいって。未熟な二人に変わりないんだから」

と、さすがに世之介もイライラして口を挟んだ。

ちなみに、こんな清志を夫としてもらってくれたのは、地元の市民病院に勤める看護師さんで、精霊《しょうろう》流しの爆竹で火傷《やけど》をした清志を手当てしてくれたのがきっかけらしい。

「というか、未熟でまた思い出したけど、おまえもあんまりおじさんやおばさんたちに心配かけんなよ。ちゃんと本気で職探しした方がいいぞ」

結局、「未熟な二人ではありますが」の方に○をつけた清志が、急に話を変える。

「お袋は大げさに心配してるけど、親父はそうでもないって。やっぱ男親だから、そこんとこはドンと大きく構えてくれてるみたいで、お袋があたふたしてると、『若いときの二、三年なんて、あとでいくらでも取り返せるよ』って言ってくれてるもん」

実際、そうらしく、世之介もここは素直に父親の言葉を信じてもいる。

「そのおじさんが、うちの親父んとこに、このまえ、来たらしいぞ」

清志がそう口にしたのはそのときである。

「何しに?」

「おまえをうちの会社で雇ってもらえないかって」

「うちって、タクシー運転手?」

「いきなり運転手は無理だろ」

タクシー会社といっても、こぢんまりとした会社である。運転手が全員揃っても、この宮殿で開かれる披露宴の一テーブルも埋められない。社長が清志の父親で、副社長の母親が無線担当である。なので、出来の悪い息子ならともかく、出来の悪い甥《おい》っ子まで面倒を見る余裕などあるはずがない。

「親父がそんなこと相談しに……」

言葉のない世之介である。

「なに、ここ?」

石畳の細い坂を上りきったところに立つしゃれたバーのまえで、目を丸くしているのは世之介である。古い洋館をリフォームした建物で、淡くライトアップされた外壁など、まるでヨーロッパの名画に迷い込んだようである。

「最近、できたんだよ。しゃれてるだろ？」

隣に立っているのは栗原《くりはら》という高校時代の同級生で、地元の大学を卒業後、福岡の法律事務所で働きながら司法試験を目指しているのだが、この日はたまたま地元に戻っていたらしい。

「……このバーまで女の子を連れ込めれば、あとはもうなんでもオッケーって感じだろ？」

慣れた様子で店に入ろうとする栗原に、

「そんなバーに、なんで俺を連れてくんだよ？」

とは、至極まっとうな世之介である。

「確かに。……でもまあ、あれだ。自慢だよ、自慢。栗原くんは相変わらずモテてますよーって」

この栗原、実際に高校のころからモテ男ではあった。あまり強くはなかったがサッカー部のキャプテンで、その上、当時人気のあった俳優に似ていた。となれば、どうしたっていけ好かない男になるのだが、こうやってあっけらかんとしているので、どうも憎めない。

店内のカウンターに着くと、顔見知りらしいバーテン相手に、早速、栗原がこのあいだ福岡から連れてきたという女の子とのその後の顚末を話し出す。

世之介はここへ来る前に雲龍亭という餃子《ギョーザ》屋ですでにその話は聞いていたので、この隙にトイレへ向かった。

新郎新婦はもとより、参列者全員が完全に会場の雰囲気に呑まれてしまった清志の結婚式を無事に終えた翌日である。

せっかくなので二日ほど実家に泊まって帰ろうと考えたのが間違いで、家にいれば、息子の将来を悲観する母親の愚痴が止まらないし、かといって、平日に遊んでくれる同級生もおらず、いよいよ退屈しきっていたところに、世之介帰省中の噂を聞きつけた栗原が、

「おい、餃子、食いに行こうぜ」

と、救いの手を差し伸べてくれたのである。

電話を受けながら、「そうそう、栗原ってやつは、こういうところがあるから憎めないんだよなー」などと、まるでおしゃれなバーに連れてきてもらった女の子のように頬を赤らめた世之介だった。

そんな栗原が、「実はさ、うちの兄貴のことで参っちゃってんだよ」と、柄にもなく声を落としたのは、互いに二杯目のカクテルを飲み干したころである。

「栗原んちの兄貴って、今、何やってんの？」

グラスに残っていたサクランボを世之介がつまむと、

「あ、いいや。なんかこの話すると暗くなるから、やっぱいいや」

と、自分で言い出しておいて話を変えようとする。

「気になるよ。言えよ」

世之介はサクランボを口に入れた。思いのほか酸っぱい。

「うん……、なんかさ……」

サクランボを食べたのは世之介だが、なぜか栗原の方がよほど酸っぱそうな顔をしている。

「栗原んちの兄さんって、優しかったよな。昔、おまえんちに遊びに行ったとき、お好み焼き作ってくれたし」

「そうだっけ？」

「うん、広島風」

「よく覚えてんな」

「広島風、初めて食ったから」

懐かしそうな世之介を、栗原がまじまじと見つめる。

「なんだよ？」

「やっぱ話そうかな。世之介になら話せるかも」

「だから話せって。そのおまえんちの優しいお好み焼き兄さん、今、何やってんだよ？」

「だから、何もやってないんだよ」

「何もやってないって、バイト？　俺と一緒じゃん」

「じゃなくて、本当に何もやってねえの」

「何、それ？」

「だろ？　『何、それ？』だろ？」

栗原の話によれば、三つ上の兄貴の様子がおかしくなってきたのは、機嫌良く働いているように見えた地元の銀行を、腹痛などを理由に休みがちになった二年ほど前のことらしい。

当初は、家族もさほど心配していなかったのだが、日に日に言動が粗暴になり、欠勤日が増えていったという。

ただ、それでもまだ栗原などは、

「ねえ、お兄ちゃんだけど、精神科とかに診てもらうってどうかしら」

と心配する母親に、

「昨日も、夜中にテレビ見てゲラゲラ笑ってたよ。騒ぎすぎだって」

と笑い飛ばしていたのだが、欠勤が続き、結局、会社の勧めで休職扱いとなった辺りを境に、まったく自分の部屋から出てこなくなったらしいのである。

「部屋から出てこないって、どういうことだよ？」

世之介じゃなくても、まずそんな疑問が口から出てくる。

「だから、出てこないものは出てこないんだよ」

「だって、メシは？」

「メシは、お袋が毎回お盆に載せて、兄貴の部屋のまえに置いてる」

「便所は？　風呂は？」

「便所は二階の便所を占領して、俺が使うと暴れる。風呂はほぼ入ってない。たまに家に誰もいないと、下りてきてシャワー浴びてるみたいだけど」

栗原の話を聞いていると、なんだか獰猛《どうもう》なペットの話でも聞いているような気がしてくる。

ちなみに栗原の家は、市内の新興住宅地にある。決して大きな家ではないが、白壁の可愛らしい造りで、県庁勤務の父親は、栗原の三十年後といった風の爽やかなスポーツマンで、一方、女優のように美人だった母親が手入れする芝生の庭には季節ごとの花が咲き、この庭を白い犬が駆け回っている。

正直言って、この風景のどこにも、ほとんど風呂にも入らないという栗原の兄貴の姿は嵌まらない。

「聞きにくいけどさ。やっぱり、その、精神的ななんかなの？」

さすがに世之介も事の重大さに言葉選びに慎重になる。

「うーん、違うと思うんだよなー。前に、あまりにも腹が立ったから、俺、兄貴の部屋のドア蹴破って、引きずり出そうとしたんだよ。そんとき、取っ組み合いの喧嘩になったんだけど、なんていうか、そのときの兄貴の言動っていうか、喧嘩の感触は、普通だったときの兄貴と変わらないんだよなー」

喧嘩の感触って、とは思ったが、そういう皮膚感覚というのは間違いないような気もしてくる。

「っていうかさ、何が不満なわけ？」

あ、そうだ、とばかりに、世之介は肝心なことを尋ねた。機嫌が悪いのなら、その理由があるはずである。

「それが分からないんだよ」

「分からないって？　兄貴、何も言わないの？」

「言わないんだよ。ちなみに会社で何かあったわけでもないみたい」

「失恋したとか？」

「ないと思うんだよなー」

「だって、部屋から出てこないんだろ？　部屋から出てこない理由がないって、どういうことだよ？」

なんだか、ふざけているような質問だが、世之介は真剣である。

「俺はさ、お袋が甘やかしすぎだと思うんだよ。だから、しばらく放っとけって言うのに、朝昼晩、ちゃんとメシを運んでやって、今日はちゃんと食べた、今日はごはん残したって、毎日言ってるからな」

「そりゃ、母親なんて、そんなもんだよ。うちなんて、『ごはんよー』って呼ばれて、すぐに食卓に行かなかったら、『せっかく作ったのに、冷めたら美味しくない』って本気で怒るからな」

要するに、母親にとって子供に食事をさせるのは本能的なことなのだ、というようなことを伝えたいのだが、自分でもちょっと話がズレているのは世之介にも分かっている。ただ、栗原もその辺は長年の付き合いで分かってくれているようで、

「俺はやっぱり力ずくでも部屋から引きずり出して、それこそ働かないんだったら、その辺で野《の》垂《た》れ死ね、くらいのことやった方がいいような気がするんだよなー」

と話を戻す。

「そんな、自分じゃメシも食えないような人間を無理やり外に出したら、逆に心配で仕方ないって。うちの親父なんて、近所の野良猫が懐いて、飼ってもいないくせに、二日も顔を見せないと、一時間も二時間も近所を探し回ってるって言ってたもん」

また少し話はズレているのだが、栗原にも世之介の真剣さだけは伝わっている。

「ほんと、こんな話、恥ずかしくっておまえにしかできねえよ。頼むから、誰にも言うなよ」

「言わないよ。……でもまあ、とにかく様子見るしかないよな」

このとき、世之介は、とはいえ数週間のことなのだろうと思っていた。しかし、次の瞬間、栗原の口から出てきた言葉に、さすがに寒気がした。

「今月で丸一年になるんだぞ」

一年……。まだ引きこもりなんて言葉はなかった時代である。

なぜか世之介の脳裏に浮かんでくるのは、一年前の自身の姿である。わりと鮮明に思い出せるのは、この月が自身の誕生月だからで、暇さえあればパチンコ屋に通うようになっていた時期で、ああ、これが厄年というものかと、半ば投げやりになってもいたが、それでもあれから今日までの一年間を全部なかったことにしましょうと言われれば、「いやいや、それでもちょっとはいいこともあったんですよ。もちろんパチンコで勝ったこともあったし、誕生日プレゼントだって、コモロンが自分が聞かなくなったマドンナとB'zのCDをくれたし」と、決して充実していたとは言えない日々ながらも、ちょっとだけキラキラした思い出はいくつも浮かんでくる。

そして、きっとそれが一年というものだ。しかし栗原の兄貴は、その一年という日々を、「いらない」と言っているのだ。

そんな人間がいることが、世之介はどこか悲しい。それが広島風のお好み焼きを焼いてくれたお兄さんかと思えば、なお悲しい。


東京へ戻ると、めっきり寒くなっていた。

アルミサッシの溝に、隙間風防止の古タオルを押し込んでいるのは世之介である。このライジング池袋、鉄筋コンクリート造りのわりには安普請で、とにかく隙間風がひどい。特に玄関ドアの下が顕著で、明らかに寸法を間違えて注文したとしか思えないドアの下には、隙間と呼ぶには広すぎる空きがあり、酔っ払ったコモロンが真冬に泊まったことがあるのだが、床に寝かせたせいで、翌朝、凍死しかけていた。

古タオルを押し込んでいると、また隣室からの物音が高くなってくる。ちなみにうるさいのは、以前エロビデオの音量で苦情を言われた美容師さんの方ではなく、中国人の青年が暮らしている部屋である。

世之介はうるさい方の壁に耳を当てた。

うるさいと一言で言っても、うるささにもいろんな種類がある。お隣の場合、テレビやステレオの音が高いとか、話し声がデカいとか、歩き方やドアの開け閉めが乱暴といったものではない。

あえて言えば、物言わぬ者が大勢そこにいる気配、である。

とはいえ、隣もまた世之介の部屋と同じ、六畳一間のワンルームで、実際には六畳と言い切ってしまうのも憚《はばか》られるほど狭いはずである。

世之介など、コモロンがいるだけで、ちょっと動こうにも足を踏んだり、肩をぶつけたりしているのに、そんな狭小ワンルームに、お隣では多いときで七、八人、常時でも五、六人の男たちが暮らしているようなのである。

いや、もちろん正式に暮らせるわけではない。契約書にははっきりと単身者と限定されているし、ペットも不可とある。ただ、決して治安の良い界隈に建っているわけではなく、無職の世之介でさえ無審査で入れた物件である。ちゃんとした人たちが暮らすには、好条件は一切ないのだが、たとえば外国からの不法就労者が身を隠すには、逆に好条件が揃っていることになる。

ちなみに、彼らが菓子折りを持って、

「今度、隣に越してきました陳です。王です。李です」

と、挨拶にきたわけではない。

隣の異変に世之介が気づいたのは、ある日、なんとなく天気が良くてベランダに出た際、ふと視線を感じて隣のベランダに目を向けると、若い男たちがまるでスズメのようにずらりと並んでタバコを吸っていたのである。

中に、以前、廊下で顔を合わせて言葉を交わした男がいたので、世之介は会釈した。その男は会釈を返してきたが、あとの男たちは不機嫌そうにタバコを吸い続けていた。

それまでにも、お隣からの圧がなんとなく強いなー、と感じてはいた。ただ、壁の向こうに大勢の人がいる気配はあるのに、笑い声が聞こえるわけでも、もっと言えば、会話が長く続くわけでもない。朝早く、わさわさっと出ていって、夜になると、わさわさっと戻り、しばらくわさわさっとした就寝準備のあと、合唱のような鼾が聞こえる。

鼾はお隣の美容師さんもすごいので、世之介も慣れているとはいえ、さすがにサラウンドだと耳にティッシュを詰めて寝る。

ちなみにこれはコモロンの説なのだが、中国という国はとにかく広い。なので我々が中国語と一括《ひとくく》りにしているものも、実は地方によってまったく違う。そんな人たちがお隣に集まっていたとしたら、そう会話も進まないのではないか。

なるほどと思いながら、そんな言葉も通じないような広いところから、何もこんな狭いところに来なくても……、と彼らが不憫にもなってくる。

この隣室がにわかに騒がしくなったのは、その夜のことである。

世之介はすでに就寝中だったのだが、ひどく切迫した男たちの声で目が覚めた。

もちろん何を話しているのかは分からないのだが、誰か一人が苦しそうな声を上げており、その他の男たちがオロオロと台所で水をくんだりしている様子が、薄い壁の向こうから伝わってくる。

とはいえ、医者でもない世之介がここでしゃしゃり出ても仕方ない。無論、心配ではあるが、壁越しに見守るしかない。

「あ……」

世之介が、ふとあることに気づいたのはそのときである。

「救急車の呼び方、知ってんのかな」

思わず声に出すと、あとはもう「きっと知らない」の方に思いが傾く。

世之介はとりあえず玄関を出て、お隣のドアを遠慮がちに叩いた。

一瞬、部屋の中が静まり返る。

「あのー、隣の者ですけど……」

通じるとは思わなかったが、とりあえず声を出してみた。幸い、このライジング池袋の玄関ドアは、どの部屋も下の部分に広い隙間があるので、小声でも聞こえる。

かなり時間が経ってから、ドアが開いた。

開けてくれたのは、以前、言葉を交わしたことのある男である。

「あのー、俺、隣の」

と、世之介が真横にある玄関を指すと、男が、「はい」と頷く。

「あのー、どうしたんですか？」

世之介はとりあえず奥を覗き込んだ。

ミニキッチンの配置など、右左が逆転しているが、まったく同じ間取りである。その狭いワンルームの床に男たちの足だけが何本もある。

更に顔を突っ込んでみると、壁際に苦しそうに奥歯を嚙み、腹を押さえている若い男の姿がある。

「どうしたんですか？　病気？」と世之介は尋ねた。

ドアを開けてくれた男が、「病気」と頷く。その額には汗が浮かんでいる。

「救急車の呼び方、知ってます？」と世之介は聞いた。

しかし、残念ながら通じない。

「救急車。ほら、ピーポー、ピーポー！」

頭の上で手をひねり、サイレンの真似をする。すると、奥から何やら声がかかり、目のまえの男も救急車のことを理解する。

「電話？　かける？」

と、今度は電話をかける真似をした。

また奥から何やら声がかかる。目のまえの男が不安そうに振り返り、悶《もだ》え苦しんでいる男と、その周囲の男たちの顔を見比べる。

もちろん世之介にも、病院に行ったら不法滞在がバレるということぐらいは分かっているのだが、不法滞在だって命あっての物種《ものだね》である。

世之介は、「電話。するよ」と、男に言った。

男も、いよいよ決心したのか、「はい」と頷く。

部屋に駆け戻った世之介はすぐに一一九番に電話した。友人が苦しんでいると告げ、住所を知らせる。

電話を切って隣の部屋へ戻ると、なんと部屋から男たちが消えていた。残っているのは病人の男と、世之介の知っている男だけである。

世之介はズカズカと中へ入った。

床には薄い布団が敷き詰められているが、不潔という感じではなく、山小屋でキャンプでもしているようである。

世之介は病人の顔を覗き込んだ。髪は汗に濡れ、その顔は苦しみ疲れたようにぐったりとしている。

サイレンが聞こえたのは、そのときだった。世之介が迎えに行こうとすると、病人がむくっと起き上がり、這うようにトイレへ向かう。思わず、世之介はその腕を摑んで歩かせた。

倒れ込むようにトイレに入ると、すでに空っぽの胃から何かを吐き出そうとする。

物音がして、世之介は廊下に出た。エレベーターから救急隊員が降りてくる。

「こっちです。今、トイレで吐いてて」

「自分で動けるんですね？」

「はい」

救急隊員の質問に世之介は応えた。

担架がエレベーターに載らないため、救急隊員の一人が病人をおぶって降りた。行きがかり上、世之介も一階までついて行った。

「あの、中国の人だから、言葉が分からないと思います」

世之介の言葉に、「大丈夫です。中国語を話せる隊員がいますから」と力強い言葉が返ってくる。

実際、車内ではすでにその隊員が病人に何か聞いていた。

救急車がサイレンを鳴らして走っていく。世之介は、やはりその場に残ったお隣の男と顔を見合わせた。

気がつけば、周囲には人だかりができており、ライジング池袋の住人たちもベランダからこちらを覗き込んでいる。

「戻る?」と、世之介は声をかけた。

「はい」と男も頷く。

二人でエレベーターに乗った。男は何か言いたげだったが、それが言葉にできないようで、十階に着くまで結局どちらも口を開かなかった。

互いの玄関のまえで別れるとき、男が、ちょっと待って、とでも言うようなジェスチャーをして自分たちの部屋に駆け込む。

しばらく待っていると、大きな缶を持って出てくる。

「何、これ」

押し付けられるようにして受け取ると、男がふたを開けた。中にはピーナッツがたっぷり入っている。

「いいの?」と世之介は尋ねた。

「はい」

男が更に缶を押し付けてくる。

天井が落ちてきたのかと思った。

「おまえ、何してんだよ？」

次に落ちてきたのが桜子の兄、隼人の声で、残り玉をちびちびとパチンコ台に入れていた世之介は、「ああ、ぶっ叩《たた》かれたのか」とやっと気づいた。

「情けねえな。他にやることねえのかよ」

「これからサクと亮太を迎えに……」

日曜日の穏やかな昼下がり、場所は小岩駅前のパチンコ屋である。

「あ、隼人さんもパチンコやるんですか？」

ふと気づいて尋ねると、

「たまにな。今、光司んとこで、昼メシ食わせてもらってきた帰りなんだよ」

と隼人が隣の台を吟味《ぎんみ》し始める。

「そこ、出ないっすよ」

「だろうな」

隼人がもう一つ隣の台に向かう。

「サクたちとどこいくんだよ？」

「まだ決めてませんけど」

今になって、叩かれた頭の痛みが増してくる。

「おまえ、今、仕事探してんだってな」

「バイト先のバーが閉店するんですよ」

「なんか、当てあんのか？」

「悩んでるんですよねー。いつまでもバイトってわけにもいかないし、かといって正社員となると、とにかく今、募集がなくて」

世之介は最後の玉が流れるのを往生際悪く見守ってから席を立った。

隼人の背後に立ち、台を覗き込んでいると、

「確かに、いつまでもバイトってわけにはいかねえぞ」

と、裏拳《うらけん》で腹を殴られそうになり、とっさに避ける。

「分かっちゃいるんですけどねー」

「しばらく、うちで働いてみろよ」

「え？　だって……」

「うちなら融通きくし、うちで働きながら仕事探せばいいんだよ」

「だって……」

だって、だって、と繰り返すわりに、その先が出てこない。だって付き合っている彼女の実家で働くって、なのか、だってどちらかと言えば文系ですから、なのか、とにかく理由らしい理由は一応浮かんでくるのだが、ではそれが断る理由として真っ当かと言うと、世之介本人も自信がない。

「親父に聞いといてやるよ。ああ見えて、ここ最近、請け負いきれずに断ってる仕事多いんだよ。おまえが雑用やってくれれば、助かるんだけどな」

隼人の台で玉が入りだしていた。

世之介は、じゃあ、お願いしますとも、やっぱりお断りしますとも答えぬまま、大当たりが来そうな台を見つめ続けた。

どれくらい眺めていたのか、結局、隼人の台に大当たりは来ず、世之介は先に店を出た。すでに通い慣れた商店街で、亮太の好きな牛肉コロッケを買おうとすると、

「あら、今日はお父さん一人？」

と店のおばさんに声をかけられる。

「あ、いや……」

訂正しようと思ったのだが、それもまた面倒なので、笑って誤魔化しておく。

早速、揚げたてのコロッケを食べながら歩き出した世之介は、「なるほど、そうだよなー」と、今さらながらに惣菜《そうざい》屋のおばさんの言葉が引っかかってくる。

ちなみに亮太は、世之介のことを「世之介」と呼ぶ。これは母親である桜子の真似をしているのだが、「呼び捨てなんかしちゃダメでしょ」と桜子が叱るわけでもない。

かと言って、じゃあ、適当な呼び方があるかと言われると、世之介も自信がない。「世之介お兄ちゃん」とか、「世之介おじさん」というのもありっちゃありだが、曲がりなりにも桜子とは恋人同士なわけで、お兄ちゃんと母親が恋人というのも違和感あるし、おじさんと母親となると、

もう不謹慎である。

　ということで、今ではすっかり「世之介」が定着している。そしておそらくこの呼び方で、桜子は息子と恋人との関係性をうまい具合に調整しているようにも見える。

　コロッケを持って、桜子の実家へ行くと、その亮太がまたどこかで悪さをしたらしく、桜子にこっぴどく叱られていた。

　勝手に上がり込んで声のする台所に行けば、

「そこにじっとしてたって、お母さん、許さないからね！　ちゃんと、翔《しょう》ちゃんに謝って来なさいよ！」

　洗い物をしながら怒鳴っている桜子の足元を見れば、台所家電の一つかと思うほど、膝を抱えた亮太がじっと丸まっている。

「何したんだよ？」

　堪《たま》りかねて世之介も声をかけてみるが、亮太はコロッケの匂いにも屈せず、顔を上げようともしない。

「何？　どうしたの？」

　代わりに桜子に尋ねてみると、腹立たしそうにコップを洗いながら、

「公園で、悪いことしたんだよね！」

　とまた怒鳴る。

　世之介はしゃがんで亮太の頭を撫でてやった。よほど我慢していたのか、世之介の優しさに触

れた途端、我慢できずに泣きながら抱きついてくる。

とりあえず抱きかかえてやると、もう涙も鼻水も一緒くたで、あっという間に泣き顔を押しつけられた首筋がベタベタになる。

「お母さん、まだ許してないからね！」

桜子の怒声を背中に、とりあえず台所を出た。ダイニングの椅子にかかっていたタオルで、亮太の顔を拭いていると、桜子が公園での出来事を話し出す。

なんでも、砂場で遊んでいるときに、自分より小さい子のおもちゃを亮太が取ってしまったらしい。

もちろん桜子としても、この程度のことなら子供同士の喧嘩として、その場で叱りはするものの、ここまで厳しく怒ることはないのだが、今回ばかりはその砂場で叱っている最中に、

「だって、僕の方が翔ちゃんより強いもん！」

と、亮太が口答えしたらしいのである。

「あーあ」

桜子の話を聞き終えると、世之介は思わずそう呟き、亮太の鼻に自分の鼻を擦りつけながら、

「あーあ」と、もう一度繰り返した。

世之介が腕から下ろそうとすると、亮太が首にしがみついてくる。仕方なく、世之介は亮太を抱いたまま、親父さんのサンダルを借りて外へ出た。

目のまえの土手を制服姿の女子高生たちが自転車で賑やかに走り去っていく。

世之介はなんとなく土手の階段を上がった。真っ青な空が一段ごとに広がっていく。

「お母さんが、どうしてあんなに怒ってるか、亮太はもう分かってるもんな」

と、世之介は亮太の体を大きく揺らした。

腕の中で亮太も頷く。

「お母さんはな、亮太が弱い人間にならないように、一生懸命育ててるんだからな」

川を渡ってくる風に、ほのかに潮の匂いがする。

「……いいか、亮太。弱い人間っていうのは、弱い人からおもちゃを取ろうとする人のことだぞ。逆に、強い人間っていうのは、弱い人に自分のおもちゃを貸してあげられる人のこと。分かるか？」

本当に分かっているのかどうか、腕の中で亮太は頷いている。

「……強い人間っていうのはな、あんまりいないんだぞ。本当に少ないんだぞ。でも、おまえのお母さんはな、亮太のことをそんな人間にしたいんだよ。分かるか？」

「……うん」

「じゃあ、なんでお母さんはそう思ってると思う？」

腕の中で亮太が首を横に振る。

「亮太には見込みがあるからだよ。たくさん子供がいる中で、本当にちょっとしかなれない強い人間に、おまえならなれるかもしれないって思ってるからだよ。分かるか？」

「……うん」

「実はな、俺もそう思った。初めて亮太に会ったとき、『ああ、こいつは強い人間になれるかもしれない子供だぞ』って」

涙でぐしょぐしょだった亮太のまつげがいつの間にか乾いていた。世之介は亮太の鼻水を、自分の指で拭《ぬぐ》ってやった。

十一月　ゴール

高い秋空である。

いわゆる行楽日和の日曜日なのだが、いそいそと駅前のスーパーに入っていくのは桜子と世之介である。

この二人、一見、誰がどう見ても共通するところがなく、なぜそんな二人が曲がりなりにも付き合えているのだろうかと、誰もが不思議に思っている。だが、実はこの二人には買い物という共通の趣味があるのである。

買い物といっても、銀座や青山でブランド品を見て回るというような高級なものではなく、たとえばここのような駅前のスーパーが大好きで、それこそ入口を入ってすぐの物産コーナーでの味見から始まって、生鮮食品、ドラッグストア、日用品に、惣菜、パンから、果ては文具・ファンシーコーナーまで、互いに「ああでもない、こうでもない」と様々な商品を手に取りながら隈なく見て回るのである。

さて今日も、店に入るなり、物産コーナーで京都のちりめん山椒《ざんしょ》の味見を始めた世之介に、

「あ、その店のちりめん山椒いけるよ。味付けがあっさりしてるから、亮太も食えるんだよね」

と桜子が早速口を挟んでくる。

「でも、ちょっと俺には物足りないかな。もうちょっとビシッと山椒が効いてる方がいいかも」

「アンタ、見かけによらず辛党だもんね」

「見かけで分かんの？」

「なんか分かるじゃん」

とかなんとか言い合いながら、試食コーナーのおじさんに礼を言って歩き出すと、すぐに桜子が店内の変化に気づく。

「あ！　あの奥、百円均一コーナーになってんじゃん！」

「あ、ほんとだ」

思わず二人の足が速くなる。

「最近、百円均一の専門店があんだよね」

コーナーについた桜子が、早速、爪切りを手に取る。

「専門店って、店ん中の商品、全部百円ってこと？」

耳かき五本セットを手にした世之介が尋ねると、

「そりゃ、そうでしょ。百円均一なんだから」

と桜子が今度はホチキスに手を伸ばす。

「こんなちゃんとした爪切りが百円で売られてたら、もう普通の爪切りなんて買わないもんな」

「台所用品とかさ、なんでも揃うからね」

「普通の雑貨屋とか、もう全部潰れるな」

「雑貨屋どころか、食料品だって……。ほらほら、こっち来て。ここのレトルトも全部、百円」

桜子がまるで自分の手柄のように胸を張る。

見れば、カレールーやスープ、パスタソースなどがずらりと並んでいる。

「見て、これ、キーマカレーだって。世之介、好きだよ、絶対」

「美味そう」

「買っとく？」

「買っとく」

「あ、そうだ。お父さんにらっきょ頼まれてたんだ。覚えといて」

「親父さん、福神漬け食わないもんね」

ちなみにこの時間、その親父さんが亮太の子守役で、今ごろは河川敷で暴走三輪車に追い回されているに違いない。

「それにしても、百円でこれだけ揃ったら、もう向こうの通常売り場に行く気なくなるわ」

すでに桜子は十個ほどのカレールーをカゴに入れている。

「『価格破壊』が始まったらしいよ。このまえなんて、一着で一万九千八百円ってスーツ売ってたし」

と、世之介が雑誌からの受け売りをすると、

「何、それ」

と、お菓子コーナーに目を向けながらも桜子が食いつく。

「俺たちみたいな消費者が安いものしか買わなくなると、企業も価格をどんどん安くするじゃん」

「いいことじゃん」

「でも、そうなると、安く作らなきゃならないから、経費節減で作ってる会社の給料減るじゃん。だって、一万九千八百円で二着もスーツ作るなんて無理じゃん」

「確かに」

「給料減ると、もちろんもっと安いものしか買わないじゃん。すると、もっと給料安くなるみたいな」

この辺で話に飽きたらしい桜子が、お菓子コーナーで割れ煎餅《せんべい》の吟味を始める。

「ええ、そんだけ入って、百円?」

と、思わず世之介も手に取る。

「そうだって」

「なんかさ、こうやっていろんなものがどんどん安くなってくるとさ、最終的に無料《ただ》とかにならないのかな?」と世之介。

「どういうこと?」

「だからさ、もうこの煎餅とか、一枚にすると、〇・〇〇〇五円くらいじゃん。だったら、もう無料でいいかってならないのかなって」

「なるわけないじゃん」

「なんで？」

「だって、無料の品物をカゴに詰めて、レジに並ぶってヘンじゃん」

「確かに。レジ、いらないね」

「レジのおばさんだって、仕事なくなるし」

「じゃあ、店もなくなるじゃん。儲《もう》けないから」

「あ、ほんとだ。じゃあ、どこで買うのよ？」

「だから、買えないんだよ。店ないから」

「じゃあ、自分で焼くの？　煎餅」

「あ、そうだ。自分で煎餅焼いて、スーツは縫うんじゃない」

「布、ないじゃん」

「じゃあ、お蚕《かいこ》から」

「バカじゃないの」

とかなんとか愚にもつかないことを言い合いながらも二人が向かったのは調味料コーナーで、これまた麴《こうじ》味噌からゆずポン、オリーブオイルまで、

「これは美味しかった。これはそうでもなかった。こんなの出てる。これは塩だれの方がいい」

などと、まさにスーパーの従業員も真っ青の検品作業が始まるのである。そしてとても幸せそうである。

結局、鯖《さば》の切り身からゴム紐《ひも》までカゴ三つ分もの買い物を済ますと、世之介たちは気分良くスーパーを出た。買い物を終えると、どっと疲れるのだが、買い物好きという人種にはこの疲労感がたまらない。

「親父さんと亮太、まだ土手かな？」

迎えに行くつもりだったが、尋ねた途端、両手の荷物が指に食い込む。

「ねえ」

後ろを歩いていた桜子から、ポンと尻を蹴られたのはそのときである。

「何？」

と振り返れば、

「あんたさ、ほんとにこのまま、うちで働くつもり？」と桜子。

「なんで？　ダメ？」

「別にダメじゃないけど……」

「けど？」

「お父さんたち、あんたのこと、気に入ってるみたいだからさ」

「じゃあ、問題ないじゃん」

「まあ、そうだけど」

まえから走ってきたスクーターが、突然クラクションを鳴らす。何事かと思えば、桜子の友達らしく、赤い唇だけが走ってくるように、その口紅が濃い。

「サク、あんた、実家に戻ってんだって?」

スクーターが二人の前に止まり、女がそのむっちりとした太ももを左右にピンと張る。

「あんた、また太った?」

桜子の容赦ない挨拶に、

「駅前の『味タコ』。美味すぎて、毎日食べてるし」

とその友人。

「たこ焼きだけで、そんな太る?」

「だって、昨日なんて五パック食ってるし。あ、でも、メシ抜きだよ」

どうでもいい。それ以外に感想がない世之介である。

世之介は二人を置いて、ゆっくりと歩き出した。以前は、こうやって桜子の地元の友達にばったり会うと、その風貌というか、悪そうな雰囲気から一々ビクビクしていたのだが、慣れというのは恐ろしいもので、紫のマークⅡに乗っている男と毎日一緒に働いていると、女子プロレスラーの悪役程度の相手なら気にもならなくなっている。

二人の会話はすぐに終わったようだった。スクーターが走り去る音がして、

「ちょっと待って!」

と桜子の声が追いかけてくる。

立ち止まらず、スローモーションで歩き始めた世之介の尻を、

「バカじゃない」

と、桜子がまた蹴りながら、

「……今の子が、あんたの方がいいじゃんって」と続ける。

「あんたの方がいいじゃん？」

「初めて言われた。これまで誰に会っても、元旦那の方が断然いいじゃんって言われてたのに」

ここまで聞いてやっと、世之介にも意味が分かる。

「マジ？　初めての一票？」

「最初で最後かもよ」

「あー、さっきの子にもっと愛想振りまいとけばよかった」

大げさに後悔する世之介に、桜子が声を上げて笑う。

「世之介ってさ、ぜんぜん聞いてこないよね」

「何を？」

「だから、元旦那のこと」

「最初に聞いたよ」

「そうだっけ？」

「どんな人って聞いたら、『良く言って、クズ。悪く言えば、死ね』って。以来、触れないようにしております」

「なるほど、賢明」

道の先に土手が見えた。真っ青な秋空の下、土手の上を近所の中学校の野球部がランニングしている。

「……登山家なんだよ」

急な桜子の言葉に、世之介は一瞬、「いや、野球部だろ」と答えそうになった。ただ、すぐに桜子が補足する。

「……元旦那のことだけどね、登山家っていうか、冒険家っていうか、普段は山岳ガイドなんかやってんだけど、たまにスポンサー募って危ないことしてんのよ」

「植村直己《うえむらなおみ》みたいな？」

「そうそう」

これまでに冒険家などという人種に世之介は会ったことがない。いや、冒険家どころか、登山家にもない。正直、スーパーの店員や自動車整備工場の工員なら給料をもらえそうに思えるが、冒険家とか登山家となると、頂上に登った途端、空から給料が舞い落ちてくるようなイメージしか湧かない。

「へえ、冒険家ねえ」

なので、それ以外に言葉もない。

この界隈を歩いていれば、いつかその男に出くわすのだろうと、世之介は心のどこかで覚悟していた。もちろんイメージしていたのは、紫色のカーディガンを羽織っているような元ヤンキーで、亮太のためにも、薬物で歯とか抜けてたりしないでほしいなーと、願いもささやかであった。

それが冒険家とくる。

「まさか、亡くなったんじゃないよな？」

ふと気になって世之介は尋ねた。

「生きてるよ。でもさ、女房や息子がいるのに、それでも死んでもいいなんて思えるなんて、旦那としても父親としても失格だよ」

桜子とその冒険家の間で、どのような喧嘩と話し合いが繰り返され、現在に至っているのかは分からないが、その冒険家は桜子の切なる願いよりもヒリヒリするような経験を選んだらしい。

ふとこれまで自分に一票も入らなかった理由が、悲しいかな世之介にも分かった。

「今でも連絡取ってんの？」と世之介は訊いた。

「ぜんぜん」

桜子の中では、完全に終わっているのかもしれない。その表情にはまったく未練らしきものがない。もちろん現在の恋人をまえにしているのだから、そんなものを見せられても困るのだが、性格的に自分の気持ちを隠すようなタイプではないので、ここは正直なところだと思われる。

「……でもまあ、亮太が大きくなって、会いたいって言ったら、そんときはそんときなんだろうけどさ」

「亮太は知ってんの？」

「一応ね。話はしてる。でも、ほら、物心ついたときからいない人のこと、いくら聞かせてもピンとこないみたいだし」

気がつけば、なんとなく二人の足は土手に向かっていた。日を浴びた川がきらきらと輝いている。

河川敷では地元老人クラブのゲートボール大会が盛大に行われている。広場の先にある公園で親父さんが亮太を遊ばせているはずだが、さすがに遠くて二人の姿は確認できない。

●

「日吉さん、こっちです！」

新国立競技場を出ると、すぐに通りの向かいから声がかかった。すでにマラソンの選手たちは富久町《とみひさちょう》方面へと走り去っており、再び彼らが競技場に戻ってくるまでの二時間ほどは道路の規制線が解かれるようで、警官の指示でボランティアの若者たちがポールやテープを外している。

「お父さん、行けそう？」

車椅子の父親の重夫に声をかける。

「俺、歩くぞ」

重夫が立ち上がろうとするので、

「いいから座ってて。どうせ車椅子持ってかなきゃならないんだから」

と言いながら、車椅子を押して横断歩道を渡る。

今回、ずっと自分たち家族を取材しているテレビ局のディレクターが駆け寄ってきて、途中から一緒に押してくれる。

「二十キロ地点の銀座まで、皇居の反対側通って行くんで、先頭集団の到着には充分に間に合うと思います」

「亮太、先頭集団に入ってるんですよね？　競技場の観客席から出てくるのに忙しくて、中継を見てなくて」

「大丈夫です。まだ団子状態ですけど、間違いなくいます」

車椅子から立たせた重夫をまずワゴン車に乗せ、自分も続く。畳んだ車椅子を荷台に積んだディレクターが乗り込んで来ると、助手席に座っているカメラマンが、

「行こう」

とドライバーに声をかける。

車が走り出すと、すぐにディレクターが iPad でマラソン中継を見せてくれる。あいにく亮太たちのいる先頭集団は映っていないが、市ヶ谷から飯田橋にかけてのお堀沿いの緑を眺めるコースで選手たちに声援を送る観客たちの様子から、今、この東京全体が一つになっているような高揚感が伝わってくる。

「お父さん、お茶、飲んどいてよ」

水筒を渡すと、

「飲むと、また小便行きたくなんだよ」

と言いながらも、冷えた麦茶をゴクゴクと飲み干す。

当初、重夫は現地での観戦を諦めていた。

今年で八十のわりには元気なのだが、その元気が祟ったというか、旺盛な食欲と酒量は若いころとさほど変わらず、おまけに仕事を辞めて以来、滅多に出歩くこともなくなったものだから、でっぷりと太ってしまい、それこそ五分も歩くと、ゼエゼエと肩で息をするのだ。

「いいよ、俺はテレビで観戦してるからよ」

足手まといにならないようにと気を遣う重夫に、

「お孫さんのせっかくの晴れ舞台じゃないですか。僕らがいくらでもお手伝いしますから行きましょうよ」

と強く勧めてくれたのが、今回桜子たちを密着取材しているディレクターの後藤《ごとう》で、ちなみにこの後藤は、亮太の中学の同級生であり、他の日本人二選手に比べると、話題性も実績もない亮太の家族の密着取材を、かなり無理を言って上司に嘆願してくれたらしい。

さすがに取材中は、「日吉さん」と呼ぶが、取材を離れれば、昔同様、「亮太のおばさん」と呼んでくる。

車はオリンピック渋滞している幹線道路を横目に、裏道をずんずん進んだ。

手にしたiPadに、亮太の姿が一瞬映る。

「あ、映った。ほら、お父さん、この一番後ろ走ってる」

伝えると、重夫が他の選手の姿をかき分けるように画面に触れる。

「やっぱりケニアの二選手、強いですね」

同じように画面を覗き込む後藤の言葉に、

「このムタイって選手、今年調子いいんだよ、二回も世界記録更新してるし」

と重夫が応える。

先頭集団は十五人ほどになっていた。アナウンサーの実況によれば、こちらが競技場の観客席から出るのにもたついている間、最初から飛ばしていたイギリスのスミス選手が早くもペースを落とし、彼に引きずられるような格好で、五人ほどの選手たちがトップ集団から離れたらしいが、幸い、亮太を含む日本の三選手は未だ先頭集団についている。

途中、やはり道路が混み出し、車が銀座の応援場所に着いたのは、予定よりも十分ほど遅かった。ただ、トップ集団はまだ到着しておらず、早速車から降りて沿道に立ち、選手たちが走ってくるのを待つ。

横にはやはり先回りした代表選手団のコーチ陣や、他二選手の家族たちもおり、多くのテレビカメラに囲まれている。

重夫とともに最前列に立たせてもらった。交差点のビルにある大画面に、先頭を走るケニア勢の姿が大写しになっている。普段は渋滞ばかりの銀座の大通りの向こうから、徐々に歓声が近づいてきたのはそのときで、歓声とともに選手たちの息遣いまで聞こえてくる。

「亮太！」

待ちきれずに叫んだ。横で重夫も、

「亮太！　頑張れ！」

と叫ぶ。

先導車が走り抜けたかと思った次の瞬間、目のまえをケニアの二選手が走り抜け、続いて重なるように他の選手たちも駆けていく。

選手たちの息遣いと体温と汗と闘志と苦しさが、一瞬にして目のまえを走り抜けていく。

その中に亮太の顔があった。

「亮太！　走れ！」

思わず上げた声が届いたのか届かなかったのか、亮太の背中はあっという間に遠ざかっていく。

その見慣れた背中に、なぜか懐かしい数々の記憶が浮かんでくる。

亮太の健脚に、初めて驚かされたのは小学校五年生のころに参加したマラソン大会だった。学校の運動会などでも速い方ではあったが、小学生の徒競走など順位はつけどもドングリの背比べで、いつも一位になってはいたが、特別足が速いという印象はなかった。

それが初めて参加した江戸川マラソン大会で、なんと亮太は小学生三キロ部門で優勝した。それも平均タイムが十五分台という中、一人だけ十二分台というぶっちぎりのタイムだった。

このころ、母親としてほとんど亮太をかまってやれずにいた。池袋から小岩の実家に戻ったのを機に水商売を辞め、その後、一念発起して始めた保険外交員の仕事がようやく波に乗り始めていた。

そのせいで朝は亮太が登校するよりも早く会社へ向かい、夜は顧客との食事会などで亮太が寝てしまったあとに帰宅することも多かった。

当時、小岩の実家近くにアパートを借りていた。もちろん困れば父の重夫に亮太の子守を頼んでいたが、この江戸川マラソン大会に付き添ってくれたのは世之介だった。

その日、定時に仕事を終えて職場を出ると、通り向かいに二人が立っていた。待ちきれぬとばかりに、

「亮太が優勝したよ！　三キロ部門で一位！　ぶっちぎりの一位！」

と、世之介が声を上げ、首に優勝メダルを提《さ》げた亮太を抱え上げる。

「ほんと？」

信号無視して通りを渡ると、

「ぜんぜん苦しくなかったよ。もっと走れた」

と、亮太も誇らしげにメダルを見せてくれる。

「だから今日は三人でお祝いなんだよな」

世之介が嫌がる亮太に頬ずりすると、必死に逃げながらも、

「鮨！　鮨！　今日は金の皿も食べ放題！」

と、亮太が催促する。

この当時すでに世之介との関係は終わっていたはずだ。今ではもう何が理由で別れてしまったのかも覚えていないが、いつの間にかお互いに恋愛感情はなくなっており、普通ならそのまま会わなくなっていたのだろうが、世之介と亮太との関係には終わりがなかったようで、私たちが別れたあとも、世之介は時間さえあれば亮太に会いに来ていたし、こちらもこちらでその気持ちに甘えて、仕事が忙しいときには都合よく世之介に亮太を預けていた。

それでも中学に上がった亮太が陸上部に入り、長距離選手として見る見るうちに実力をつけ、都大会や全国大会などで活躍するようになると、学校と練習で本人も忙しくなるし、たまの休みは学校の友達と遊ぶ方が楽しくなるのはどこの子も同じで、知らず知らずのうちに世之介との仲も疎遠になったらしい。もちろん、こちらもこちらで中学生の子守を頼むというのもヘンな話なので、いつの間にか連絡することもなくなっていた。

「少し、先頭集団から離されたみたいですね」

ディレクターの後藤が渋滞した車列を心配そうに眺めている。

次の応援予定地であった三十五キロ地点に向かうのを諦めた直後のことだった。マラソンが始まってから、都内の道路という道路が予想をはるかに超えて渋滞していた。

三十五キロ地点を諦め、新国立競技場に戻って亮太を迎えることに決めたのは自分だったが、この渋滞ではその競技場にさえ無事にたどり着けるか怪しくなっている。

後藤が渡してくれた iPad を重夫とともに食い入るように見る。画面では先頭のケニア人選手二人が、第二グループを三十メートルほど離して快調に飛ばしている。

亮太はまだこの第二グループに、日本記録を持つ森本選手とともに残っているが、残念ながらもう一人の大野選手はすでにこのグループからも脱落している。

少し車列が動き出し、窓を開けた。冷えた車内の空気が外へ流れ出し、代わりにアスファルトの熱が頬を撫でる。

今、この暑い東京を亮太が走っている。あの子が大勢の声援を受けて必死に走っている。そう思うだけで、胸が熱くなってくる。心から感謝したくなる。

振り返れば、何もかもがあっという間だった。特に亮太という最愛の息子を授かってからは、その日その日をなんとか乗り切るだけで精一杯の日々だった。

小学四年生の夏に、母が出奔《しゅっぽん》した。

父の酒癖、家業の経営不振と借金、まだ健在だった祖母との確執。

母の出奔の原因を探そうとすれば、いくらでもそれらしきものは見つかったが、父の酒癖といっても、口の立つ母に堪え切れなくなり、何度か暴れた程度、その他は休日になれば、いつも揃って出かけるような夫婦だったし、家業の不振も一家心中を考えるほどのものではなく、嫁姑についてもどこに石を投げても当たる程度のものだった。

それなのに母は出奔した。

その理由がどうしても分からなかったことが、小学四年生の女の子には何よりもつらく、どこかで自分のせいなのではないかと思われた。

おそらく兄の隼人もどこかで似たような思いを抱いていたのだろうと思う。気がつけば地元でも有名な不良となり、子供じみた喧嘩で友人の一生を台無しにした。何もかもが悪い方に転がっていく人生を諦めたように受け入れたのは、中学二年の春だったか夏だったか。元から勝ち気ではあったが、誰もが認める不良娘となっていた。中学を卒業するころには、三十を過ぎたおばさんのような気分だった。

スナックの店員なのか、学生なのか、分からないような高校時代を過ごし、そのまま地元で美容師にでもなろうかと思っていたころに宮原雅史《みやはらまさし》と出会った。千葉大を卒業し、登山ガイドを生業《なりわい》にしているという、これまでの人生では会ったことないタイプの男だった。

雅史は今日のことではなく、明日のことをいつも考えていた。今週ではなく、来週のことを、今年ではなく来年のことを、そして現在ではなく、いつも未来のこと。

これまでそばにいた男たちとは、何よりそこが違った。

雅史といると、新しい自分になれた。嫌な思い出ばかりが染みついている小岩という町にも、古い友人たちにも、これでやっとさよならできると思えた。

荻窪で暮らしていた雅史と同棲を始め、これまでに雅史が見てきたという山頂の星空や雲海や山の嵐の話を聞くのが好きだった。いつまででも聞いていられた。

たぶん亮太は、そんな話を聞いているうちにできた子だ。珍しい花や清潔な空気の中でできた子だ。

それなのに、亮太を身ごもったことを告げたとき、雅史の顔が曇った。

「考えよう」

と雅史は言った。

何を言われたのか分からなかった。

「俺たちには早くないか」と雅史が言う。

何が早いのか、本当に分からなかった。

お互いにすでに成人していたし、地元へ戻れば、所帯を持った友人たちも多かった。何より中学を卒業した時点で三十を過ぎたおばさんのような気分だった人間には、何がどう早いのか、どうしても分からなかった。

「俺はこれからいろんなところに行きたいと思ってる。いろんな経験をしたいと思ってる。それが子供のころからの夢なんだ。諦められそうにない」

明日を語れる男が、今日を語れないことを知った。悲しくはなかった。ただ、こんな男をこんなにも好きになってしまった自分が不思議だった。

「あなたは自由に生きていいよ。あなたを縛る気なんて全然ない」

「それがもう、負担なんだ」

「負担って、どういう意味よ?」

「ごめん」

苛立てば苛立つほど、その人を失いたくないと思う。嫌いになればなるほど、その人のいない人生など考えられなくなる。失いたくないから苛立つし、大切だから嫌いにもなる。

もしも運命の人というものがいるとすれば、それが彼だったのだと思う。

車が新国立競技場に戻ると、後藤から借りた iPad でマラソンの中継を見ながら観客席へ向かった。

レースはすでに三十五キロ地点を越え、各選手たちの差は更についている。

「で、亮太は今、何位なんだよ？」

後藤に車椅子を押してもらいながら、重夫が居ても立っても居られぬとばかり iPad を奪おうとする。

「ちょっと待ってよ」

その手を肩で躱《かわ》し、競技場の観客席に出た途端、六万八千人の観衆の声が、地鳴りのように響いてくる。

見れば、大画面に映し出されたマラソンの中継映像で、今まさに日本の森本選手が第二グループから抜け出し、トップを走るケニア勢二人の背後についたところだった。

『森本選手がスパートかけて、ケニア勢の後ろにぴったりとつきました』

『はい。森本選手、まだ余裕がありますよ。この位置で競技場までなんとか粘ってほしいですね』

競技場にアナウンサーと解説者の興奮した声が響く。

重夫や後藤らと一緒に席に着くと、すぐに撮影も始まり、周囲の観客たちから、

「日吉選手もすごいですよ。頑張ってますよ」

と声をかけられる。

「ありがとうございます」

重夫とともに礼を言い、祈るような気持ちで大画面を見つめる。

トップ争いの三人から、また少し離された第二グループの中で亮太も懸命に勝負を続けていた。

表情は苦しそうだが、足はまだちゃんと上がっている。

「亮太、今、九位か十位」

重夫に伝えると、

「頑張れ、亮太、頑張れ」と重夫が呟く。

『あ、新国立競技場が見えてきました！』

アナウンサーの言葉に、六万八千人の観衆が歓声で応える。

『ケニアの二人がスピードを上げましたね』

『森本選手、ここは踏ん張ってほしいですね』

気がつくと、立ち上がっていた。見えるはずのない競技場外の亮太に向かい、

「亮太！　走れ！」と心で叫ぶ。

大画面ではトップ争いの映像が続いている。ケニアの二選手を必死の形相で森本選手が迫っている。

いつの間にか観衆は総立ちとなり、すでに万雷の拍手と声援に包まれている。

こんな日が来るとは思わなかった。

傘も役に立たないような大雨の日に、まだ赤ん坊だった亮太を抱いて、池袋のキャバクラの面接に向かう自分に教えてあげたい。誰にも頼れなくて、誰にも泣き言を言えなくて、ただ亮太を抱きしめていた自分に教えてあげたい。

大丈夫だからって。あなたたちは大丈夫だからって。だって、こんな大勢の人たちが応援して

くれるんだからって。

更に声援が高まる。

競技場の入口で、ケニアの二選手をかわした森本選手が、なんとトップで場内に駆け込んでくる。その姿を総立ちの観衆の声が迎える。

「頑張れ！　森本くん！　頑張れ！」

必死に叫んだ。

頑張れ、頑張れ、頑張れ、みんな頑張れ！

東京の空が割れるような歓声の中、森本選手がトラックを周回する。次第にケニアの二選手との差が開き、いよいよゴールにテープが引かれる。

「頑張れ！」

隣で重夫も声を上げている。

「行けー！」

後藤もまた仕事を忘れて応援している。

晴れやかな表情の森本選手が、一位でゴールを切った瞬間だった。競技場に第二グループの選手たちの姿が見えた。

思わず亮太の姿を探した。三人、四人、次々に走ってくる選手たちの中に亮太の姿はない。

会場は森本選手の優勝に沸いている。

九人、十人……。

まだ亮太は走ってこない。

「亮太！」

思わず叫んだその瞬間、ゲートをくぐってくる亮太の姿が見えた。苦しそうな表情ながら一歩一歩、懸命にゴールに向かってくる。

亮太が小学校に入学したころ、とつぜん雅史から連絡をもらった。

「息子に会いたい」と言う。

雅史の活躍は、もちろん知っていた。日本中の誰もが知るというような冒険家ではなかったが、北極点単独徒歩到達などの数々の偉業を成し、書店へ行けば、彼の本が何冊か並んでいた。

そんな本をパラパラと捲るたび、雅史にとって自分や亮太よりも大切なものがこれだったのだろうと、北極の雪原や白熊を眺めた。

世之介に相談すると、

「会わせてやれば」と言った。

「……だって、自慢の息子じゃん。こんないい子に育ったんだって自慢してくればいいよ」と。

初めて会わせた日、亮太はとてもよそよそしかった。それでもこの人が自分の父親というものなのだろうということは分かっているようで、会いに来てくれたことを控えめに喜んでもいた。

その後も、一年のほとんどを海外で過ごすような生活の中、それでも時間ができると、雅史は亮太に会いに来た。次第に亮太もそんな実の父親との付き合い方に慣れていった。

『さあ、日吉亮太選手がいよいよゴールです。大観衆が日吉選手のゴールを総立ちで迎えようとしております。ゴール地点には森本選手の姿もありますね』

『日吉選手、本当に大健闘だと思います。十一位という順位ではありますけど、誇っていいと思います。私たちも、本当に日吉選手のことが誇らしいです』

亮太がゴールに向かってくる。

あれは中学に入ったばかりのころだったか、

「なあ、なんでお袋は世之介兄ちゃんと別れたの？」と、とつぜん聞かれた。

実の父親である雅史と別れた理由など一度も聞かれたことがなかった。

「まあ、簡単に言っちゃえば、運命の人じゃなかったってことじゃない」

照れ臭くもあり、そんな応え方をしたと思う。

亮太は、「ふーん」と鼻を鳴らしただけだった。

実際、それが正直な答えだったと今でも思う。

でも、こうやって大歓声の中、懸命にゴールへ走ってくる亮太の姿は、雅史ではなく、間違いなく世之介に似ている。

●

「あ、浜ちゃん、これこれ。さっき言ってたやつ、ここにあった！」

新浦安にある巨大スーパーのダイエーで、広々とした店内を興奮気味に駆け回っているのは世之介たちである。

その手にあるのはジップロックという新商品で、以前、小岩のスーパーで見つけて購入したのだが、ジッパー付き、冷凍・レンジ対応、固体・液体可という利便性の上に、なんと繰り返し使えるという経済性をまで兼ね備えた優れものである。

「何？　何これ？」

さすがに板前の端くれである浜ちゃんもすぐに食いつく。

「これ、いいよ。洗うの簡単だし、臭い移りしないし」

横から、さも自分が発見したかのように口を出してきたのは桜子で、

「……あ、小袋も出てんじゃん」

と、早速、別タイプに手を伸ばしている。

「それ、小さすぎない？」

「亮太のお菓子とかにちょうどいいじゃん。お茶っ葉とか」

「あ、便利かも」

すっかりしゃがみ込んでしまった桜子と浜ちゃんは、ああでもないこうでもないと言いながらジップロックの大きさを比べている。

親が親なら子も子というか、普通三歳の男の子なら、スーパーの日用品コーナーなど一分で飽きるのだが、亮太もちゃんと二人の横に陣取って、

「これに、チョコパイ入る？」

などと議論に参加する。

清々するほど広い店内である。買い物好きな人間にとっては天国である。まあ、ここを天国と言い切ってしまっていいのかどうかは疑問だが、それでも洗剤の香りを選び、お揃いの格安ジャージを買い、あっちでコーヒー、こっちで若鶏のからあげと試食までできるのだからたまらない。

せっかくの日曜日なのだから、車で出かけようと言い出したのは桜子だった。世之介も、すでに紫のマークⅡにもすっかり慣れているので、

「また横浜にでも行く？」

と尋ねると、

「新浦安のダイエーが広くて充実してんだって」

と桜子に教えられ、

「だったら、断然、新浦安でしょ」

と相成ったのである。

「ねえねえ、あんた、ほんとにサクの実家で働いてんの？」

散々ジップロックを吟味したあと、広々とした通路を冷凍食品コーナーに向かっていると、ふと思い出したように浜ちゃんが聞いてくる。

「一応。まあ、見習いだけど」

世之介は亮太が足をかけて立っているカートを、完璧なコーナリングで回した。

「時給？」と浜ちゃん。

「いや、日給。……朝昼晩の賄い付き」

「それって、ほぼ家族じゃん」

「いやいや、飯食ったら、疲れてても池袋の部屋に帰ってるし」

「お風呂は？」

「あ、それは、もうついでなんで呼ばれてます」

浜ちゃんの言い分ではないが、実際、ほぼ家族である。仕事が終わると、隼人さんは食事がてら飲みに出ることが多いので、実家族よりも食卓への参加率も高い。

隼人さんに誘われる形で始めた整備工場での仕事だが、実際に人手が足りなかったのは本当のようで、

「どうせやるんならきっちり仕事覚えろよ」

と、親父さんの仕込み方も容赦なく、当初は安請け合いしちゃったなーと後悔していたのだが、次第に工場で過ごす一日に慣れてくると、自分の体内時計が驚くほどこの工場に合っていることに世之介は気づいた。

都心から下町への通勤なので、朝のラッシュの心配もない。仕事が始まる一時間ほど前に到着し、親父さんや亮太と一緒に朝食を食べ、近くの保育園に亮太を送っていく。戻ると、作業着に着替えて仕事に取り掛かる。その日によって言いつけられる仕事は違うが、土手の方から差し込む朝日はいつも柔らかい。

午前中など、AMラジオの「大沢悠里のゆうゆうワイド」を聞きながら働いていると、あっという間に終わる。

昼食は、柴又《しばまた》にオープンしたコンビニでバイトを始めた桜子が弁当を作り置きしてくれる日もあるが、たいがいはそれぞれ勝手に食べにいく。ただ、親父さんは三日に二日は近くにある「ラーメン勝栄《かつえい》」なので、必然的に世之介もそこに誘われ、結果、日替わり定食だの、タンメンだのをご馳走になっている。

とはいえ、午後の仕事はさすがにみんな気合が入る。作業を始めると、親父さんも隼人さんもほとんど口を利かないし、それこそ世之介がミスをすれば、容赦なく頭をぶっ叩かれる。

作業に集中すればするほど、充実した気持ちになる。技術のない世之介に与えられるのは単純作業が多いのだが、それがまったく苦にならない。自分で認めるのも憚られるが、世の中には亮太の実の父親のように冒険が似合う男もいれば、自分のようにこうやってボルトやナットを選り分ける仕事がぴったりと合う男もいるのだと思う。

午後の日差しはゆっくりと色を変えていく。

世之介が一番好きなのは、日が暮れて、明るかった外が暗くなり、逆に暗かった工場内が徐々に明るくなる時刻である。

長い作業の疲れも出てくる。カラスもどこかへ帰っていく。夕刊配達のバイクの音に混じって、保育園から帰宅する亮太の声がする。

「その虫、家に入る前に捨てなさいよ！」

と怒る桜子の声に、

「ちょっと一服しようか」

と親父さんが声をかける。

たい焼き、ショートケーキ、たこ焼き、ちくわ。

たいがい桜子が何かおやつを買ってくる。ちょうど小腹が減っているころで、世之介が茶を淹《い》れて、亮太も交えての休憩となる。

仕事は八時近くまで続くこともある。仕事が終われば、順番に風呂に入り、桜子が作ってくれた料理を食卓で囲む。


「あ、これ、美味いよ。ポッキーのつぶつぶいちご」

お菓子コーナーを抜けながら、世之介は棚の商品を浜ちゃんに見せた。

「へえ、こんなの出てるんだ」

「あれ、浜ちゃんって甘いの食べたっけ？」

「あんまり好きじゃないけど、でも買ってみようかな」

「って、なるんだよねー。誰かと買い物してると」

嬉しそうに浜ちゃんのカゴにポッキーを入れてやる世之介である。

ちなみに亮太をお菓子コーナーに連れてくると、小さな暴動が起こるので、すでに桜子が別ルートで惣菜コーナーに向かっている。

「そういえば、浜ちゃんこそ、仕事の方うまくいってんの」

お菓子なしというのもせつないので、世之介は亮太のためにカントリーマアムをカゴに入れた。

「まあ、いろいろあるけどね……」

そう言いながらも、浜ちゃんもカントリーマアムに手を伸ばす。

「……最近、あんたが池袋にあんまりいないからさ、コモロンとよく飲みに行ってんだよ」

「そうなの？　なんかコモロンと浜ちゃんの組み合わせ、意外」

「そう？」

「うん、なんか」

お菓子コーナーを抜けると、見るだけでウキウキしてくるような広い惣菜コーナーがある。

「うわっ、このちらし鮨、二〇パーセント引きだって、最高」

早速、世之介が手にしたのは、五、六人前はあろうかという大皿である。

「あ、そうか、あんたんとこ、家族だからいいよね。一人用のとかないのかな」

浜ちゃんも探し始めるが、あいにくちらしも握りも家族用しかない。

「コモロン、仕事見つかったのかな？　浜ちゃん、聞いてない？」

世之介の手には刺身用のエビのパックである。

「なんかね、アメリカに行くって言ってたよ」

「ええ！　また？」

「じゃなくて、留学するんだって」

「留学？　あれ、本気だったんだ」

どちらかといえば内向きなコモロンと留学という言葉があまりにもピンとこず、世之介は浜ちゃんの勘違いだろうと決めつけた。

「あ！　それ、私も買った」

背後から桜子の笑い声が聞こえてきたのはそのときである。見れば、確かにカートに大皿のちらし鮨が入っている。

「浜ちゃん、今日、晩ごはん、うちで食べてく？」

桜子の質問に、

「いいの？」と、浜ちゃん。

「もちろん。だったら、ちらし鮨、二ついるか」

桜子が、たった今、世之介が返そうとした皿を改めてカートに戻す。

「それかさ、浜ちゃん来るんだったら、肉焼かない？　〆《しめ》がちらし鮨」

世之介の提案に、また工場前でバーベキューができると亮太が喜び、

「もう寒いから外じゃなくて、うちん中だからね」

と、すかさず桜子が釘を刺す。

「……あ、そうだ。じゃあ、あの焼肉のタレ、買っとこうよ」

以前、試して大正解だったタレを世之介が思い出すと、

「ああ、あれ、美味しかった。塩ダレのやつだよね？」

と、桜子も頷く。

早速、調味料売り場へ急ぐ世之介たちの後ろから、なぜか浜ちゃんの笑い声がする。

「え？　何？」

と、世之介が振り返れば、

「いや、別になんでもないんだけどさ。……なんか、二人とも地に足ついてんなーと思って」

と、更に浜ちゃんが笑い出す。

「え？　所帯くさいってこと？」

と桜子が冗談半分で睨み返すと、

「違う違う。なんかさ、すでにゴール切ってる感じする」と浜ちゃん。

「何、それ？」

思わず世之介と桜子の声が重なった。

「いや、だからさ、幸せそうだってことよ。なんか私にしても、コモロンにしても、みんな、いろんな夢を追ってるじゃない。でも、結局、そのゴールってさ、こうやって楽しそうにスーパーでちらし鮨買ったり、美味しかった焼肉のタレ、探したりすることなんじゃないかなって」

浜ちゃんの言葉は心からのものなのだが、いかんせん、幸せなときには幸せが実感できないものである。

「何、それ、私たちのことバカにしてるでしょ？」

とは桜子で、

「してないって」

と、慌てる浜ちゃんに、

「いや、してるね。でも、いいもんねー、どうせ俺たちは二〇パーセント引きのちらし鮨カップルですから」

と、へそを曲げる大人気《おとなげ》ない世之介である。

十二月　プロポーズ

師走の日曜日である。

商店街を吹き抜ける寒風に、身を縮こまらせているのは世之介と桜子である。その四本の腕にはまたもや買いすぎてパンパンになったスーパーの袋をぶら提げている。

「あれ、ここ、なんだったっけ？　このまえまでなんかの店だったよな？」

ここフラワーロードは歩道がアーケードになった立派な商店街なのだが、バブル後の不景気からか、はたまた後継者不足からか、ちらほらと閉店する店が増えている。

「ここ、化粧品屋」

世之介の質問に桜子が即答するが、

「……中学んとき、よく万引きしてたんだよね」

と続けるので、そのまま質問自体なかったことにする。

重い袋を右から左へ、左から右へと持ち替えていると、その隙間をつくように、暴走自転車がそばを走り抜けていく。丸刈りの中学生たちの自転車は意識的な暴走なので安心だが、サドルの高すぎるおばさんたちの暴走は予想外の動きをするので怖い。

「映画って何時に終わるって言ってたっけ？」

同じようにスーパーの袋を持ち替えた桜子が聞く。

この時間、亮太は親父さんに連れられて、区民センターで行われている子供映画会に行っている。

「五時くらいって言ってたけど、帰りに銭湯連れてくって」

世之介がそう教えてやると、ふと足を止めた桜子が、

「じゃあ、そこでちょっと休憩」

と古びた喫茶店に入っていく。

いわゆる昔懐かしい喫茶店で、店先にはコーヒーカップやナポリタンやオムライスのすっかり黒ずんだ食品サンプルが埃っぽいショーケースに飾ってある。

「どうせ、中学んとき、ここでよくタバコ吸ってたんだよね、とか言うんだろ」

と呆れながら、世之介も桜子のあとについて店に入る。

幸い、店内はショーケースほど汚れておらず、カウンターの向こうでは蝶ネクタイをしたおじいさんマスターが競馬新聞を読んでいる。

観葉植物の奥のテーブルに、一人客がいるようだったが、あとはガランとしている。世之介たちは窓側のテーブルに落ち着いて、バーベルのような荷物を置いた。

「なんか、甘いもん食べよっかなー」

桜子がメニューのケーキを選び始めたので、

「俺、ホットコーヒーで」と、頼んで世之介は店の奥のトイレに向かった。

向かう途中、観葉植物の奥にいる客の顔が見えた。同年代の男だが、ひどく痩せこけて、髪のツヤもない。

トイレで用を足しながら、棚に置かれた芳香剤の香りを確かめていると、

「タツ?……ちょっと、おまえ、何やってんだよ……」

という声がした。

桜子の声だった。

蝶ネクタイのマスターとは面識がなさそうだったので、とすれば、タツと呼ばれているのは観葉植物裏の客である。

トイレを出ると、やはり桜子が立っていた。

なんとなく、今は話しかけてくれるな、という雰囲気だったので、「大丈夫?」と目で合図だけを送って窓際の席に戻る。

タイミング悪く、蝶ネクタイのマスターが注文を取りにくるので、

「あ、えっと、ホットコーヒーと……」

と言いながら奥を窺えば、

「私も」

と桜子が応える。

注文した世之介は隣のテーブルに置いてある週刊誌を手に取った。パラパラと捲ってみるが、

耳は完全に桜子たちの方に向いている。

「タツ、おまえ、今、どこにいんだよ？」

桜子の口の悪さは承知だが、これまでに耳にした中でも最上級に悪い。

「……実家に戻ったんじゃないの？」

「戻ってない」

タツという男も反抗的ながら一応、桜子の質問には応えているが、その呂律《ろれつ》が少しおかしい。

「戻ってないって。娘は？　娘、どうしたんだよ？」

「実家」

「娘だけ実家に置いて、おまえ、どこにいんの？」

「いいじゃん……」

観葉植物が邪魔をして、よく見えないのだが、タツという男の顔色は病的に悪く、どこかぼやんとしている。

「まだ、あいつらとツルんでんのかよ？」

「あいつらって？」

とぼける相手に話を合わせてやる気はないらしく、

「娘、ちゃんと、おばさんが看てくれてんの？」と桜子が話を戻す。

「ああ、看てるって」

「おばさん、働いてんの？」

「働いてるよ」

「どこで？」

「……知らねえよ」

その辺りで別の客が入ってきた。近所のおばさん二人組で、マスターとは旧知の仲らしく迷わずにカウンターに陣取る。

さすがに話し難《にく》くなったらしく、

「おまえ、ほんといい加減にしろよ」

と言い捨てて桜子が戻ってくる。

桜子の剣幕におばさん二人も振り返ったが、さほど気にすることもなくマスター相手に近所の鍼灸《しんきゅう》院の話を始めた。

うんざりしたような桜子が席に戻ると、

「大丈夫？」と、世之介は一応声をかけた。だが、もうその話はしたくないとばかりに桜子がため息をつく。

奥のテーブルからタツという男が出てきたのはそのときで、特に桜子を追ってきたというわけでもなく、マスターに料金を払うとそのまま店を出て行ってしまう。

「いいの？」

と、世之介はタツを目で追った。

「何が？」

機嫌の悪い桜子がコーヒーを一口啜る。

ただ、世之介に当たっても仕方ないと思ったのか、

「ああ、ごめん」

と、まず謝り、

「あれ、幼馴染み。……シャブ中なんだよ」

と、知りたくない情報まで与えられる。

「……え？」

以外に言葉がない。

きっと中学のころ、この喫茶店でタバコを吸っていたんだろうなぁ、どころの騒ぎじゃない。

「あー、なんか気分悪い。話変えよう」

と桜子は言うが、こんな爆弾のあとには明るい話題もそう簡単には浮かばない。それでも世之介は何か別の話題はないかといろいろと考え、

「あ、そうだ。亮太の保育園のクリスマス会の案内読んだ？」

と、なんとか無難な話題を探し出した。


その日、池袋に戻ると、マンション入口の自動販売機でお隣さんがジュースを買っていた。お隣さんというのは集団生活をしている中国人の方で、先日、急病のお仲間が救急車で運ばれて以来、しばらく誰も暮らしていない様子だったが、ほとぼりがさめたのか、ここ数日、また生活音

が聞こえていた。

「こんばんは」

目が合ったので、世之介が声をかけると、

「はい」

と、作業着姿の男も声を返してくる。

胸元に日本の工務店の名前が入っているので、建築現場で働いているらしい。

次の瞬間、男がもう一本ジュースを買い、無言で世之介に押し付けてくる。

「え、いいですよ、いいですよ」

と、断りはするが、相手も引かないので結局もらって一緒にエレベーターに乗った。

十階を押すと、一度ガクンと大きく揺れて、のんびりと上がっていく。

「あ、そういえば、このまえの人、大丈夫だった？」

と尋ねながらも、おそらく伝わらないのが分かっていたので、まず救急車のライトのつもりで頭の上で手を回し、「ピーポー、ピーポー」とサイレンの真似をした。

男はすぐに分かったようだったが、その表情が途端に曇る。

「え？」

思わず世之介は声をもらした。

男が表情を曇らせたまま、静かに首を横に振る。

「え？　ええ？　ダメって……、ど、どういうこと？」

ちょっとしたパニックになり、その動きでエレベーターが揺れる。

「はい。死んだ。帰った。中国」

「え……」

と、声が詰まる。

十階に着き、まだ動揺している世之介の背中を男が押してくれた。

重い足取りでエレベーターを降りた。

隣同士の玄関を同時に開けようとすると、男が、「ちょっと待って」というように世之介の肩を叩き、急いで自分の部屋に戻っていく。

世之介は未だショックから立ち直れないまま、しばらくそこで待った。

廊下で待っていると、あの日、救急隊員に背負われて、ここを出ていった男の顔がはっきりと浮かんでくる。

もしかすると、まだ自分よりも若かったのかもしれない。きっと友人や家族に囲まれているときは魅力的な笑顔を浮かべていたに違いない。でも、世之介は彼の苦しんでいる顔しか見ることができなかった。

隣のドアが開いたのはそのときである。

男が持ってきたリュックから何やら一枚の写真を取り出す。

写っていたのは、胸に金メダルをかけた少年だった。メダルのリボンに「陸上競技」の文字がある。少年は誇らしげに微笑んでいる。

どうやら、亡くなった彼らしかった。

世之介は写真に手を合わせた。

日本に来て、一つくらい良いことはあっただろうかと、ふと思う。もちろん不法就労など、ダメなものはダメなことぐらい分かっているし、言ってみればなんの関係もない人ではあるが、それでもせっかく来たこの国で、何か一つくらいは良いこともあったよと、そう言ってほしかった。

「う〜、さぶっ。あ！　世之介！　このまえ、おまえが言ってた甘くない缶コーヒー入ってるぞ！」

作業ズボンのポケットに両手を突っ込み、くわえ煙草で震えているのは隼人である。遅れて工場から出てきた世之介も、同じような格好で最近設置された自動販売機のまえに立ち、

「あー、これ、美味かったやつだ」

と、早速ポケットから小銭を出す。

午後になり、親父さんが納車で出て行ってしまうと、珍しく時間が空いた。溜まっている仕事はあるのだが、一時間後に急ぎの整備で別の車が入ってくるので、他の仕事を始めてしまうと逆に効率が悪い。

あったかい缶コーヒーで暖を取っていた隼人が、

「あ、そうだ。芋、焼こうっと」

と、一斗缶に火を熾《おこ》し始めたのはそのときで、すぐに世之介も台所からさつまいもとアルミホ

イルを持ってくる。

一斗缶でダンボールや角材を燃やしていると、土手沿いを桜子が保育園から亮太を連れて帰ってきた。

焚《た》き火に気づいた亮太が桜子の手を振り払い、急な土手を滑り降りてくる。

「あ、亮太、危ないから近づいちゃダメだぞ」

駆け寄ってきた亮太を抱き上げた隼人が、

「……いいか、気をつけろよ、この白い煙を浴びたら、野良犬になっちゃうからな。ほら、世之介はもう煙を浴びたから、野良犬になっちゃってるよ」

と、また訳の分からない遊びを始める。

ただ、世之介もこの手の遊びが嫌いではないので、

「ウー、わん！　わんわん！」

と、早速、迫真の演技で二人を追いかけ回す。

さすがに亮太も最初は笑っていたが、世之介はいつまでも芝居をやめないし、隼人の演技もまた一切手を抜かないので、次第に本気で怖がってくる。

「やめてやめてやめて！　どうやったら戻るの？　ねえ！　どうやったら戻るの？」

隼人の腕の中で焦る亮太に、

「世之介の好きなものをあげれば、元に戻るかもしれない」と隼人。

「分かんない！　分かんない！　分かんない！」

「ちゃんと考えろ！　考えないと、嚙み殺されるぞ！」

「分かんない分かんない。……あ、じゃ、お母さん！」

「ウ〜〜〜〜〜、ガウガウガウ！」

亮太の答えに、更に世之介が獰猛になり、

「ダメだ！　もっと怒ったぞ」

と隼人が煽る。

「あ、プリン！　牛乳プリン！」

「ウ〜〜〜〜、ガウガウガウ！」

「ダメだ。もっと違うもの！」

「じゃ、じゃあ、プチプチ！」

亮太の答えに、一瞬、世之介は首を傾げるが、

「ほら、こうやってプチプチするやつ！」

との説明に、ああ、梱包用の気泡緩衝《かんしょう》材かと気づき、

「ウ〜〜〜、ん？」

と一度迷い、

「ぐー、ぐるぐるぐる」と、その怒りを収めた。

本気で走り回って息を弾ませている三人のそばを、桜子が一切興味を示さずに家内へ入っていく。

頃合いを見て一斗缶から出した芋は、いい具合の焼き加減だった。

三人で火を囲み、世之介が、「アチッ、アチッ」と大騒ぎしながら亮太の分を千切り分けていると、

「この湯気が顔にかかると、鳩になるんだぞ」

と、また隼人が始めようとするので、

「もういいです」

「もういい」

と、世之介と亮太は拒否する。

点火にオイルを使ったので、少し油臭くはあったがとても甘い芋だった。

「あ、そうだ。おまえ、車乗りたいんだったら、今のうちに乗っとけよ」

ホフホフと芋を頬張る隼人に言われ、

「今のうち？」

と、世之介もホフホフと尋ね返す。

「もう売っちゃおうかと思ってんだよ。知り合いに買いたいって奴いて」

「えー、あれを？」

思わず本音が出た世之介だったが、隼人は気づかなかったようで、

「結局、今、あの車、一番気に入って乗ってんの、おまえだもんな」としみじみと言う。

「いや、気に入ってるというか……」

実際にはあの車しかないから乗っているのだが、それでも隼人から売ると言われると、貧乏性なのか、途端に希少で魅力的な車に思えてくる。

「車買って、改造したり、千葉の方に走りに行ったりしてたころは楽しかったんだけどな。仲間ももう、みんな落ち着いて、あんな車残してんの、俺だけだしよ」

「色とか、元に戻して乗ればいいじゃないですか？」

「刺青《いれずみ》と一緒だよ。入れんのは簡単だけど、戻すとなると金はかかるし、大手術だよ」

「そっかー、あの車、なくなっちゃうのかー。亮太、ドライブ行けなくなるな？」

二人の間で、亮太はとろんとした目で焼き芋を食べている。

「車、買ったとき、なんか体に羽でも生えたみたいな感じだったんだよ」

隼人がもう一つ芋の皮を剝《む》き始める。

「……ハンドルさえ握れば、どこにでも行けそうな気がしてさ」

「だって、行けるじゃないですか？」

世之介も、こういうところはいい加減である。

「行けないよ。あんな見た目だぞ。それこそ、橋渡るたびに白バイ寄ってきて、職質だよ」

「まあ、それはそうでしょうけど」

「あ、そうそう。サクが言ってたけど、おまえがあの車運転してても捕まんないんだってな」

「そうなんですよ。それはみんなに不思議がられた」

「あの車運転してて、周りに不審感与えない運転ってすごいよな」

「そうですかね？　俺はもう教習所で教わった通りのことをやってるだけですけど」

「あ、それで思い出した。おまえ、踏切渡るとき、ちゃんと窓開けて、線路上の音を確認するんだってな」

「しますよ。そんなの、基本のキでしょ」

「そんな奴、見たことないよ」

「だから、見えないからって安心しちゃダメなんですよ。見えないところは耳で確認」

とかなんとか話しているうちに焼き芋を食べ飽きたらしい亮太が家へ戻ろうとする。

「亮太、これ、お母さんに持ってって」

世之介が焼き芋を渡すと、

「お母さん、食べないよ。お正月までダイエットするんだって」

と言いながらも素直に持っていく。

なんとなく亮太の背中を見送っていると、

「おまえ、正月どうすんだよ？　九州の実家に帰んのか？」

と隼人が聞いてくる。

「いやー、たぶん帰んないっすね」

「サクたちとどっか行くの？」

「いや、別に予定ないです。隼人さんは？」

「俺は普通に寝正月」

「じゃ、俺もかな。……あ、ってことは、もう三年も正月に実家に帰らないことになるんだなー」

「それまでは帰ったんだろ?」

「はい。学生んときは毎年。でももう、こっちの正月に慣れちゃったしな」

こっちの正月といえば聞こえはいいが、要は大晦日からコモロンと近所の居酒屋で飲み、年が明ければ、そのままのノリで近所の神社に初詣するだけである。

「世之介って、今、幾つだっけ?」

「先々月、二十五になりました」

「二十五か。ってことは、平均年齢まで生きるとしても、あと五十回しか正月ねえじゃん」

「五十回……。多くないっすか?」

「そうか? でもまあ、その辺は人生観の違いなんだな」

「というか、自分の正月をそんな風に数えられたの初めてですよ」

「普通数えるだろ? 今月、休みあと何回かなーとか」

「あ、それは数えますけど」

「だったら、正月も数えろよ」

「いや、正月と今月の休みは、ちょっと違うじゃないですか」

「なんで?」

「だって、今月の休みを数えるのは、なんかこう希望に満ちてるけど、これから先の正月を数えるのって、自分の寿命を数えるみたいじゃないですか？」

「まあ、そう言われたらそうだな」

とかなんとか言っているうちに、一斗缶の火種も消えかけている。

「もうちょっと、燃やすもの持ってきますか？」

尋ねた世之介に、

「いや、もういいよ。そろそろ村越《むらこし》さんの車も来るだろうし」

と隼人がトングで火種をかき集める。

「……しかし、身内の俺が言うのもあれだけど、おまえ、よくあんなのと付き合ってられんな」

唐突といえば、唐突である。

「え？　なんですか、急に」

「いやさ、俺なんか、あいつのこと、もうガキのころから乱暴な弟だと思ってっかんな」

「弟って……」

「だってよ、妹が実の兄貴にマジ蹴り食らわすか？　俺、それで腰の骨にヒビ入ったことあんだぞ」

「えーーー」

「だろ？　よっぽどおまえの方が妹っぽいよ」

「いやいや、それはそれでまた……」

とかなんとか言い合っているうちに、どうやら客の車らしきものがのろのろと走ってくる。

二人は立ち上がった。ちなみにクラッチ板がすり減っているらしい。世之介は工場の時計を見た。

「さて、晩メシまで頑張ろっと」

玉ねぎや肉の余り物が残るホットプレートは油でギトギト、大皿のチキンもすでに骨だけとなり、親父さんが飲む焼酎のセットに、ビールの空き缶、みんな腹一杯で結局ほとんど残ってしまった苺のホールケーキ。

クリスマスである。

「亮太、LEGOやるんだったら、向こうで開けてよ。ここでやったら、ベタベタになるからね」

汚れた食器を片付けながら桜子が注意すると、親父さんからのクリスマスプレゼントであるLEGOを抱えて、亮太も素直にソファへ移る。

親父さんもまた焼酎グラスを持ってソファに向かい、テレビでスポーツニュースを眺め始める。

隼人ははなから飲みに出かけており、残った世之介は桜子を手伝って食卓を片付け始めた。

「やっぱり、これ、買って正解」

世之介が流しへ運んできたのは、先日ホームセンターで悩みに悩んで買ったホットプレートである。

少し値段は張ったが、プレートが波打っており、油切れがいい上に、プレートを替えれば鍋やたこ焼きもできる。

　桜子と並んで食器を片付けていると、

「おい、亮太がここで寝るぞ」と親父さんの声がする。

　世之介が確認に向かえば、ＬＥＧＯで遊ぶ気満々だったわりに、クリスマス焼肉パーティーで騒ぎすぎたのか、ＬＥＧＯのピースを握ったまま、亮太は船を漕《こ》いでいる。

「先に風呂に入れといて良かった」

　世之介は亮太をひょいと抱え上げ、二階に運んだ。

　さっさと寝巻きに着替えさせ、

「歯磨き頑張ったら、夢の中でまたＬＥＧＯもらえるぞ」

　と騙して、メロン味の歯磨き粉をつけた歯ブラシを、その小さな口に突っ込む。

　桜子と亮太が使っている二階の部屋は六畳と四畳半の続き間で、簡単な洗面所も付いている。

　すでに眠ってしまった亮太をベッドに寝かせて布団をかけると、なんとなくそのベッドに腰掛け、亮太の髪を撫でた。

　ぷっくりとした唇が柔らかそうで、つい抓《つま》んでみたが、亮太に起きる気配はない。口を尖らせたその顔が面白く、

「僕の名前は日吉亮太。ふりかけごはんとＬＥＧＯが大好きです」

　と腹話術の真似をして遊んでいると、さすがに気になるのか亮太が顔をくしゃくしゃにして嫌がる。

その後、亮太も寝たし、親父さんが見ていてくれるというので、食卓を片付けると、世之介は珍しく桜子を誘って二人で飲みに出かけた。

向かったのは、駅前のスナック街に突如オープンしたワインバーである。さほど広くはないが内装には金がかかっており、ちょっと見、代官山にあってもおかしくない。

ただ、そこは小岩、見かけはそうでも、中へ入ってカウンターに落ち着けば、

「あれ？　隼人の妹さんだよね？」

と、マスターが声をかけてきたりする。

隼人の先輩らしいマスターとの昔話が一通り終わると、

「ねえ、世之介ってワイン詳しいの？」

と桜子が聞いてくる。

「詳しそうに見える？」

「見えないけどさ」

結局、ハウスワインの赤を頼み、一口舐め、きっと美味しいのだろうと、二人で恐る恐る頷き合う。

店はわりと混んでいて、カウンターはクリスマスの食事を終えてきたカップルだらけである。

ちなみにお隣のカップルは初めてのデートらしく、

「私って、連絡とかマメな人じゃないとダメなんですよねー」とか、

「俺が苦手なのは、俺の友達を大事にしてくれない子かなー」とか、

お互い好意は持ちながらのジャブの応酬が続いている。

「そういえば、初めて横浜にドライブしたとき、近くのベンチに座ってたカップルのアフレコしなかった？」

ふと思い出した世之介が尋ねると、

「あー、したねー。あれって、いつだっけ？」

「いつだっけ？　まだ暑かった」

「今年の夏だっけ？」

「そりゃ、そうだよ」

「えー、ってことはあれからまだ半年も経ってないじゃん」

「ほんとだ。なんかもう、一緒にホットプレート洗って、亮太の歯磨きまでしてきたから、十年くらい一緒にいる感じするわ」

「十年は、さすがに大げさでしょ。せめて三年」

「それでも長いって」

なるべくお隣の初デートカップルの甘そうで、実はシビアな会話に興味を持っていかれないようにしているのだが、如何《いかん》せん距離が近いので気になってしまう。

ちなみにお隣は、すでに自己紹介のふりをした交際条件の確認も終わったようで、

「私は、もし今、誰かに『好きな人いるか？』って聞かれたら、いるって言うと思うけど」

「それはさ、なんていうか……、俺が喜んでいい話なの？」

「どういうこと？」

「だから……、もしそうなら嬉しいなって」

「それは私には分かんないよ。山本くんの気持ちだもん。でも、喜んでくれるの？」

「そりゃ、もちろん、それがそういうことなら」

この辺りで痺れを切らしたらしい桜子が、

「ねえ、世之介ってワイン詳しいの？」

と尋ね、

「それ、さっき聞かれた」と世之介。

「じゃ、横浜行ったのって……」

「八月。ちなみに今年の八月」

と食い気味の世之介である。

結局、どうしても隣のカップルの会話から逃れられず、世之介たちはワインを一杯飲むと店を出た。

さすがにマスターにも世之介たちの気まずさは伝わっていたようで、

「次、来てくれたら、必ず外国人グループの隣に座らせるから」と笑わせる。

「なあ」

世之介がふと足を止めたのは、スナック街の路地を出たところである。小さなコインランドリーがあり、中で若い男がマンガを読んでいる。

「……さっきのカップルに対抗するわけでもないけどさ」

と、世之介が話し出すと、明らかにその先をさっさと左に折れて家へ帰りたそうな桜子が、

「何よ？」

と寒さに足踏みする。

「いや、何ってわけでもないんだけど。俺は、もし誰かに『亮太くんのお父さんですか？』って聞かれたら、そうだって言うつもりでいるけど」

とつぜんの世之介の告白に、桜子の足踏みが止まる。

ただ、桜子の表情からは、さっきのカップルのように、それは喜んでいい話なの？　いいんじゃないの？　的な盛り上がりが来そうな感じはない。

「……あ、いや、だから、サクや亮太が喜べるような話かどうか分からないけど」

さすがに世之介も、この辺りで「もちろん、喜んでるよ」くらいの言葉は欲しいのだが、いくら待てども桜子の口は動かない。

「……一応、あの、これって、生まれて初めてプロポーズしてんだけど」

と世之介は確認した。

そこで初めて事の重大さに気づいたらしい桜子が、

「え？　今？」

と頓狂《とんきょう》な声を上げる。

「うん、今。だって、ほら、一応世間はクリスマスなわけだし」

「クリスマスったって、私、ジャージだよ」

桜子が太ももの三本線を引っ張ってみせる。

「いや、服装は関係ないって。いや、もちろん俺もさ、胸張ってプロポーズできるような立場じゃないよ。職ないんだし、そのプロポーズしようとしてる相手の親に世話になってんだし。たださ……」

「ちょ、ちょっと待った。世之介さ、さっきの店の雰囲気に呑まれすぎだって」

「それだけじゃないよ」

「いや、分かってるけど」

まるで突進して来そうな世之介のまえで、桜子が闘牛士のようにマフラーを振る。

「……でも、ちょっとはさっきのカップルの雰囲気に呑まれてるでしょ。それこそ、もしあそこに外国人のグループがいたとしたら、今ごろ絶対、『俺、英会話習おうかなー』とか言ってるはずだもん」

「言ってな……」

いよ、と言いかけて、ふと思い留まる世之介も弱い。

「ねえ、しばらく、このままでいいじゃん。だめ？」

改めて桜子にそう言われると、世之介も今さらながら自身の勇み足が恥ずかしくなる。

「でも、俺は本気で言ってるから」

なんとも男らしい物言いである。

「それは、素直に嬉しい」

「うん」

世之介ももちろん雰囲気だけに呑まれてこんな勇み足をしているわけではない。ただ、桜子や亮太、もっといえば、親父さんや隼人と過ごす時間が、ここ最近なんだかとても愛おしいのである。

「送るよ」

このまま別れるのも気まずく、世之介は桜子と並んで歩き出した。

「いいよ、すぐそこ駅なのに」

「いいよ。酔い覚まし」

「飲んでないじゃん」

とかなんとか言っているうちに、土手沿いの道である。師走の寒風が背中を丸めた二人の間を吹き抜けていく。

「隣の部屋に住んでた人が死んだんだよ」

ふとそんなことを口にする世之介である。

「なんで？」

「たぶん、急病。救急車で運ばれてそのまま」

「付き合いあったの？」

「ない。でも、その同居人とは挨拶するくらい」

「あんな狭い部屋に二人で？」

驚く桜子に、いや、もっと……と、詳しく説明しようとするが、あまりに寒くて口を動かすのも面倒になる。

「そう二人」

と嘘をつきながら、なんで今、こんな話してるんだろうかと、我が事ながら首を傾げる世之介である。


いよいよ年の暮れも押し詰まってきた日である。

浮かぬ顔で池袋駅西口のロータリーを歩いているのは世之介である。なぜ浮かぬ顔かといえば、今朝、マンションの郵便受けに嬉しくない知らせが入っていたのである。

入っていたのは、数ヵ月前に意気揚々と応募した写真コンクールの結果で、

「あ、きたきたきた……」

と慌てて封を切ったのだが、まず目に飛び込んできたのが、「残念ながら……」という文章だった。

三度読み直したが、落選だった。

賞金百万円につられて、などと言い訳半分での応募ではあったが、アメリカで撮影してきた写真にはちょっとした自信もあり、「もしかしたら」と淡い期待を抱いてなかったといえば嘘になる。

ただ、そのための努力をしていないのだから、こうやって落選と言われれば、ごもっともと納得するしかないのだが、逆にこの数ヵ月間も、あんな写真で有名なコンクールの賞がもらえると、心のどこかで期待していたことに気づいて愕然《がくぜん》とする。

年末とはいえ、池袋の賑わいはさほど普段と変わらないのだが、通りには注連《しめ》飾りを売る露店が出ており、防寒具で着膨れした現役プロレスラーのようなおじさんが、おやつの肉まんを食べている。

ふと気になって店先で立ち止まった世之介は、これまで注連飾りになど興味を持ったこともなかったのだが、この貫禄のある注連飾りを整備工場に飾ったらカッコいいなと思う。

「すいません、これっていくらくらいするんですか？」

世之介の質問に、肉まんで頬を膨らませたおじさんが、

「五千円」

と、しれっと言う。

「え？」

てっきり千円くらいかと思っていたので、驚きを隠せない。

「あのー、もうちょっと小さめの、ないですか？」

たった今、この貫禄のある注連飾りを、と思ったくせに、あっさりと今流行りの縮小路線である。

「縁起もんだからね。これだけなんだよねー。あとは、こういう感じになっちゃうね」

と、おじさんが指差したのは、ペラッペラの紙に気持ちばかりの稲穂がついたもので、ライジング池袋の玄関にならピッタリだが、さすがに工場用には小ぶりすぎる。

「ちなみにこれ、いくらですか？」

「千円」

「ああ、これが千円」

すいません、また今度にしますと、くるりと振り返った瞬間である。

「ん？」

と、声がもれたのが先か、背中にピリッと痛みが走ったのが先か、まるで背骨をすっと抜かれたように体から力が抜けて、次に現役プロレスラーに鯖折《さばお》りされたような激痛が走った。

就活のときのあれである。癖になるとは聞かされていたが、ギックリ腰である。

絶望感で、へなへなと四つん這いになった地面の冷たさが、手のひらから伝わってくる。

と、本人が絶望している分にはいいが、冷やかしの客にとつぜん店先で四つん這いになられたおじさんは困る。

「ちょ、ちょっとお客さん？」

まさか土下座してまで、負けてくれと言うのでもなかろうが、わりと人通りの多い通りで、とつぜん四つん這いになる理由が他に浮かばない。

「いいよ、じゃあ、三千円で……」

おじさんが思わずそう声をかけたときである。ゼンマイの切れたおもちゃみたいに、騙し騙し

立ち上がろうとした世之介が、

「アーーー！　うーーー！」と悶絶する。

さすがにおじさんもこれが新手の値段交渉ではないと気づき、

「おいおい、大丈夫かよ」

と抱き起こそうとするのだが、現役プロレスラーみたいな男だから、更に鯖折りからコブラツイストの激痛である。

この光景が通行人には暴行事件にしか見えなかったようで、すぐに近所の交番から警官が駆けつけ、いよいよ動けなくなった世之介は情けないことに救急車で病院に搬送されたのである。


さて、ここはその翌日の世之介の部屋である。ご承知のように布団を二つ並べれば、もう他にスペースがないほど狭い。いや、もちろんお隣のようにかなりの無理をすれば六人くらい寝られるのだが、本来はジャスト一人サイズに出来ている。

「しかし、ここはお茶っ葉もないのか」

小さなシステムキッチンの棚を開けたり閉めたりと騒がしいのは、世之介の父親である。

「……そこのスーパーで買ってくるか」

父親の方もあまりに狭くて居心地が悪いので、何か理由を見つけてここから逃げ出したいらしい。しかし、そこまで気の回らないのが世之介で、

「お茶っ葉買ってきても、急須がないって」

と、ベッドに寝転んだまま余計なことを言う。

「じゃあ、急須も……」

「いいよ、お湯なんか沸かして、お茶飲まないし」

結局、ベッドとテレビの間にある狭いスペースに腰を下ろすしかない父親である。

救急車で病院に運ばれた際、緊急連絡先を聞かれた。実家の電話番号を伝えると、「ご連絡しておきますか？」と問われ、「いえ、別に」と応えようとしたのだが、あまりの激痛で弱気になっていたこともあり、「じゃあ、お願いします」と言ってしまった。

ただ、もちろん、痛み止めの注射を打ってもらい、タクシーながら這《ほ》う這《ほ》うの体《てい》で自宅に戻ると、すぐに実家に連絡を入れ、「ギックリ腰で動けないけど、心配しなくていいよ」と伝えたのだが、なぜかその翌日の今日になって、父親が上京してきてしまったのである。

母から電話で聞かされた話によれば、次のようなことらしい。

救急車で病院に運ばれたとはいえ、とりあえずギックリ腰くらいで良かった。しばらく不自由するだろうけれども、世之介だってもう子供じゃないんだから自分でなんとかするだろう。

「でもね、お父さん、本当にあの子、向こうで何やってるんでしょうね？　私、一度、東京に行って、あの子がどんな生活をしているのか見てこようかしら」

「そうだな。結局、あいつもいつまで経ってもフラフラした人生送ってんのは、あいつがフラフラした生活をしてるからだよ。向こうであいつ、いったいどんな生活してんだろうな？」

「なんか悪い人たちと付き合ったりしてないかしら。このまえ、清志くんの結婚式で戻ったとき、ちょっと目つきが悪くなってたのよね」

　とは、とんだ言いがかりだが、こんな夫婦の会話が交わされた結果、とはいえ年の瀬で何かと母はバタバタしており、ならば仕事も休みである父親が様子を見にいくと決まったらしいのである。

　と、母は半分冗談みたいに言っていたが、今にも人生からこぼれ落ちそうな世之介のことを、両親が心底心配していることは不肖の息子にも分かっている。なので、実家でなら同じ部屋に五分と一緒にいないくせに、東京のこの狭い部屋で両者が居心地悪いながらも気を遣い合っているのである。

「やっぱり、お茶っ葉、買ってこようかな」

　テレビのチャンネルをあちこちに変えていた父親がやはり立ち上がる。

　さすがに世之介も無言の空間が息苦しく、

「だったら安い急須も買ってきてよ」と折れる。

「しかし、この辺りの治安、あんまり良くなさそうだな」

　駅から歩いてくる間に何を見たのか分からないが、田舎から出てきた父親がショックを受けそうなことなどいくらでも思いつく。

「東京なんてどこもこんなもんじゃない。もう慣れたよ」

「いや、だからそういうことだよ。人間ってのはな、なんにでもすぐに慣れるんだよ。それが一番怖いことなんだぞ」

買い物に行くと言ったくせに、とつぜん今回の上京の本題が始まってしまい、父親が慌てて座布団に戻る。

「行かないの?」

「いや、行くよ。でもその前に……」

父親が言いたいことは世之介にももちろん分かっているのである。そして息子が分かっていることを、父親もちゃんと知っているのである。

自堕落な生活に慣れちゃダメなのである。不運に慣れちゃダメなのである。向上心を失ってはダメなのである。

それは分かっている。

だがしかし、人生には何をやってもダメなときもあるのである。

座布団に腰を下ろした父親が、結局何も言わずに立とうとする。

「いいの?」

さすがに世之介も申しわけなくなり、声をかけた。当の世之介には何も言わないが、清志のおじさんのタクシー会社に息子を雇ってくれないかと頼みに行くほど、心配してくれている父親である。

「いいのって、何が?」

「だって、今、なんか話そうとしてたから」

世之介も一応体を起こそうとするのだが、起き上がるとなると、まずどちらかの膝を立て、そ

れをカクンと横に倒し、徐々に体を横向きにして、次に肘でじわじわと肩を持ち上げるように
（以下省略）と、とにかく時間がかかる。

そんな不自由な息子の様子を、手助けするわけでも、応援するわけでもなく、じっと見つめて
いた父親が、

「世之介、じゃあさ、おまえ、今日のことをよく覚えとけよ」

と言う。

「今日のこと？」

世之介は肘でじわじわと肩を……の辺りで、結局諦め、頭を枕に戻した。

「ああ、今日のことだ。この年の暮れにギックリ腰で動けなくなって、田舎から出てきた親父と
二人、この狭いアパートで気まずく過ごしたことをさ、ちゃんと覚えとけ。ここがおまえの人生
の一番底だ。あとはここから浮かび上がるだけ」

そう言って、父親が部屋を出ていく。革靴の音が遠ざかる。

「あとはここから浮かび上がるだけ、か」

と、世之介は口に出して言ってみた。

この状態で歩き出せと言われるのは酷だが、ギックリ腰でも水の中を浮かんでいくことならで
きそうな気がする。

「あとはここから浮かび上がるだけ」

世之介はもう一度口にしてみた。さっきよりももっと浮かび上がれそうな気がしてくる。

床に置かれた父親のバッグにふと目がいった。もう何年も前に買った合皮製の小さな旅行バッグで、一度も使っていなかったらしい。今回、せっかくだからと、持ってきたのだが、安物だったのと経年劣化で、持っているだけで恥ずかしいほどボロボロと皮が剝がれ始めたらしい。洋服には付くし、機内では頭上の棚から下ろすときも舞い散ったという。

そんな話をするために、父親は息子に会いにきたのではない。ただ、なぜかそんな話を聞きながら、息子が救急車で運ばれたと聞いてその翌日には駆けつけてくれた父親の、いろんな思いがはっきりと伝わってくるのである。

一月　こっちの正月

寒い。寒い。寒い。

一九九四年元日の朝である。池袋駅前広場で足踏みしているのは世之介で、ギックリ腰はなんとか小康状態を保っているが、用心深いので足踏みも慎重である。

初詣へ向かうのか、駅前広場には晴れ着姿の人たちも多く、客待ちしているタクシーには車用の注連飾りがついていて、なんとも正月気分である。

タクシーを降りた運転手が、冬空に向かって気持ち良さそうに背伸びする様子を眺めていると、

「おめでとう」

と、背後から声をかけられた。見れば、大きなマスクをした浜ちゃんである。

「何？　風邪でもひいた？」

尋ねる世之介に、

「ちょっと転んじゃって、口んとこ切れちゃったんだよね」

と、浜ちゃんが顔をしかめる。

「転んだって、どこで？　顔から突っ込んだの？」

「うん、そんな感じ。それよりコモロン、まだ?」

あまりその話はしたくなさそうである。

と言っているうちに、そのコモロンがのんびりとやってくる。大きなヘッドフォンで聴いているのは、英会話教材に違いない。

「あけましておめでとうございます」

切符売り場へ向かって歩き出しながら世之介がかしこまって挨拶すると、

「お年玉」

と、コモロンが真顔で手を差し出してくる。

「何?」

「覚えてない? 去年の正月、俺、世之介にお年玉あげたよね?」

「……あ、もらった」

「去年は俺がちゃんと働いてて、世之介が無職だったからじゃん。そんとき、『立場が逆だったら、俺もあげるから』って、世之介言ってなかった?」

「……あ、言ってた」

「じゃ、はい」

コモロンが更に手を差し出してくる。便乗して、大きなマスク姿の浜ちゃんまで横から手を伸ばす。

「ちょっと、待った。だってさ、俺、バイトだよ。それも彼女の実家の手伝いだよ。それでも毟《むし》りとる？」

二人の手が更に伸びてくる。

世之介は、亮太用に買ったお年玉袋をポケットから出した。幸い、五枚百円だったので、二人に使ってもまだ余る。

「去年、俺、いくらもらったっけ？」

「一万円」

「マジ？　まけて。お願い！　お願いします！」

大騒ぎしながら駅の改札を抜け、ホームへ駆け上がった三人が向かっているのは桜子の実家である。仕出しのおせちを囲んで屠蘇《とそ》を飲み、みんなで正月を祝うのである。

ホームに走り込んできた電車の車両さえ、今日は正月気分で一杯ひっかけてきたように見える。

「俺、正月が一番好きかも」

車窓を流れる東京の街並みを眺めながら、ふと世之介は言った。

「一年の中で？」

と、浜ちゃんが訊くので、

「いや、この世にあるものすべての中で」

と、世之介が笑うと、

「他にもいくらでもいいものあるじゃん」

と、コモロンも口を挟んでくる。

「じゃ、何？」と世之介。

「お金。一億円」

「いや、正月の方がいい。……あ、ごめん。嘘ついた」

とかなんとか言いながら、三人を乗せた正月気分の電車がゆっくりと元日の東京を走っていく。


前の人の洋服でも摑んでいないと、すぐにはぐれてしまいそうな賑わいである。この混雑は柴又駅から草だんご屋の並ぶ参道に伸び、そのまま、ここ帝釈天《たいしゃくてん》の境内に流れ込んでくる。

それでも元日の人々というのは、みんなどこか機嫌がいいので、横の人にぶつかろうが、誤って足を踏もうが、

「あ、すいません」

「いえいえ、大丈夫ですよ」

と、冬晴れの空のように気持ちがいい。

桜子の実家で、おせちと酒をたらふく飲み食いしたあと、せっかくだからみんなで初詣に行こうと繰り出してきた世之介たち面々である。

ちなみに隼人だけは、地元の友人たちと光司の家に顔を出し、そのまま初詣がてらの〝暴走〟に行くということで、気合を入れて紋付袴《もんつきはかま》で出ていった。

本堂前の立派な常香炉《じょうこうろ》で、誰よりも念入りに白い煙を浴びているのはコモロンである。親父さんと酒の趣味が同じで、芋焼酎を飲みすぎたのか、幸せそうな赤ら顔でいつまでも煙を浴びて

いる。

さすがに待ちくたびれた桜子と浜ちゃんにその腕を引かれ、いよいよ本堂の前に立つと、親父さんを中心に、桜子、世之介、亮太、浜ちゃん、コモロンとずらりと並び、まず賽銭《さいせん》を投げ入れると、

「パン、パン」

と、つい景気良く二拍手してしまった世之介に、

「ここ、神社じゃないって！」

と、総攻撃である。

気を取り直し、世之介は手を合わせた。横を見ると、亮太が賽銭箱を覗き込もうとしているので、抱きかかえてやる。亮太を抱いたまま手を合わせる。

亮太が幸せな人生を歩めますように。

願い事を終えた瞬間、

「あ」

と気づく。

生まれて初めて自分以外の誰かのことをお願いした、と。

目を開けると、まだみんなは熱心に祈っている。

なんとなく世之介ももう一度手を合わせながら横目でみんなを窺うが、一向に終わる気配がない。そのうちやっと親父さんが場を離れ、次に桜子が顔を上げるが、浜ちゃんとコモロンはまだ

続けている。

「ちょっと、そんなに頼み事したら仏様も負担だって」

さすがにそう声をかけようとした瞬間、二人が同時に顔を上げる。まるで頼み事がすでに叶ったような晴れ晴れとした顔である。

「二人とも、何をあんなに長時間、お願いしてたわけ？」

呆れて尋ねた世之介に、

「そりゃ、将来のことだよ。これから必死に頑張りますから、どうかお力添えくださいって」

と真顔で応えるコモロンの横で、

「私も、そんな感じ」

と、浜ちゃんも頷く。

「……世之介は？」

と、その浜ちゃんが訊く。亮太のことをお願いしているので、これを発表したら、すごくいい人に思われるじゃん、と、早速披露しようとしたのだが、根が貧乏性なので、なんだか二人が全幅の信頼を置いているらしい帝釈天で、自分だけが自分のことをお願いしなかったことが、途端にもったいなくなってくる。

「ごめん、ちょ、ちょっと待ってて」

慌てて本堂へ駆け戻ろうとする世之介に、

「どこ行くのよ？」

とは桜子で、

「もう一回、参ってくる。自分のお願い、忘れた」

「ちょっとやめなよ、カッコ悪い」

これでは、すごくいい人どころか、みっともないくらいの業突《ごうつ》く張《ば》りである。


さすがに元日の夜は、池袋西口繁華街も閑散としていた。それでも探せば営業している居酒屋はあるもので、

「へえ、ホッピーあるじゃん」

と、嬉しそうに入っていくのは、初詣帰りの世之介とコモロンである。

ちなみに桜子たちは実家に戻り、浜ちゃんも年末できなかった部屋の大掃除をしたいというので駅で別れた。

縄暖簾《なわのれん》に赤提灯《あかちょうちん》というスタイルなので、店内には男の一人客が目立つ。カウンターには空席を一つずつ挟んで、見事にずらりとそんな男たちが並んでいる。

「あれ?」

先に気づいたのは世之介である。

「……ここ、去年の正月も一緒に来なかったっけ?」

間違いない。去年は向こうのトイレのまえの席で、「芳香剤強すぎるよ」と言い合っていたはずである。

「あ、ほんとだ。俺も覚えてる」

「なんか、一年前とまったく同じ行動取ってるって、進歩ないなー、俺ら」

「同じじゃないじゃん。去年の元日なんて、お互い夕方まで寝てて、起きたら世之介から電話があって、ここ来たんだから」

「あ、そっか。じゃ、今年はちょっと充実してるか。おみくじ大吉だったし」

「それにしても、あれが一年前って考えると、一年って……」

そこでピタリとコモロンが言葉を切る。

「ちょ、ちょっと、何？　気になるって。一年って長い？　短い？」

「いや、それが言いながら分からなくなっちゃって」

「また見切り発車？」

「いや、やっぱり短い、よね？」

「短いよ。あそこで芳香剤の話してたの、昨日のことみたいじゃん」

「そっか。あ、でもさ、この一年であったこと、いろいろ考えたら、遠い昔みたいじゃない？　俺なんか、会社辞めてるし、世之介だって、なぜかヤンキー車に乗って、自動車整備工場で働いてるし」

「あの車は隼人さんの。……でもまあ、そう考えると、確かに遠いな、芳香剤の話」

そうこうしているうちに生ビールが届き、桜子の実家でしこたま飲んできたくせに、お互い一気に半分ほど飲み干す。

「なんか注文する？」

コモロンが腹をさすりながらメニューを開く。

「それ、注文する気ないじゃん」

「だって、さっきの草だんごが……。あ、そうか、アメリカ行ったら草だんごとか食べられなくなるんだろうなー」

「え？　そこ？……だったら、そもそも初詣が無理じゃん」

「あ、そうだ。どうしよう」

「帰ってきなよ。正月くらい」

「あ、そうだね」

「そうだよ。いいタイミングだから、友達としてちゃんと言っとくけど、コモロンって根性ないからね。そこんとこ、ちゃんと自覚しといた方がいいよ」

「自分は根性なしだって自覚すんの？」

「そう。根性ないんだから、向こうで辛くなったり、寂しくなったりしたら、我慢せずに戻ってくる。分かった？」

「なんか、素直に頷けない」

世之介としては真剣なアドバイスなのだが、真剣であればあるほど、コモロンの方は複雑らしい。

「ところで、コモロンって、今、家で毎日なにしてんの？」

「だから英語の勉強とか」

「へえ。……でも、ほんとここ最近のコモロンは、俺の知ってるコモロンじゃないよ。なんていうか、この歳になって、アメリカに留学して一から出直すとか、ほんと勇気あるもん」

「あ、それね、俺も自分でそう思う」

「でしょ？　だって、コモロンって勇気ないもん」

「知ってる」

「なのにアメリカだよ。すごくない？」

「うん。すごい。……でも、世之介のおかげってのもあるんだよ」

「なんで？」

「世之介ってさ、いつ見ても0《ゼロ》だからさ、だから、世之介のこと見てると、なんか、『まだ、ここからいくらでもスタートできるな』って思えんの」

なんだか、褒められているのか貶されているのか分からないが、ふと世之介が思い出したのは、つい先日、父に言われた「ここがおまえの人生の一番底だ。あとはここから浮かび上がるだけ」という励ましである。

コモロンもここから浮かび上がって行こうとしているのだろうと、世之介は素直に嬉しくなる。

だが、もちろん自分だけいつまでもここにいるわけにもいかない。

「でもさコモロン、この一年、お互いに最悪っちゃあ最悪だったけど、思い返してみると、わりと楽しくなかった？」

と、世之介は訊いた。

一瞬、「うん」と頷きかけて、「ん？」と迷ったコモロンが、

「いやいや、最悪なんだから楽しくないって」

と、珍しく正論を吐く。


高圧洗浄機の蒸気がまだ残る中、隼人がジャッキアップされた車体の下から出てくる。

すでに冬の日は暮れ、オレンジ色のライトに浮かび上がった工場内はどこか幻想的である。

「ちょっと、休むか」

という親父さんの言葉を待っていたように、子供用の作業着で待機していた亮太が工場内に入ってくる。

その腰には一端《いっぱし》に子供用の工具ベルトまで巻いており、モンキーレンチやニッパーやペンチの重さでフラフラしながらも、しゃがみ込んで親父さんが廃材で作ってやった小さなトラックの修理を始める。

「そういや、おまえ、賞金の百万円どうなったんだよ？」

そんな亮太の様子を、世之介がいつものようにカメラで撮影していると、洗浄機を止めた親父さんがふと思い出したように訊いてきた。

「あれ、見事落選しました」

世之介の答えに、さして期待もしていなかっただろうに、

「なーんだよ、温泉にでも連れてってもらおうと思ってたのによ」

と、親父さんが大げさに落胆してみせる。

世之介はそんな親父さんの顔にもピントを合わせ、すかさずシャッターを切る。オイルや埃で汚れた顔の皺《しわ》が深い。

続いて、車の下から突き出された隼人の足にカメラを向ける。なんとなく近寄って、覗き込むようにシャッターを切る。

ファインダーで覗いていると、ゴツゴツした車体や隼人の体よりも、床の冷たさの方が伝わってくる。

「おまえ、また撮ってんのかよ」

ゴロゴロと車輪付きの寝板を転がして出てきた隼人が、呆れながらもカッコつけてレンズを睨み返してくる。

「あ、そういうの、いらないです」

世之介はむげにレンズを逸らす。

「おい、隼人、ちょっと休憩だ」

親父さんがそう言って、手を洗いに向かう。

「親父さん、コーヒー飲みます？　淹れてきますけど」

世之介が声をかけると、

「俺、飲む」

と、先に隼人が答え、

「抹茶カステラあるよ」

と、亮太が教えてくれる。

世之介が、その抹茶カステラとコーヒーの準備をしようと家へ入ったのと、居間の電話が鳴ったのがほぼ同時だった。

電話の近くにいたようで、すぐに桜子が出る。世之介はその後ろを通って、台所に向かった。

お湯を沸かそうとヤカンに水を入れていると、

「ちょ、ちょっと待ってください！　すぐ、すぐに兄に代わります！」

という切迫した桜子の声がした。

世之介はヤカンを持ったまま台所から顔を出した。

裸足のまま工場へ走った桜子が、

「隼人！　光司くんのお母さんから電話！」

と、早口で伝える。

隼人の表情は見えなかったが、次の瞬間、その隼人が重い安全靴のまま居間へ上がり込んできて、

「もしもし？　俺です。隼人です！」

と受話器を握った。

世之介はヤカンを持ったままだった。流しでは出しっ放しの水が音を立てている。

「おばさん！　落ち着いて！」

居間に隼人の尋常ならざる声が響く。

「……救急車は？　呼んだ？……おじさんには連絡したの？　分かった。大丈夫だから、おばさん、落ち着いて！　俺がすぐ行くから！　もし先に救急車来たら、五善会病院にお願いします、って言うんだよ！　分かった？」

受話器を叩き置いた隼人が、一瞬、ヤカンを持ったままの世之介を見て、

「大丈夫……。大丈夫」

と、自分に言い聞かせるように繰り返すと、そのまま外へ飛び出していく。

世之介も思わずあとを追った。

しかしすでに隼人はスクーターで走り去っており、工場には心配そうに見送る桜子と親父さんの背中があるだけだった。

「光司くんの様子が急におかしくなったって、おばさんが……」

桜子がふと我に返ったように、光司の母からの電話の様子を伝える。

「おばさんも慌ててたから、詳しいことは分からないんだけど……、呼吸してないとか、なんか、そういうこと言うから……」

桜子もまだ気が動転しているようで、なかなか話も要領を得ない。

やはり落ち着かないらしい親父さんが、汗もかいていない顔をしきりにタオルで拭きながら、

「とにかく、ちょっと行ってやった方がいいな。光司んとこの親父さん、川崎の職場から戻るの

に、結構時間かかるから。おまえと世之介で、とりあえず病院行ってみろ。家からなんか荷物運んだり、誰かに連絡したり、なんか手伝えるだろ」

と、世之介と桜子の背中を押す。

「分かった。すぐ用意する」

桜子が家へ駆け戻り、世之介も慌てて倉庫から親父さんの自転車を出す。

工場前で待っていると、着替えた桜子が自転車の後ろに跨がってくる。

「おい、いくらか持ってんのか？　隼人の奴、財布持ってってないぞ」

走り出そうとした途端、引き止めた親父さんが、財布に入っている札をすべて桜子に渡す。

「とりあえず、行ってきます」

世之介は立ち上がってペダルを漕いだ。よろよろしながらも、寒風の中、自転車が土手沿いの道を走り出す。

あれはいつごろの日曜日だったか、いつものように世之介が特に約束もせずに、桜子たちに会いにくると、

「友達とディズニーランド行ったぞ。おまえ、聞いてねえのか？」

と、ソファに寝転がっていた親父さんに教えられた。

言われてみれば、確かに中学時代の友人で雅美という、やはりシングルマザーがおり、彼女と彼女の娘の四人で出かけるという話を聞いていた。

親父さんは、冷たくそう言ったきり、またテレビに目を向けた。テレビではマラソン中継をや

っている。

親父さんは、せっかく来たんだから、茶でも飲んでいけ、とも、用がないんだったら帰れとも言わない。

そのまま一緒にマラソン中継を見ても良かったが、外は気持ちの良い晴れ空である。

「あのー、隼人さんは？」

と、尋ねると、

「光司んところだろ」と親父さん。

すでに河原のバーベキューでも会っていたし、他にやることもないしと、親父さんに住所を尋ねて行ってみることにした。

光司の家は桜子の実家から歩いて十五分ほどで、同じ土手沿いに建つ古い一軒家だった。

玄関は開けっ放しになっており、

「ごめんください」

と声をかけると、やはり開けっ放しの障子の向こうの畳間で、光司の両親が二人揃ってごろりと寝転がり、やはりマラソン中継を見ていた。

「はーい？」

面倒臭そうに振り返った光司の母親の尻が、やけに重量感がある。

「あのー、隼人さん、来てますか？」

名も名乗らず尋ねたが、

「上にいるんじゃない。勝手に上がってって」

と言ったきり、またゴロンと大きな尻を動かしてテレビに戻る。

「すいません、じゃあ、お邪魔します」

靴を脱ぐと、右手に階段がある。世之介は、もう一度、お邪魔します、と声をかけながら、ギシギシと踏み板を鳴らして階段を上がった。

古めかしい一階と違い、二階だけが改築されているのが一目で分かった。ただ、ドアや窓が開けっ放しなのは一階と同じで、気持ちのいい風が吹き抜けていく。

おそらく寝たきりの光司のために改装されたらしく、土手の方へ向いた東と南側は、そのほとんどがガラス窓となっており、少し高めに設置されたベッドからも、土手の緑と真っ青な空が一望できた。

当の隼人は、寝たきりの光司と一緒にテレビを見ていた。ちなみに二人が見ているのは「欽ちゃんの仮装大賞」の再放送で、シンクロナイズドスイミングをするネッシーたちの姿に、「おー、すげえ」と呑気に声を上げている。

「隼人さん」

世之介が声をかけると、

「おっ、なんだよ?」と、驚く。

「いや、別に何ってことはないんですけど、桜子たちがディズニーランドに行ったっていうんで」

世之介の訪問の理由など、気にもならないようで、隼人はまたテレビに視線を戻し、

「見ろよ、このネッシー、すげえな」と、一人感心する。

見れば、光司も好きなようで、その目は熱心にテレビに向けられている。

世之介は、「お邪魔します」と、光司に挨拶した。すると、その目が、「いらっしゃい」と返してくれたように見えた。

「優勝、これじゃねえか？　さっきの飛び出す絵本も面白かったけど」

隼人が誰にともなくそう言う。

世之介が来たからというわけではなさそうだった。となれば、こうやってテレビを見ながら、返事もせぬ光司相手に、隼人は話し続けているに違いない。

風通しがいいせいか、妙に居心地の良い部屋で、世之介は勝手にクッションを手にして、隼人の横に座り込んだ。

「コーラ飲むんだったら、下から氷持ってこいよ。これ、ぬるいぞ」

隼人に言われ、じゃあ、と、世之介も遠慮なく立つ。

「あ、下行くついでに、これ、捨ててきて。あと、おばさんに『さっきのコロッケ、やっぱりちょうだい』ってもらってきて」

立つなり、ごみを持たされ、用まで言いつけられるが、それでもまだ居心地がいい。

一階に下りて、言われた通りにおばさんに伝えると、

「そこの皿に入ってるから、全部持ってって。氷は冷蔵庫」

と、大きな尻をこちらに向けたまま言われる。

世之介は流しに置いてあったカルピスのグラスに製氷機から氷を入れ、コロッケの皿を持って二階へ戻る。

コロッケは冷えていたが、美味かった。亮太が好きな駅前の肉屋のコロッケらしかった。

相変わらず隼人はテレビを見ている。ＣＭになると、皿に手を伸ばしてコロッケを齧る。

「俺もなんか考えて、出てみようかな」

隼人が唐突に言う。てっきり自分に話しかけているのだと思った世之介が、

「出るって？」

と尋ねると、

「え？……ああ」

と、隼人は光司に話しかけていたらしく、世之介の声がしたので驚いている。それでも、いればいたで話し相手にはしたいようで、

「こういう仮装って、きっと先に何をやるか決めると面白いのができねえんだよ。この『古代ローマの船』にしたって、先に古代ローマの船をやろうと思って始めたんじゃなくて、子供の足が並んでるところ見て、『なんか、昔の船のオールっぽいな』って気づいたから面白くなるんだよ」

見ているのは「欽ちゃんの仮装大賞」だが、隼人は「朝まで生テレビ！」で日米安保を語っているように熱い。

「……だからさ、適当に遊んでるうちに。……あ、そうだ」

ふと何やら思いついたらしい隼人が階段を駆け下りていく。

何事かと待っていると、何やら古びたストッキングを持って戻ってきて、

「世之介、ちょっとこれ、かぶってみ」

と無体なことを言う。

「嫌ですよ」

「いいから、ちょっと、ほら」

差し出されたストッキングを、「これ、おばさんの？」と言いながらも、とりあえずかぶってみる世之介も、実はちょっと仮装大賞に出てみたいのである。

世之介がストッキングを頭にかぶると、隼人が前後左右、上から下からと眺めて回りながら、引っ張って顔を吊り上げたりする。

ちなみに光司も気になるようで、その目が興味深そうにストッキングをかぶった世之介に向けられている。

「なんか、ぜんぜん思いつかないな」

熱しやすく冷めやすいの典型で、さんざん世之介の顔をこねくり回したあと、隼人があっさりと諦める。

世之介も鏡のまえに立って自分なりに考えてみるが、テレビに出てくる他の力作を相手にして、更に高得点を叩き出せるアイデアは出てこない。

隼人はすでに定位置の座椅子に戻ってテレビを見ている。光司も飽きたようで、同じようにテ

レビに目を向けている。

世之介だけが往生際悪く、鏡に向かってストッキングを上に引っ張ったり、横に伸ばしたりし続ける。

とにかく居心地の良い部屋である。

きっと、いろんな人のいろんな思いが、何年も何年もかけて溶け合い、こんなに居心地の良い空気になったのだろうと世之介は思う。


ワゴン車のトランクからクーラーボックスを運び出しているのは、世之介と隼人である。二人で抱えるクーラーボックスは、昨年の夏、河川敷でのバーベキューに大活躍したものだが、抱えている二人は残念ながらサイズの合わぬ喪服姿である。

二人が缶ビールやジュースの入ったクーラーボックスを運び込もうとしている先は、火葬場のお清め所と呼ばれる待合室で、すでに茶毘《だび》にふされた光司を待つべく、家族や親戚、友人たちが待っている。

「世之介、そんなにくっつけたら、服汚れるぞ。慌てて出してきたから、このクーラーボックス、ちゃんと拭いてねえんだよ」

世之介のレンタル喪服を心配してくれる隼人の目は、さっきまでの葬儀で泣き腫《は》らして、まるで四谷怪談のお岩さんである。

葬儀の最中、隼人は人目も憚らず、まるで子供のように泣きじゃくった。光司の両親の配慮で、親族席に座らせてもらっていたので、その姿は参列者たちに丸見えだった。

司会者が開式を告げ、導師の僧侶が入堂すると、いよいよお別れかと万感の思いが胸に込み上げてきたようで、とうとう嗚咽《おえつ》が止まらなくなり、場慣れしているはずの僧侶さえ、読経《どきょう》の最中、何度も心配そうに隼人を見遣るほどだった。

そんな隼人に、光司の父親がハンカチを貸し、もう涙も鼻水も一緒くたで汚したハンカチを、今度は光司の母親が奪って、ハンドバッグにしまってやる。

もちろん両親も目に涙を浮かべているのだが、ほとんど過呼吸のようになっている隼人のことが心配で、泣くに泣けないという状態だった。

読経が終わり、光司の父親が挨拶に立つ。

ここから参列者の焼香までは、隼人もなんとか嗚咽を堪えていたが、いよいよ棺《ひつぎ》に生花などをみんなで入れ始めると、

「光司〜、光司〜」

と、名前を呼びながら、その体にすがり、とうとう蓋に釘が打たれ始めると、もう立っていられなかった。

そばにいた世之介がとっさに隼人を支えた。隼人はもう誰に支えられているのかも分からぬようで、

「おばさーん、おじさーん」

と、光司の両親の胸に自分の顔を埋めて泣きじゃくる。

隼人の懺悔《ざんげ》と後悔は、すでに痛いほどみんなに伝わってくる。光司の悔しさと悲しみも受け止められぬほどの重みを持って伝わってくる。

もちろんそこには愚かな行為があり、被害者がおり、加害者がいる。決して許されぬ罪があり、癒やせぬ傷がある。

ただ、その傷を、みんなが必死になって、それこそ傷だらけになって癒やそうとしてきたのである。

そのころにはもう、参列者の誰もがもらい泣きをしていた。隼人を支えながらの世之介までが、自分でもどう扱っていいのか分からぬような感情になり、溢れ出る涙を止められなかった。

火葬場の待合室へクーラーボックスを運ぶと、世之介は隼人と二人で缶ビールやジュースを参列者に配って回った。

光司の家はさほど親戚が多くない。隼人の話によれば、光司の父親は北陸の出身らしいのだが、若いころに家を飛び出して以来、ほとんど家族との付き合いはなく、今回の葬儀にも、こちらに住んでいるという従兄が一人参列しているだけである。一方、光司の母親も実家は川を挟んだ千葉の市川市と近いのだが、老いた両親と姉が一人いるだけで、その姉にも子供はいない。

結果、待合室に集うのは、近隣の人たちとなる。こちらは光司の両親が自治会の役員をしているせいで数も多い。

「ちょっと、外、出てようぜ」

あらかた飲み物を配り終えると、隼人が誘ってくる。

世之介は自分用の缶ビールと、つまみのチーズ鱈を持ってついて出た。

火葬場の外に出ると、駐車場の係員用なのか、外に大きなストーブが焚かれている。コートも羽織ってこなかった世之介たちは、そこで暖をとった。

「あー、泣いた泣いた」

照れもあるのか、隼人が大げさに笑ってみせる。ただ、ちょっとでも光司のことを思うと、また涙が溢れてくるらしく、そうふざけながらも乱暴に目をこする。

世之介は持ってきたチーズ鱈を一本渡した。

素直に受け取った隼人が、

「十三年も、よく頑張ったよな、光司の奴」

と、ぽつりと言う。

「……最初はさ、三年持つかどうかって言われてたんだぞ。いや、ほんと、あいつ、よく頑張ったよ」

隼人が、チーズ鱈をもう一本くれ、と手を差し出してくる。

「隼人さんも、よく十三年も頑張りましたよ」

世之介はチーズ鱈を渡した。

「いや、俺なんか、あいつに比べたら……」

またいろんな思いが込み上げてくるのか、隼人の声が震える。

「……なんかさ、これだけカッコ悪い姿、見られたから、もう素直に言うけどさ。俺、この十三年の間、ずっと考えてたんだよ。もし、俺が光司の立場だったら、どうなんだろうって。この十三年間ずっと、一日も欠かさず、そう考えてた」

一言一言を絞り出すように隼人が告白する。

世之介も、他にやりようもあるのだろうが、そんな隼人を応援しようと、その一言ずつにチーズ鱈を渡す。

「でも、それってすごいことですよ。だって、子供のころ、よく親とか先生に言われたじゃないですか。人の立場になって物事を考えろって。そうしたら、優しい人間になれるからって。それを隼人さんは十三年もやってきたんですから」

そんな世之介の言葉を黙って聞いていた隼人が、

「なあ……」

と、ふいに声を落とし、世之介が渡そうとしたチーズ鱈を初めて断る。

「……なあ、世之介。……光司の奴さ、俺のこと、許してくれたかな？」

隼人の顔には恐れがある。ヤクザが来ようが、警察が来ようが、決して恐れないような隼人が、これまでに見たこともない表情で聞いてくる。

もちろんですよ、光司さんはもう許してくれてますよ、と答えるのは簡単である。そう答えれば、隼人を安心させてあげられる。それは世之介にも分かっている。なのに、なぜかその言葉が出てこない。

「俺には、分からないです……」

世之介は素直にそう言った。

一瞬、隼人の顔が青ざめる。きっと、いい返事を期待して、世之介に尋ねたはずである。

「だよな？　分からないよな」

「……はい。すいません」

「だから、これからもずっと、俺は光司になったつもりで、それを考えていくしかないんだよな」

隼人が、世之介の手から自分でチーズ鱈を取り、パクッと口に放り込む。

世之介もチーズ鱈を一つ齧った。なぜかいつもよりしょっぱいが、やはりチーズ鱈は美味い。

「お疲れさまです。寒いっすねー」

どこかへ行っていた駐車場係の男が駆け寄ってきたのはそのときで、世之介と隼人は凍えている係員に少し場所を譲った。

やけにニヤニヤしているので、

「なんかいいことありました？」

と、世之介が冗談半分に聞くと、

「息子がね、たった今、生まれたって」

と破顔する。

「え？」

思わず世之介と隼人は声を揃えた。

すぐに状況に気づいた駐車場係が、

「あ、すいません。こんなときに」と謝る。

「いやいや、そんなん関係ないっしょ。おめでとうございます！」

早速、隼人が祝い、世之介も思わず手にしていたチーズ鱈を、お祝いに駐車場係に差し出した。


久しぶりの平日休みである。

光司の葬儀から納骨まで、誰よりも働いた隼人のために、親父さんが臨時休業としてくれたのである。

久しぶりに寝坊をし、髪でも切ろうかと、昼近くになってライジング池袋の部屋を出てきたのは世之介で、向かうのは当然、行きつけの床屋なのだが、実はここ最近、髪は節約のため桜子に切ってもらっているので、ずいぶんご無沙汰である。

「お客さん、久しぶりだな」

床屋のドアを開けると、強面の理容師が迎えてくれる。

「お久しぶりです」

平日で店は空いており、店主のおばさんも留守らしい。

世之介は案内されるまま、椅子に座ると、店をぐるりと見回した。

「てっきり、どっかに越したのかと思ってたよ」

早速、強面の理容師が熱いタオルで髪をゴシゴシとこする。

「ここ最近、彼女に切ってもらってて」

その辺りで、鏡の中の理容師と目が合う。強面だという固定観念があったのだが、久しぶりに見ると、その表情がちょっとだけ柔らかくなっている。

相手が妊婦なら、「女の子だね」と言いたいところだが、さすがに妊婦には見えない。

桜子が、世之介の髪も切ってやろうかと言い出したのは、いつものショッピングの最中、亮太用の新しいバリカンを選んでいるときだった。

「え？　いいよ。子供じゃないんだから」

と、一応、世之介は断ったのだが、横を見ると、襟足も涼しげな亮太が立っており、桜子の腕は悪くない。

以来、切ってもらっているのである。

ちなみに桜子は、腕はいいが乱暴である。まず工場前の空き地に椅子を置く。もちろん洗髪はセルフサービスなので、風呂場で髪を洗った世之介は半乾きのまま急いで外へやってくる。

椅子に座ると、スヌーピー柄の散髪ケープをつけるのだが、このケープが針金入りの優れもので、フレアスカートのような形で裾が折り返されており、切って落ちた髪がそこに溜まるようにできている。

あとはもう、耳を引っ張られ、髪を鷲掴みにされ、最後には首を折られるようにして、桜子が切っていく。

途中経過は暴行に見えるが、最終的には襟足も安全剃刀で青々と揃えられ、出来栄えはそんじょそこらの床屋に引けを取らない。

ちなみに、ここ最近は世之介が桜子の技術を引き継いで、亮太の髪を切っている。基本的には丸刈りなので楽なのだが、とにかくじっとしていない。

世之介もこの床屋で頭を動かすたびに、強面の理容師にガシッと頭を押さえられていたが、同じことを亮太にやっている。

「お母さんがね、僕が頼んだこと、全部忘れるの。どうしたらいいのかなぁ？」

亮太は髪を切り始めると、なぜか饒舌になる。家でも保育園でも、どちらかといえば口数は少なく、黙々と遊んでいるタイプなのだが、なぜか散髪中だけは話が止まらない。

「お母さん、何を忘れるの？」

「だから、全部だよ。全部」

「だから、何を忘れたの？」

「それはね、……もう、忘れた」

執念深いのか呑気なのか、よく分からないが、そうやって晴れた日の午後、亮太の髪を切っていると、なんともいえず贅沢《ぜいたく》な気分になってくる。

まさか東京の下町の土手沿いで、こんなにも贅沢になれることがあるなんて、正直想像もしていなかった世之介である。

「そういや、元気してんのか？」

早速、バリカンにスイッチを入れた理容師に、

「おかげさまで」と答えると、

「違うよ。お客さんじゃなくて、ほら、例の彼女」

と、バリカンのスイッチを切る。

「ああ、浜ちゃん？　ええ、元気ですよ。このまえも一緒に初詣行きましたから」

「そうか。で、まだ、あれか？」

理容師が自分の頭をクルクルッと撫でる。

「いや、もう伸ばしてますね。でもバレー部の女の子くらい」

ジーーーーと、まずは襟足にバリカンが入る。

「あんた、なんか雰囲気、変わったな」

ふいに理容師が鏡越しに顔を覗き込んでくる。

「そうですか？」

「うん、なんか、ちょっと顔に責任感出てきたよ」

「え？……せ、責任感ですか？」

世之介は慌てて顔を触った。

「責任感だぞ、蕁麻疹《じんましん》じゃないぞ」

世之介の驚きように、理容師も慌てる。

「いやいや、え？　責任感？　いやいや、だって俺、生まれてこのかた、その責任感ってやつだ

けには、とんと縁がないんですって。責任感がないと言えば、俺なんですから！」

謙遜しているというより、濡れ衣でも晴らそうとする勢いである。

「ちょ、ちょっと待ちなよ、お客さん。褒めてんだぞ」

さすがに理容師が呆れると、

「そ、そうですよね。責任感あるって言われて、怒ることないですよね」

と、世之介もやっと落ち着きを取り戻す。

「いや、前はさ、なんか軽そうな男だなって思ってたんだよ。こんなこと、客に言うと叱られんだろうけど」

「いや、大丈夫ですよ。自分でも軽いなーって思うことありますもん」

「でも、まあ、まえよりちょっと、人生に重みが出てきた感じするよ」

「ほんとですか。なんか、自分ではそうじゃないかなーって、実はちょっと思ってたんですけど、誰も言ってくれないから気のせいかと思ってました」

今度は逆に調子に乗り出した世之介の頭を、理容師が呆れたようにグイと前へ倒す。

世之介もお礼がわりに、あなたも雰囲気が変わって、なんとなく表情が柔和になりましたね、と伝えたいのだが、あなた、と言うのもヘンだし、かといって理容師さん、と言うのもおかしい。お兄さん、では馴れ馴れしいし、旦那さん、と呼ぶにはまだ若いし、もちろん、君、などと言ったら、すぐさまぶっ叩かれそうである。

世之介は改めて鏡の中の理容師の顔を見た。

……あ、もしかしたら、ほんとに結婚して子供でもできたのかも？

と思いはしたが、結局、呼び方を決めかねて、言わずにおくことにした。

散髪が終わると、世之介はさっぱりした気分で店を出た。

久しぶりに味わった本職の腕は、さすがに素人とは比べものにならず、バリカンを入れた襟足は新品の服でも着たようだし、いい匂いのシャボンで剃ってもらった顔など、まるで自分の顔じゃないようである。

店を出て、大きく背伸びした世之介は、まえの商店のガラスに映る自分に目を向けた。

まえよりちょっと、人生に重みが出てきた感じするよ。

理容師の言葉が蘇り、ついニヤッとしてしまう。

「いよいよ俺にも責任感が出てきたかあ」

あくまでも、まえよりちょっとのことなのだが、それでもなんとなく誇らしい世之介である。

二月　雪景色

大陸からの大寒波が居座る土曜日の夜である。

ネオン華やかな池袋の歓楽街とはいえ、道行く人はもちろん、アスファルトも看板も何もかも冷え切っている。

こんな夜は、あったかい鍋で一献、と考えるのは、世之介たちだけではないようで、コモロンとの差し飲みに選んだのは、去年辺りから大ブームとなっているもつ鍋の店で、トイレ前のカウンターの片隅とはいえ、席があったのが奇跡と思えるほどの混みようである。

ちなみに、店を選んだのは、とにかく流行に踊らされるコモロンだったのだが、いざ注文してみると、なんとなくその箸の動きが鈍い。

幸い世之介は博多で食べたことがあったので大好物なのだが、コモロンの方はどう見ても、もつの脂っぽさというか、臓物感が苦手のようである。

「コモロン、無理して食べなくていいって」

「無理してないって」

「なんか、別の注文すりゃいいじゃん。刺身とか唐揚げとか」

「だから、無理してないって。美味いじゃん、もつ」

「いやいや、さっきからぜんぜん箸動いてないじゃん。たまに動いても、鍋から取るのニラだけだし」

「もつも取ってますけど」

「そんな、ムキにならなくてもいいじゃん」

「なってませんけど」

というその顔がムキになっているのだが、本人としてはやはり流行にはどうしても乗りたいらしく、見ていてかわいそうなほど我慢して、もつを口に運んでいる。

正月以来なので、もう少し話もあるかと思っていたが、いざ会ってみると、特にお互い話もない。

とはいえ、だったら以前のように週に二度も三度も会っていたころは、話が尽きなかったのかと言われれば、首を傾げるしかなく、要するに話があるから会うというのは定説だが、話がないから会いたくなるという友人もいるのだなーと、妙なところに気づく世之介である。

結局、無理に無理を重ねて流行に乗ったせいもあったのか、

「明日、留学する語学学校のガイダンスだから帰る」

と、コモロンの乗りも悪く、きっちり飲み放題の終了時間まで飲むと、早々に店を出た。

ただ、地下の店から外へ出た途端、思わず二人で声をもらす。

なんと、池袋の明るい夜空から、はらはらと粉雪が舞っていたのである。

「わー、雪」

と、思わず声をもらした世之介の横で、

「わー、雪」

と、コモロンも両手を広げる。

「ニューヨークなんて行ったら、もっとすごいんじゃない、雪」と世之介。

「だろうねー。スティングのPVとか見ると、すごいもんね」

「なんかさ、厚いコートの襟とか立てて、蒸気の上がるダウンタウンの路地とかを、コモロンも歩くんだねー」

「寒そー」

「あ、餞別《せんべつ》にマフラー買ってやるよ」

「いいよ、持ってるし」

「じゃ、使い捨てカイロは？」

「あ、それ欲しい。アメリカになさそう」

とかなんとか言いながら、歩き出したロマンス通りでは、粉雪の舞う夜空を誰もが見上げている。

「じゃ、また、コモロン」

「うん、じゃ」

通りの途中で左右に分かれ、世之介はいつもの道を自宅へ戻る。その間も粉雪はますます勢いを増し、放置自転車のサドルや、路上に捨てられた空き缶に、うっすらと積もり始めている。

明日、積もってるかなー。

銀世界の東京を想像しただけで、スキップでもしたくなる世之介である。

せっかくなので、酒でも買って帰って、部屋で雪見酒と洒落込もうと、いつものコンビニに立ち寄ろうとすると、いつもはこの時間、店内のイートインで腹ごしらえしている南米からの娼婦たちが、珍しい雪にその頬を紅潮させて、みんなで店先に出てきている。

おそらく、「雪よー」「初めて見た！」「私は去年も見たけどね」「わー、見て見て、すぐ溶ける」「冷たい！」「積もるのかなー」などと、そんな歓声を上げているらしく、世之介が近づいていくと、これまでに何度となく、

「お兄さん、遊ぶ？」

と、挨拶のように声をかけてきた女が、

「スノー」

と、初めて「お兄さん、遊ぶ？」以外の言葉をかけてくる。

「イエス。スノー！」

世之介も、夜空を指して微笑めば、まるで空が破れたように、更に粉雪が舞ってくる。

雪の降りしきる夜には、彼女たちの勝負服はあまりに寒そうである。それでも粉雪の中、嬉しそうに空を見上げる彼女たちの横顔は、なんとも美しいのである。

まあ、予想はしていたが、翌朝、世之介が待ち切れぬとばかりに向かった桜子の実家では、もっと待ち切れぬとばかりに着膨れした亮太が待っていた。

ちなみに、昨夜来降り続いた雪は、東京の町を白銀の世界に変えている。

「ごめん、ごめん。総武線が雪で何度も止まって」

早速、言い訳する世之介のまえでは、すでに毛糸の帽子、手袋、と完全防寒の亮太が一秒でも無駄にできないとばかりに、その足を長靴に突っ込む。

「じゃあ、私たち、出かけるから、亮太お願いね。三時には戻れると思う」

喪服姿の桜子が、親父さんに数珠《じゅず》を渡しながら玄関に出てくる。

「その親戚のおばさんって、付き合いあったの？」

長靴を履く亮太を手伝ってやりながら世之介が尋ねると、

「最後に会ったのが小学校の一、二年ころかな？」

と、首を傾げる桜子に、

「典型的な意地悪ババアだったから、会うの嫌だったんだよ」

とは親父さんで、桜子から受け取った数珠を乱暴にポケットに突っ込む。

「……何が気に入らねえのか、とにかく一から十まで文句言うんだよ。ありゃ、会話ってもんができねえんだな。自分の言いたいことだけ言って終わり。たとえば、こっちが、『いや、姉さん、そりゃ違うだろ』って、誰がどうみても正論ってこと言い返すだろ、そしたら、『でも、私はそう思わない！』だよ」

当時の腹立たしい記憶が蘇るのか、親父さんが舌打ちしながら革靴を履く。

「お父さん、革靴で大丈夫？」

「そうだな、駅まで歩けねえな」

「私、靴はこの紙袋に入れて、スニーカーで行くよ」

「そうだな、じゃ、俺もそうしようかな」

雪を迷惑がる大人たちを、無粋者《ぶすいもの》とばかりに睨みつけているのは亮太である。散々待たされた挙句、革靴かスニーカーかの問答など、三歳児の亮太でなくともどうでもいい。

「ごめんごめん、亮太、行こう。出発」

着膨れした亮太を抱え、

「行ってきます」

と、白銀の世界に飛び出すと、

「鍵、いつものところね。あと、三時には戻ってくるから」

と桜子の声が追ってくる。

すっかり雪雲も去り、真っ青な冬空の下、工場前の広場も道路も、そしてまだ誰の足跡もない土手も、白一色に輝いている。

その土手を這って登ろうとする亮太に、

「あ、そうだ。ちょっと待ってろ」

と、世之介は工場に駆け戻り、橇《そり》に使おうとポリバケツのふたを持ってきた。

亮太と並んで、急な土手を這って上がる。

白く染まった河川敷は、冬日を浴びてまばゆいほどで、雪景色というのは遠近を狂わせるのか、遠いグラウンドを駆け回っている犬の姿がとても近く、逆にすぐそこで雪だるまを作っている子供たちが、とても遠い。

「亮太、これで滑ってみるか？」

世之介が土手にポリバケツのふたを置くと、

「危ないもん」

と、亮太が尻込みする。

「大丈夫だよ。じゃ、俺が先にお手本みせるぞ」

言うが早いか、世之介が裏にしたポリバケツのふたに乗り、器用に足を曲げて、反動をつけて尻を動かせば、ズルズルッと斜面を動いたふたが、とつぜん一気に滑り出した。

急な斜面でバランスが崩れ、ふたがクルッと一回転した途端、世之介の体が投げ出される。ただ、投げ出された先は、まだ誰の足跡もついていない、柔らかな雪の上である。

世之介は悲鳴を上げながらも、その雪の感触を楽しむように、土手をゴロゴロと転がった。下まで転がって止まったところで、滑ってきたふたがその頭にゴツンと当たる。

見ていた亮太はもちろん、近くで雪だるまを作っていた子供たちも大笑いである。

「危ない、危ない。亮太は、もっと下から滑った方がいいぞ」

言いながら、ふたを片手に雪の土手を駆け上がる世之介の元へ、上から亮太も滑り降りてくる。

「いいか、ここからな」

置いたふたに亮太を乗せ、

「ほら」

と背中を押せば、ふたの大きさと亮太の体重がちょうどいい比率なのか、見ていて気持ちがいいほど雪の斜面を優雅に滑っていく。

「亮太、おまえ、うまいな」

「速かったよ。すぐだった！」

亮太の華麗な滑りに魅せられたのか、雪だるま作りに夢中だった子供たちが、世之介のときはまったく興味を示さなかったくせに、

「僕もやらせて」

と駆け寄ってくる。

「よし、じゃあ、順番だぞ。一列に並べ！」

世之介の号令に、一様に着膨れした子供たちが整列する。

「おーい！　世之介！」

土手の上から隼人の声が聞こえてきたのはそのときである。見れば、綿入れ半纏《はんてん》を羽織った寝起きの隼人が、寒そうに手を振っている。

世之介は、ポリバケツのふたを一番年長らしい女の子に渡すと、

「隼人さん、葬式は？」

と尋ねながら土手を上がった。

「昨日、夜中にちょっと顔出してきたからもういいよ。とにかく意地の悪いババアだったし」

と言いながらも、亡くなった晩にちょっと顔を出しに行っているところが隼人らしい。

「……それより、これこれ」

隼人が半纏の中から取り出したのは、一通の封筒である。

「なんですか、これ」

「いや、実はさ、勝手におまえの写真をコンテストに出してたんだよ。そしたら、ほら」

すでに封は切ってあり、隼人が中から一枚の用紙を取り出す。

「……ほら、佳作だって」

「な、なんすか、これ？」

隼人が広げた用紙には、確かに「佳作」という文字がある。

「いや、だから、おまえの写真をこのコンテストに送ったの。まえにおまえがくれたろ。俺や親父が工場で働いてるところを写した写真」

「え？　あれ？」

「そう。でな、賞金三十万円だっていうんで、試しに送ってみたんだよ。そしたら、ほら」

「こ、これ、いつ来たんですか？」

「今。今、郵便受け見たら入ってた」

世之介は改めて、佳作受賞を知らせる文面を読んだ。聞いたこともない地方の町が主催している写真コンテストだが、そこの誰かが自分の写真を認めてくれたことは間違いない。

「でも、佳作は賞金ねえんだよ。ほら、代わりに賞品がわさび漬けだって」

と、隼人はがっかりしているが、世之介にしてみれば、賞金があろうがなかろうが、賞品が苦手なわさび漬けだろうが何だろうがどうだっていい。何しろ、自分の写真を、生まれて初めて公の場所で誰かが認めてくれたのだ。

「……やった。ヤッタ！」

世之介はそう呟くと、思わず両手を上げた。

次第に喜びが込み上げてくる。

「初めて誰かに認めてもらえた……」

あとはもう、心の底から万歳三唱である。

「バンザーイ。バンザーイ。バンザーイ！」

世之介の声が冬日を浴びた雪景色に響く。

●

テレビのワイドショーでは、今朝も大々的に現在開催中のパラリンピック競技の試合結果を伝えている。先に行われたオリンピックの終了とともに、この日本中を沸かせた熱狂が冷めてしまうのではないかと、パラリンピック関係者たちはとにかく心配していたのだが、ふたを開けてみれば、東京はもちろん、日本中がパラリンピックに熱い視線を向けてくれている。

テレビのまえに立ち、昨夜行われた上肢切断による障害のある選手たちのトラック競技の試合結果を眺めていると、

「亮《りょう》ちゃん、そんなにのんびりしてていいの？」

と、いつの間にか妻の千夏《ちなつ》が横に立っていた。

「うん、もう出る」

「亮ちゃんが、安藤《あんどう》くんを迎えに行くんでしょ？」

「いや、安藤はコーチたちの車で来るから、俺は直接、競技場入り」

「そうなの。じゃあ、もうちょっと時間あるか」

千夏が目立ち始めた腹を摩りながら、サッシ戸を開けて小さな庭に出ていくと、一斉に蟬の声が飛び込んでくる。

東京郊外に建つ小さなアパートだが、一階の各戸には洗濯物が干せる程度の小さな庭がついており、敷地の向こうが大きな公園なので、今のような夏場は虫で大変だが、森の中で暮らしているような静けさがある。

「今日は、私もお義母さんたちと一緒に応援行くから」

洗濯物を干しながら千夏が言うので、

「またお袋が心配するぞ」

と、なんとなくサッシ戸のレールに立って庭へ顔を出した。

もちろん千夏も三週間前に行われたオリンピックのマラソン競技を、母の桜子や祖父の重夫と競技場で応援するはずだったのだが、テレビクルーの入った取材である上、競技場から二十キロ地点、三十五キロ地点と炎天下を移動しなければならないため、身重の体には一番大事な時期でもあり、万が一のことを考えて、その日は自宅で観戦していたのだ。

千夏の話によれば、大観衆の中十一位でゴールした夫の姿に、いつまでも涙が止まらなかったらしい。

実際、その言葉に嘘はないようで、大会が終わって三週間が経つ今でも、毎晩のようにレースの録画を見ながら、

『さあ、日吉亮太選手がいよいよゴールです。大観衆が日吉選手のゴールを総立ちで迎えようとしております。ゴール地点には森本選手の姿もありますね』

『日吉選手、本当に大健闘だと思います。十一位という順位ではありますけど、誇っていいと思います。私たちも、本当に日吉選手のことが誇らしいです』

というアナウンサーの言葉に未だに涙している。

「に、してもそろそろ飽きるだろ？」

最近ではさすがに呆れて笑うのだが、

「だって、世間は金メダルとった森本選手の話ばっかりでしょ。だから、うちだけは亮ちゃん推《お》しでいこうと決めたのよ」

と、慰めてくれているのか茶化しているのか、よく分からないことを言う。

実際、あの日を境に、金メダルを取った森本は、連日テレビなどに引っ張りだことなっている。

「じゃ、そろそろ行くよ」

洗濯物を干す千夏の姿を眺めたあと、なんとなくそう声をかけた。

その声が聞こえたのか、お隣の奥さんが生垣からひょいと顔を出し、

「今日、パラリンピックのマラソンでしょ？　テレビで応援してるから、頑張ってよ」

と声をかけてくれる。

生垣には千夏とこの奥さんとで植えた薔薇が見事に返り咲きしている。

もともと先に出場が決まっていたのは、今日行われるパラリンピックのマラソン競技に出場する安藤拓真《たくま》選手の伴走者としてだった。

安藤は視覚障害がありながらも、ずば抜けた才能のある選手で、前々から噂は聞いていたのだが、なかなか適任の伴走者が見つからないという話を耳にした数年前、思わず自分にやらせてもらえないかと手を挙げた。

以来、まさに二人三脚とはこのことかと言うほど、ときにトレーニング法について喧嘩もし、ときにともにアスリートという自負とプライドがぶつかり合って口論もしながら、結果として両者揃っての東京オリンピック・パラリンピック出場となった。

もちろん、正式にオリンピックの代表選手と決まった際、協会から安藤の伴走は辞退した方がいいんじゃないかという話があった。実際、直前の調整などでなかなか難しいスケジュールになるのは間違いなかったので、

「俺は、多少の不都合があっても、おまえと走りたいと思ってるし、そのせいで自分の試合に影響が出るとは思っていない」

と、安藤に正直な気持ちを告げた。

幸い安藤も同じ気持ちだったようで、ならば二人揃って最高の舞台にしようと誓い合ったのだ。

「じゃ、行ってくるよ」

玄関を出ると、千夏がわざわざサンダルを履いて見送ってくれる。

「行ってらっしゃい。しっかりね」

ポンと肩を叩かれ、「あいよ」と微笑む。

「あれ」

と、千夏が郵便受けに差し込まれた封筒を手に取ったのはそのときで、

「亮ちゃん宛て。日吉隼人だって？　誰？」と差し出してくる。

「あ、伯父さんだよ。お袋の兄さん」

「ああ、あの外国船に乗ってるって伯父さん？」

「そうそう。……時間ないから持ってくわ」

受け取った封書をバッグに突っ込む。

あいにく、駅へ向かうバスは満員で手紙を読むことはできず、新国立競技場へ向かう電車も更に混み合っていた。

混み合った電車の中、必死につり革に摑まっていると、遠い昔、隼人伯父さんや世之介兄ちゃ

んと自動車整備工場のまえの広場で遊んでもらっていたころの記憶がぼんやりと蘇ってくる。

犬の真似をした世之介兄ちゃんに追いかけ回されたり、隼人伯父さんが焼き芋を焼いてくれたりする風景なのだが、おそらくまだ三歳か四歳ごろのことなので、どちらかといえば、実際の記憶よりも、手元に残っている写真からのイメージの方が強い。それでも当時の隼人伯父さんや世之介兄ちゃんの声ははっきりと蘇り、二人に抱え上げられると、とても近くなった空や、遠くまで見えた景色が浮かぶ。

あれはそのころだったか、大雪が降った日、土手で橇遊びをした。

写真で残っているから覚えているのかもしれないが、いつの間にか、近所の子供たちも大勢集まってきて、世之介兄ちゃんが持ってきたポリバケツのふたを橇にして、何度も何度も斜面を滑った。

途中、隼人伯父さんが工場から橇になりそうなものをいろいろと持ってきてくれたはずで、あのときの土手を猛スピードで滑り降りる感覚や、橇から投げ出されて転がった雪の冷たさが、不思議と未だにはっきりと思い出せる。

特にこのときのことを覚えているのには理由もある。

この日、世之介兄ちゃんの元に写真コンテストの結果が届いたのだ。聞いたこともない地方の町の小さな写真コンテストで、その上、受賞ではなく、佳作という中途半端なものではあったが、

「誰かに認められるって、すごく幸せなことなんだぞ」

と、世之介兄ちゃんはその後もことあるごとに、

「おまえと土手で雪遊びしてたら、綿入れ半纏着た隼人さんが眠そうな顔で封筒持って来てさ、その封筒がさ……」

と、この日の話をしてくれたのだ。


「安藤、調子どうだ？」

競技場の選手控え室に、白杖《はくじょう》を持った安藤がコーチたちとともに現れた。とりあえず声をかけて、その肩に触れてみたが、

「ええ、調子いいです」

と本人が答える通り、顔色もいい。

「とりあえず着替えて、ウォーミングアップ入ろうか」

こちらの指示に、安藤もすぐに着替え始める。

着替えを待つ間、シューズのクッションを調べていた真鍋《まなべ》コーチを相手に、レース中の気温について最終確認をした。

曇り空で比較的走りやすい天気だが、もしかするとレース終盤に雨になる可能性がある。

控え室には各国の各選手たちも集まり始めており、笑い声の響く穏やかな雰囲気の中にも、国際大会らしい緊張感がみなぎっている。

着替え終えた安藤とともに、ウォーミングアップ用のコースに出た。準備運動をしていると、

「亮太さん」

とふいに安藤が声をかけてくる。

「どうした？　シューズ、また違和感あるか？」

「いや、そうじゃなくて……」

「なんだよ？」

レース前の緊張かと思い、わざと軽い口調で尋ねた。

「あの、レースのまえに言わせてください。今回のレースがどんな結果になったとしても、俺、亮太さんに伴走してもらえて本当に良かったです」

「なんだよ、畏《かしこ》まって」

「これまでにも、いろんな人の世話になって走ってきたけど、亮太さんだけなんですよね。勝つために走らせようとしてくれたの。やっぱり俺らみたいな選手だと、完走できれば感動っていうか、そういうスタンスで見られることあるんだけど、亮太さんだけは、なんか最初から本気だったっていうか、感動なんかいいから、一人でもまえの奴を抜けっていう、そんな気持ちがすげえ伝わってきて」

次第に安藤本人も照れ臭くなってくるのか、しきりに自分の鼻を掻く。

「だったら、今日も一人でもいいからまえの奴抜けよ」

安藤の照れ臭さを救ってやるように、そう言った。安藤にもその気持ちは伝わったようで、

「抜きますよ。いつも通り、後半まで粘って粘って、最後の最後でごぼう抜きしていきますから」

と、いつもの強気な態度に戻る。

そんな安藤と並び、軽く練習用のトラックを走り始めると、なぜかまた世之介兄ちゃんのことが思い出される。自分でもどうして今日に限って、こんなに世之介兄ちゃんのことばかりが蘇ってくるのか分からない。もちろん命日というわけでもない。

浮かんでくるのは、自転車に乗って伴走してくれる世之介兄ちゃんの姿だ。江戸川マラソン大会の小学生の部で優勝したのが、すべての始まりだった。

その後、大会関係者や学校の先生の勧めもあり、都内や千葉で行われるマラソン大会に出場するようになった。試合前、いつも練習に付き合ってくれたのが世之介兄ちゃんだった。一緒に走ったり、仕事で疲れていると、自分は自転車に乗って伴走してくれた。今、思えば、小学生のマラソン大会などお遊びの域を出ないのだが、それでも彼の声援はいつも本気で、荒川の土手を走っているだけなのに、それこそオリンピックにでも出ているような気持ちにさせてくれた。

ちょうどそのころから、自分の本当の父親だという人と会うようになっていた。嫌ではなかったが、楽しみでもなかった。

そんなとき、世之介兄ちゃんと一緒に土手を走るのがなによりも楽しかった。本当の父親だというその人とのことを考えたり、会って話をしたりしたあとに、自分の心がいろんな気持ちでいっぱいになる。ただ、その気持ちがいったいどんな気持ちなのか、自分でもちゃんと言葉にできず、ただオロオロしたり、腹が立ったり、悲しかったりした。

だけど、世之介兄ちゃんと土手を走っていると、そんな気持ちが必ずどこかへ飛んでいった。

世之介兄ちゃんと一緒に走っていれば、きっと何もかもが良い方向に進んでいくはずだと思えた。

中学では念願の陸上部に入った。陸上の名門校というわけではなかったが、それなりの実績がある部で、友人たちはもとより、先輩たちやコーチにも恵まれたし、なによりそれまでは我流だった陸上競技というものを本格的に、また専門的に教えてもらえることの喜びをひしひしと感じる毎日だった。

あれは中学一年の終わりごろだったか、いつものようにふらっと遊びにきた世之介兄ちゃんからランニングに行こうと誘われて、

「今日は練習で疲れてるからいい」

と、初めて断った。

世之介兄ちゃんは少し寂しそうだったが、中学の陸上部の練習がどんなものなのか、今現在、どれくらいのタイムで走っているのかと、いろんなことを知りたがった。

このとき、自分がどんな気持ちだったのか、正直まったく覚えていない。もちろん世之介兄ちゃんのことを嫌いになっていたわけではない。唯一言えるとすれば、ただ、そんないちいちの質問に応えるのが面倒だっただけだ。

「世之介兄ちゃん、もう一緒に走ってくれなくていいよ。我流でやるとヘンな癖がつくし、部活の練習だけでクタクタになるし。……それにさ、なんかカッコ悪いよ。別に親じゃないけど、父親みたいな人といつまでも一緒に土手走ってたりしたら、みんなにも笑われるし」

中学生なりの素直な気持ちだった。もちろん相手を傷つけるための言葉ではない。

「なーに、ませたこと言ってんだよ」

世之介兄ちゃんからはそう言われて、頭を叩かれた。

今思えば、それは紛れもなく世之介兄ちゃんなりの寂しさの表し方だったと分かるのだが、いかんせん思春期真っ只中の中学生は、頭を叩かれたということにイラッとしただけだった。

それからぱたりと世之介兄ちゃんが来なくなったというわけではない。それまで月に一、二度だったのが、ひと月の間一度も来ない月ができたり、それが二ヵ月になったりした。ただ、その間隔にまったく気づかないほど、中学での毎日は充実していた。

世之介兄ちゃんと最後にちゃんと会った記憶があるのは、中学の卒業式だったと思う。

母に、「卒業式、世之介も呼んでいいよね？」と聞かれたとき、

「もちろんいいよ」

と答えはしたが、彼に対して何かしら特別な思いがあったわけでもない。

すでに陸上名門校への推薦入学が決まっていたし、その日卒業式が終われば、陸上部の仲間や後輩たちとの謝恩会もあり、世之介兄ちゃんと落ち着いて話す時間もなかった。

覚えているのは、蕾《つぼみ》をつけた桜の下の校門で、母と、珍しく一張羅《いっちょうら》のスーツだった世之介兄ちゃんと、三人で並んで写真を撮ったことで、これももしかすると、その写真が今も手元にあるから覚えているのかもしれない。

とにかくこのとき写真を一枚撮ると、

「謝恩会に遅れるから行くよ」

と二人を置いて、すぐに仲間たちを追いかけたことだけは覚えている。

高校では更に本格的に陸上に打ち込んだ。毎朝、授業のまえに朝練をやり、授業が終われば本格的なトレーニングをして、部活が終わっても、母が探してくれたプライベートジムで筋トレなどに励んだ。

甲斐あって、高校時代には面白いほどタイムが伸び、国体、インターハイ、そして国際大会と、活躍できる場も広がった。

その知らせを受けたのは大学一年のときだった。その年、中国の広州で開かれることになっていたアジア陸上の強化選手の一人に選ばれており、電話を受けたのは合宿先のアメリカのボルダーという町の寮だ。

かけてきたのは、父の宮原雅史だった。

会うどころか、電話で話すのも数年ぶりのことで、名乗られるまで誰だか分からなかった。

最初、父もまた何かの仕事で、ここアメリカにいるのだろうかと思った。しかし父の声はどこか重く、次に聞こえてきたのが、

「横道世之介さんって人、亡くなったぞ」

という声だった。

ピンとこないどころか、父がヘンな冗談でも言ってるのだと思った。

「何、言ってんの？」

なので、思わず笑った。しかし、

「電車の事故で、亡くなったみたいだ。線路に落ちた女性を助けようとして、横道さんと韓国人留学生の人が飛び降りたらしいんだけど、間に合わなかったみたいで……」

本当に不思議だった。世之介兄ちゃんが亡くなったという話には、まったくピンとこなかったのに、線路に落ちた人を救おうと、そこへ飛び降りる世之介兄ちゃんの姿はすぐに浮かんだ。

それからもしばらく受話器の向こうで父は何か話していたが、ほとんど耳には入ってこなかった。

その間自分が世之介兄ちゃんのことを何か思い出そうとしているのは確かだった。ただ、あんなにいろんな楽しい時間を過ごしたのに、あんなに笑い合ったのに、あんなに好きだったのに、こんなときに限って、何一つ良い思い出が浮かばない。

浮かんでくるのは、「もう一緒に走ってくれなくていい」と告げたときに頭を叩かれ、イラッとした自分のことだけだった。


『さて、続々と選手たちがトラックに戻ってきています！　今、安藤拓真選手の姿が見えました！　メダルは逃しましたが、現在七位で、力強くトラックに戻ってきました！』

『安藤選手は、本当に美しいフォームで走りますから、私たちも見習うところがたくさんあるんです』

『それにしても、三十五キロ地点での転倒は残念でした』

『給水所での混乱でしたけども、かなり大きな事態でしたね。スピードが出ている上に、パラリンピックのマラソンでは伴走者もいますから、いったん絡み合ってしまうと、大きな事故に繋がりかねませんし』
『実際、転倒してしまった四選手のうち、二選手はその場で棄権、もう一人も一キロほど走ったところで棄権という事態になってますが、安藤選手だけがトラックに戻ってきたことになります』

国立競技場を埋め尽くした大観衆の声援が地鳴りのように伝わってくる。

「安藤！　この声、聞こえるか！」

思わず声をかけた。

安藤が苦しげながらも、「はい」としっかりと頷く。

まるで安藤と二人で、競技場の中というよりも、この声援の中を走っているような気がする。いろんな人たちの声に背中を押され、腕を引かれていくような気がする。

転倒したときの足首の痛みをかばうように、安藤は走り続けている。その辛さは、互いに握り合ったロープの引き方から伝わってくる。

途中、今後のためにも棄権という選択もあると告げたが、安藤は頑として首を縦に振らなかった。

トラックを回り始めると、更に安藤への声援が大きくなる。おそらく足首の痛みは限界を超えているはずだが、その声援に応えるように安藤は腕を振り、足をまえへ出す。

声援に負けないように、こちらも横から必死に声をかける。
さあ、もうすぐ直線だぞ！
最後までしっかり！
残り百メートル！
さあ、行こう！　行け！
四十分十秒！
残り八十メートル！
自己ベスト、いけるぞ！
いける、いける！
残り六十メートル！
ロープ、離すぞ！
まっすぐ行こう！
まっすぐ！
残り四十メートル。
四十分三十秒。
いけるぞ。絶対いける！
そうだ、まっすぐ！
そのまま、まっすぐ！

安藤！

まっすぐ！


「だから普通の服装でいいんじゃないのって、アタシ、何度も言ったじゃん」

世之介の耳元で、少女時代を思い出したような恫喝《どうかつ》を必死に嚙み殺しているのは、桜子である。

ちなみに亮太を含めた三人は、とある会議室の一角に並んでいる。この会議室、M市の地域振興課にある部屋で、狭くはないが、決して広くもない。ただ、今日ばかりは毎年恒例のM市地域振興課主催の写真コンテスト授賞式という祝いの席なので、部屋の隅に押しやられたテーブルには、ちょっとした（本当にちょっとした）サンドイッチや菓子が並び、もちろん飲み物もシャンパンとはいかないが、缶ビール、酎ハイが並び、ウーロン茶やコーラなどはお徳用の一・五リットル入りが、紙コップとともに用意されている。

さて、そんなちょっと広めの会議室には、主催者であるM市の職員たちが仕事の合間を縫うように集まっているのだが、仕事の合間なので、その足元は職場用のサンダルだったり、カーディガンだったり、女子職員たちは休憩用のポーチなどを持ったりしている。

そんな中、唯一、ちゃんとしているのが背広姿の主催者代表である課長代理なのだが、こちらはもともと引っ込み思案な性格らしく、なぜか入口近くから動かない。

ということもあって、どうしても正装の世之介たち三人が悪目立ちする。

本日招かれているのは、グランプリ、準グランプリ、そして佳作を受けた三人なのだが、グランプリをもらった男性は、どこからどう見てもプロカメラマンといったラフなスタイルだし、準グランプリの大学生なんて、これからコンビニにでも行こうか程度の格好なのに、佳作の世之介たちだけがまるで幼稚園の卒園式、もしくは小学校の入学式の親子のような気合の入れようなのである。

ちなみに、シャネル風（あくまで風の）スーツを着て、今朝美容院にまで行った桜子が一番場違いで、スーツのポケットにチーフを入れた世之介と、半ズボンに蝶ネクタイスタイルの亮太がそのあとを追いかける格好である。

ということで、

「だから普通の服装でいいんじゃないのって、アタシ、何度も言ったじゃん」

と、主催者挨拶の間、世之介の耳元で恫喝する桜子にも同情を禁じ得ない。

実際、あまりにも三人が不憫に思えたのか、主催者の挨拶が終わると、集まっていた職員たちの何人かが、わざわざ背広のジャケットを取りに行ってくれたり、サンダルから革靴に履き替えてきてくれたところを見ると、三人の浮きようは残念ながら被害妄想ではない。

当初、桜子は、

「そんな小さな授賞式なんて普段着でいいんじゃない」

と頻《しき》りに言っていた。そこを世之介が、

「いや、こういうものは礼を尽くして尽くしすぎることはないって」

と譲らなかったのだ。

とはいえ、主催者の挨拶が終わり、審査員だというおじいちゃん写真家の長い講評が終わり、「では、しばらく受賞者を囲んだご歓談を」となったころには、すっかり世之介たち三人も、周囲からは「ちょっと風変わりな親子」として認知されており、となれば、部屋に入ってきたときから亮太が虎視眈々《こしたんたん》と狙っているテーブルのお菓子に突進する姿も、さほど奇異な目では見られない。

こうなると、手のつけられない亮太は、子供が好きらしい若い女性職員さんたちにお任せすることにして、この辺りでやっと世之介も一息つき、桜子と缶ビールで乾杯である。

「このパンプス履いたの、池袋の店で働いてたとき以来だから、すっごい痛い」

「足、太くなったんじゃない？」

「なんでよ？　え？　太くなってる？」

「冗談、冗談」

「っていうか、なんでこんなおシャレして、わさび漬けもらいに来なきゃいけないのよって話よ」

「佳作受賞でもらうわさび漬けだぞ。格別だって」

とかなんとか喋っていると、背後に人の気配を感じた。

振り返ると、やけに講評が長かった審査員のおじいちゃん写真家が立っている。

「あ、缶ビール飲みますか?」

世之介が気を利かせてとってやると、

「ああ、ありがと」

と受け取ったおじいちゃん写真家が、プシュとプルタブを開けた途端に飛び散った泡であたふたする。

すぐに桜子がハンカチを貸してやり、泡まみれの顔や髭はなんとかなったが、濡れたシャツはどうにもならない。ただ、当人はさほど気にもしていないようで、

「横道くんって言ったか? いいね、君の写真」

と、マイペースとはこのことと言わんばかりに話し始める。

「自分では才能あるとずっと思ってたんですけど、人に褒められたの、今回が初めてで。未だになんか、ドッキリカメラかなんかじゃないかって」

「まあ、君みたいな一般人は、ドッキリカメラには出演できないよ。あれは有名人が出るんだから」

「ま、まあ、まあそうですけど……」

なんだか、いけ好かないおじいちゃんである。

「君の写真の何がいいか、君、自分で分かる?」

「何がいいか、ですか? いや、ちょっと自分では……」

「君の写真はね、善良なんだよ、善良」

「善良？」

もしかすると、写真の専門用語なのかもしれず、曲がりなりにも写真家を志しているのであれば、多少その手の専門書も読んでおくべきだったと、このような授賞式に来た今になって焦る世之介である。

どこかに答えはないかと、目をキョロキョロさせる世之介を見限ったのか、おじいちゃん写真家が、もう一本缶ビールを持って、相変わらず部屋の隅にいる課長代理の方へ歩いていく。

せっかく声をかけてもらったのに気の利いた返事もできず、不甲斐なさもある反面、このまま難しい話になっても困っただろうなと、世之介がちょっとほっとしたのもつかの間、

「あ、そうだ」

と、ふいに足を止めたおじいちゃん写真家が戻ってくる。

てっきり缶ビールじゃなくて、酎ハイにしようと思ったのだろうと、世之介が缶酎ハイを、「はい」と差し出すと、素直に受け取ったおじいちゃん写真家が、

「君、今、何やってるの？　履歴書にはアルバイトってあったけど」

と訊いてくる。

「はい、バイトしてます。写真に写ってた整備工場で」

「ああ、あそこで働いてるの？」

「はい」

「奥さんや子供もいてバイト暮らしなんて、ダメな部類だね」

もし、わざわざ戻ってきて、これを言いたかったのなら、ますますいけ好かないジジイである。

「はあ……」

選考委員と受賞者というよりは、叱る教師に、地味に反抗的な態度をとる中学生である。

「そのバイトって、少しは時間の融通きくの？」

やっぱり酎ハイはいらなかったらしく、缶をテーブルに戻したじいさんが訊く。

「と言いますと？」

「池袋に私のスタジオがあるんだよ。今度、遊びに来るといいよ」

意地悪なんだか、面倒見がいいんだか、よく分からないじいさんである。

「え？　池袋ですか。今、住んでます。北口の方に」

「あ、そうなの？　どの辺？」

「北口からラブホ街を抜けて、イートインのあるコンビニ……」

「南米からのお姉ちゃんたちが、いつも溜まってる？」

「そうです！　そうです！　そのコンビニからわりとすぐのところなんですけど」

「私のスタジオ、そのコンビニのビルの三階だよ」

「え！　うそでしょ！　じゃ、ほぼ毎日、通ってますよ」

こんなじいさんとご近所だからといって、そう嬉しいこともないのだが、なぜか興奮していると、

「お兄さん、遊ぶ？」

と、唐突にじいさんが色目を使う。

一瞬、「ん？　ボケてんのか？」と思ったが、ああ、コンビニの女の子たちの真似だと分かり、

「ノーサンキュー」

と、断る世之介である。

三月　旅立ち

春一番が吹いている。

工場前の広場に、古いソファを置いて、日向ぼっこしているのは世之介である。

風は冷たいが、降り注ぐ日差しのあたたかなことこの上ない。このままもうしばらく座っていたら、そのまま自分もソファの一部になってしまうのではないかというほどの静かな時間である。

世之介だけでなく、土手の緑も気持ち良さそうに揺れ、顔を上げれば、一人で見上げるにはもったいないほどの晴れ空で、雲もまた気持ち良さそうに浮いている。

「幸せだねえ」

おやつのたい焼きを一口齧ると、そんな言葉が思わず口からこぼれる。

「ただいまー！」

土手沿いの道から亮太が駆け寄ってきたのはそのときで、世之介が座っているソファに気づくと、

「どうしてお外に出したの？　これ、おうちのでしょ？」

とソファの周りをぐるりと回る。

歯医者の帰りにしては機嫌がいいのは、やはり桜子の言う通り、最近歯科医院に入ったという

歯科助手の女性に、亮太が惚《ほ》れているからである。

「これ、捨てるんだって。さっき、親父さんが出したんだよ。ほら、ここがもう破れちゃってるだろ」

破った本人に犯行現場を見せているのだが、本人は黙秘する気らしく、

「でもさー、これ、捨てたら、僕たちはどこに座るの？」

と話を変える。

「新しいの買うんだって」

「僕が選べる？」

「無理だなー」

「なんで？」

「亮太の趣味、子供っぽいもん」

とかなんとか言い合っていると、遅れてやってきた桜子が、

「なんか、そのソファ、うちの中にあると、デカくて邪魔だとばっかり思ったけど、外に出すと、わりとちっちゃいんだね」

と、今さら名残り惜しそうにソファの肘掛けを撫でる。

「……あ、そうだ。今朝のスーパーまる福のチラシ見た？」

長年付き合ってきたわりにはあっさりした別れで、桜子がすぐに話をソファから新聞のチラシに変える。

「さっき見た。あの特売価格、異常じゃない？」

「すごいよね。なんかさ、本当に価格破壊が始まったんだね」

「あー、それ、気に入ってるよな。その、価格破壊」

「私、破壊って言葉、嫌いじゃないもん」

「あー、それは笑えない」

「ねえ、それより、明日、その特売会、行けそう？　また、あのおじいちゃん先生のスタジオに行くんでしょ？」

「行くけど、夕方からだから、朝一でこっち来て、特売行ってから戻るよ。っていうか、そのおじいちゃん先生ってやめろって。そういうのはね、今度、会ったとき、口からぽろっと出るんだから」

「いいじゃない。別に『先生』はつけてんだから」

ちなみに、今、二人が話題にしているのは、もちろん先月の授賞式で知り合った写真家のおじいちゃんなのだが、帰宅してから調べてみたところ、なんとこのおじいちゃん、大路重蔵《おおみちしげぞう》という日本写真界の重鎮の一人だったのである。

では、なぜそんな重鎮が、M市の小さな写真コンテストの審査員などやっていたかというと、どうやらこの重鎮のおじいちゃんが、M市で生まれ育ち、名誉市民でもあるらしい。

ちなみにこのおじいちゃんに世之介の作品がひどく気に入られたというわけではない。というのも、もしそうなら、そもそもグランプリをくれるはずで、くれたのは佳作であるので、そこはそういうことなのだが、なんでもつい最近やめたアシスタントに、世之介が似ていたらしく、どうせ使うなら見慣れている方がいいからと、あれ以来、頻りに自分の仕事を手伝わせているのである。

もちろん世之介もその道を志す者の一人、重鎮の誘いはありがたく受けているのだが、今になって重鎮、重鎮とありがたがっているわりに、授賞式で会うまではその経歴さえ知らなかったのだから、その辺りの抜け目なさというか、いい加減さは、もちろん重鎮にもバレている。

「世之介！　コーヒー淹れるけど、飲む？」

家の裏口から桜子の声がする。

「飲むー！」

「お父さんたちは？」

「親父さんは競艇。隼人さんは知らない」

応えたところで、また風が吹き、広場に立つ桜の葉を揺らす。

ここの桜が咲くのを見るの、今年が初めてなんだなー。

当たりまえのことだが、もう何年もまえからこのソファに座っているというか、この家の一員だったような気がして、なんだかとても不思議な感覚である。

あ、もしかして、この桜から「桜子」って名前になったのかな？

「なあ！」

声をかけるが、返事はない。

「おーい！　なあ、この桜の木から、桜子って名前になったの？」

大声で叫んでみるが、やはり返事はない。

きっとそうなんだろうなあ。

決めつけて、じっと桜の木を見上げる。今はまだ固い蕾だが、目を閉じれば、満開の桜が簡単に思い浮かぶ。

そろそろ、また春である。

あくびを嚙み殺していると、土手を歩いてくる隼人の姿があった。しばらく眺めていたが、対岸でも眺めているのか、立ち止まったまま動かない。

かなり長いので、

「隼人さん！」

と、ソファから声をかけてみるが、さすがに遠くて届かない。

となると、次第に何を見ているのか気になってくる。

結局、世之介は根を生やしていたソファからようやく立ち上がり、隼人のもとへ土手を駆け上がった。

「何、見てるんですか？」

隣に立って、同じように眺めてみるが、火事の煙が見えるわけでもない。

「ああ、世之介か」

「何、見てるんですか？」

「川」

「川って、そこの？」

「他に、どこの川があるんだよ」

別段、いつもと変わらぬ川である。多少、いつもより濁っているような気さえする。とにかく、わざわざ足を止めて眺める理由は見当たらない。

「どこ行ってたんですか？」と世之介は尋ねた。

隼人はジャージにサンダル履きである。

「光司の家。光司の部屋、親父さんたちと一緒に片付けてきた」

「ああ、そうなんですか」

言ってくれれば手伝いに行ったのにと、言いかけたが、なんとなくやめる。

「ずっと部屋で寝てただけなのに、すげえ荷物だったよ。不思議なもんだな。人間ってさ、生きてると、やっぱ荷物って増えるんだな。動けなくてもさ、生きてれば荷物って増えるんだよ」

隼人はまだ川を眺めている。

何か、気の利いたことを返したいのだが、残念ながら何も浮かばない。

「あ、サクがコーヒー飲むか？　って」

と、代わりにそう言った。

「あ、飲もうかな」と、隼人も応える。

「じゃ、言ってきますね」

立ち去ろうとした途端、

「なあ、世之介」

と、隼人が川を眺めたまま呼び止める。

「……なんか、光司の部屋、大掃除したら、途端に気が抜けちゃったよ」

「結構、ゴミとか出たんですか？」

他に何か聞きようもあるのだろうが、とにかくこういうシリアスな場面が苦手な世之介である。

「ああ、出たよ。借りてきた一トントラック、ほぼ満杯」

「一トン？」

「本当はさ、親父さんたちもそのままにしときたかったんだろうけど、引っ越すらしいんだ。二人にあの一軒家は大きいし、家賃も高いだろ」

「遠くに引っ越すんですか？」

「千葉だって。まあ、行こうと思えばいつでも行けるよ」

隼人が芝生にちょこんと腰を下ろす。世之介は手近な草を千切って振り回す。

「……あいつの好みはさ、全部、俺が知ってたんだよ。あいつはさ、ヨーロッパの車が好きでさ、特に横幅のデカいのが好きで、あと動物も好きだった。犬とか猫はもちろんだけど、うさぎとかハムスターとかさ。なんか車とは逆で、そっちはちっこいの好きなんだよ。みんなはさ、あいつと一緒にいると、居心地悪くなるって、何をどうしていいか分からなくなるってよく言ってたけどさ。あいつは意思表示するのに時間がかかるだけなんだよ。普通だったら、『そう』って頷いたり、『違う』って首振ったりするだけで済むことを、あいつがやろうとすると、とにかく時間かかるだろ。でもさ、一秒で済む返事に、一分かかるってだけのことなんだよ。だから、あいつの時間に合わせてやれば、なんてことなかったよ。ほんとになんてことなかった」

隼人はゆっくりとしゃべった。世之介ではなく、まるで光司相手に話しているようだった。

世之介はただ、背の高い茅《かや》を抜き取り、真っ青な空を切るように振り続けた。

「……なあ、世之介。ほんとに、俺、なんてことなかったんだよ。俺、急いでるわけでもなかったしさ」

「分かるような気します」

と、世之介もやっと口を開く。

「ほんとか？　おまえにも分かるか？」

「はい、なんとなく。俺もどっちかっていうと、急いでないし」

世之介の言葉に、隼人が声を上げて笑い出す。

「だな。おまえは急いでない感じするよ」

「でしょ？」

「だからかな、なんか、こんな話、したくなるんだろうな」

ふと気配を感じて振り返ると、亮太が土手を這い上がってくる。

「どうした、亮太」

と、世之介は声をかけた。

「お母さんが、コーヒーだって」

「ああ、そうか。ありがとう」

「ねえ、何してんの？」

「ん？　何もしてないよ。隼人さんと一緒に、川、眺めてただけ」

「なんで？」

「さっき、半魚人が川から出てきたんだよ。だから見張ってんだよ」

と、とつぜん緊迫した声で、辺りを窺うように草むらを這い出したのは隼人で、早速世之介も真似をして、

「あの草むらにいました。背びれが見えました！」

と身を屈《かが》めて報告すれば、慌てて亮太もいつも持参しているライダーブレスレットをポケットから取り出す。


池袋は西武デパートの地下食料品売り場で、日本初上陸だというアメリカのドーナツを試食しているのは世之介である。

本来ならいつもの仕事を終えて、工場裏の自宅で桜子の手料理を食べている時間なのであるが、今日はその桜子が夕方に池袋で保険会社の面接を受けており、ならばたまには二人で夕食でも食べようということになっている。

ちなみに面接といっても正式なものではなく、地元の先輩だという、やはりシングルマザーがこの保険会社の外交員をやっており、わりといい給料をもらっているようで、ならば自分にもできるかもしれないと、いわゆる職場訪問をすることになったのである。

ドーナツの試食を済ませた世之介は、洋菓子、和菓子コーナーから漬物売り場に向かった。平日の午後、デパートの地下食料品売り場は大変な混雑で、偶然、待ち人と会ったりするのは奇跡に近いのだが、不思議なもので、この辺り世之介と桜子に関していうと、どんなに広いフロアを歩いていようが、なんとなく足が向く方が同じというか、興味を持つものが似通っているので、本人たちは自分勝手に買い物をしているつもりでも、いつの間にかふと相手が横に立っていることが多い。

今日もまた、その例にもれず、世之介が京都の千枚漬けを吟味していると、

「千枚漬け、美味しいんだけど、日持ちしないんだよね」

と、やはり横に桜子が立っていた。

「日持ちするやつは、味が濃すぎるしな」

世之介も素直に千枚漬けのお徳用パックを戻す。

「今？」

世之介が尋ねると、

「ううん、もう三十分くらいぶらぶらしてる。それまで、上のカフェで先輩とお茶飲んでたのよ」

「職場訪問、どうだった？」

「やっていけるかも。私さ、計算とか苦手だから、保険料のあれこれとか絶対無理だと思ってたんだけど、そういうのは端末でピピッてやれるみたいだし、なにより大口の契約取れれば、かなりの手取りになりそうだし」

「でもさ、その先輩の話じゃ、かなり時間、拘束されるみたいじゃん」

「まあ、それはそうだけど、出勤時間なんかはわりと自由みたいだから、その辺で帳尻合わせるとか」

「休日とかも、顧客とゴルフ行ったり、食事に行ったりって」

「まあ、それももし大口のお客さんがついてくれたらだからね」

その辺りで、生姜《しょうが》シロップの瓶を吟味していた世之介は、マジマジと桜子の顔を見る。

「何よ?」

「いや、サクなら、その大口の顧客ってやつ、軽く取れそうな気がするんだよな」

「あ、それは、先輩にも言われた。結局、最後は押しだから、それは強そうだって」

欲しいものは数あれど、さすがにこれから夕食となると荷物になるので、二人ともグッと物欲を抑えてフロアを歩く。

安売りの値札がつき始めた惣菜売り場に、見知った顔を見つけたのはそのときで、

「あ」

と、世之介が声をかけると、お隣に暮らす中国人の青年もまた、三〇パーセント引きの油淋鶏《ユーリンチー》のパックを片手に、

「あ」

と声を返す。

「晩ごはん?」

と、世之介はそのパックを指差した。

伝わったようで、青年が箸でごはんを掻き込むジェスチャーをする。

「女房？」

青年が桜子を見ながら唐突に訊いてくる。

一瞬、「いや、彼女」と訂正しようとも思ったが、面倒になりそうなので、ただ、「そう」と頷いた。そして、

「お隣の人」

と桜子にも紹介した。

地下の食料品売り場を出て、世之介たちが向かったのは駅から少し離れたところにある中華料理店だった。

歩きながら二人で中華に決めたのだが、お互いにさっきの油淋鶏に影響されていたことは、席に着いて、注文したとき気づいた。

キンキンに冷えた青島《チンタオ》ビールでまずは乾杯する。

中華料理の嬉しいところは、とにかく料理が出てくるのが早いことで、乾杯を終えた途端に、クラゲの冷菜、ピータン豆腐、ワンタンスープ、エビチリ、海鮮おこげ、そして油淋鶏と、あっという間に小さなテーブルはいっぱいになる。

お互いによほど腹が減っていたのか、ほとんど無言でしばらく箸を動かしたあと、ふと一休みした桜子が、

「あ、そうだ。さっきの買い物のレシート、まとめとかなきゃ」

と、財布を出して、なにやら整理を始める。

「別に今じゃなくていいじゃん」

「だって、紙袋に入れとくと忘れて捨てちゃうんだって。一応まだ家計簿続いてるし」

「それ、何？」

世之介が気になったのは、財布の中に突っ込まれたティッシュである。

「あっ。これ、亮太の歯。屋根の上に投げようと思って忘れてた」

「歯？」

「ほら」

桜子がティッシュを広げて見せる。

食事中に抜けた歯など見たくはないが、虫歯でもないので、白くてつるんとして、なんだか貝殻細工のようである。

「ちっちゃいなー」

と、世之介は手に取った。

「すごく早いって言われた。普通、生え変わりが始まるの、五、六歳なんだって」

「じゃ、一年以上早いじゃん」

「でも個人差がプラスマイナス二年の幅ぐらいあるから、別におかしくもないらしいけど。とにかく歯はさ、ちゃんとしてあげたいんだよね。歯が強いって、見た目だけじゃなくて、大人になっていろいろメリットありそうだし」

「硬い煎餅、誰よりも早く齧れるとか？」

「スポーツとか、脳の働きとかって、噛む力が関係するって言うじゃん」

「ああ、言うね」

「っていうか、地元の友達とか見てるとさ、なんかダメになる奴らって、まず歯からダメになってくイメージあるんだよね」

桜子がそう言って亮太の歯をまた財布に戻す。

そのタイミングで、注文したことをすっかり忘れていた五目炒飯が届く。

「うわっ、俺、もう無理かも」

「だから言ったじゃん。いいよ、持ち帰りにしてもらう」

「冷《ひ》えたら美味くないって」

「ここの、パラパラだから、チンすれば大丈夫そう」

二人の会話が聞こえていたのか、熱いお茶を持ってきてくれた店のおばさんが、

「帰ってすぐ冷凍したら大丈夫よ。少し冷ましてパックに入れてあげるから」

と、炒飯とザーサイを下げていく。

「あ、そういえば、さっき訂正した方が良かった？」

世之介もふと思い出したのだから仕方がないが、あまりに唐突すぎて、桜子にはどのさっきなのか分かるはずもない。

「なんの話？」

「いや、だからさっきデパートの地下で……」

「え？　そんなに戻んの？」

「……会ったじゃん。お隣の中国人」

「会ったね」

「あんときさ、『女房』って聞かれて、『うん』って答えたじゃん」

「別にいいんじゃない」

「そうかな」

「だってさ、お隣でしょ？　一緒に住んでないの分かってるじゃん。だから多分だけど、あの人、『彼女』のことを『女房』って言ったんじゃないの？」

「ああ、なるほど。言われてみると確かにそうかも」

となれば、それで話は終わるのだが、世之介としてはなんとなく気持ちが落ち着かない。というのも、あれ以来、池袋の街を歩きながらだったり、この店でメニューを眺めながらだったりしながらも、珍しく二人きりで過ごす今夜が、何かのタイミングのような気がしてならなかったのである。

「あのさ……」

世之介は背筋を伸ばした。

決して高級とはいえない中華料理店ではあるが、店内の飾りつけは派手でおめでたい感じである。

「……俺たちのこと、ちょっと真剣に考えてみないか」

「何よ、急に」

「俺はさ、サクと亮太と、これからもこうやって、生きていけたら幸せだなって思ってる」

一瞬、桜子の目に笑ってこの場をやり過ごそうとする色が浮かんだが、さすがにこれまでになく真剣な世之介の態度に、浮かびかけた企みが引いていく。

「ねえ、もしそれを断ったら、もう会えなくなる?」

桜子もいつになく真剣に受け取っているらしい。となると、なんとなく申しわけなくなってしまうのが世之介で、

「そんなわけないじゃん」

と、桜子の目に浮かぼうとした、この場をやり過ごすような笑みと同じものを浮かべてしまう。

「ほんと?」

「ほんとだよ。そんなわけないじゃん」

「……だったら、ごめん」

「ごめんって?」

「だから、私はもうしばらくこのままの方がいい」

タイミングが良いのか悪いのか、店のおばさんが持ち帰り用の炒飯をパックに入れて持ってきてくれる。

「……でも、ありがとね」

おばさんがいなくなると、桜子が照れ臭そうに礼を言う。

「何が？」

「だから、そうやって優しくしてくれるじゃない、アタシに」

「そりゃそうだよ。彼女なんだし」

「いや、でもさ、たった今、プロポーズみたいなことされて、こんなこと言うのもあれなんだけどさ」

何かのスイッチが入ってしまったらしく、桜子が身を乗り出してくる。

「……優しいっていうかなんていうか、そういうところがあんたの良いところなんだろうけど、現実問題としてはぜんぜんダメだからね。だってさ、あんた今、うちでバイトしてんだからね。本気で私たちのこと大切に思ってんだったら、先に就職だろって話よ」

「いや、それは俺だって分かってるじゃん。でも、ほら、それだと、またいろいろ遅くなるしさ」

「世之介ってね、たとえば人からこんな人いるんだよ、って聞くと、とっても良い人そうに見えるんだけどさ、実際そばにいたら、そうでもないからね。極端に頼りないし」

「極端にって……」

「いやー、ごめんごめん。もちろん、その辺りの微妙なところが、あんたの良さだってことは重々分かってんのよ。その上での話だからね。あー、ごめん。これもまた、ちょっと言い過ぎた」

「まあ、別にいいけど」

これで二度、プロポーズを断られたことになる。

世之介とて、まさか自分が世間の女性たちの理想の結婚相手だとは思っていない。ただ、少なくとも桜子や亮太と一緒にいると、心から幸せだと思ってしまうのである。

世之介はなんとなく場の雰囲気を取り持つように、バッグからカメラを取り出した。

まず、正面の桜子に向ける。

以前は露骨に嫌がっていたが、最近ではすっかり慣れてしまって、まるでカメラのことなど気にしない。

その後、店のおばさんがサービスで持ってきてくれたのは、自家製の杏仁豆腐である。すでに腹いっぱいではあったが、せっかくの好意に応えようと、二人分を掻き込む世之介である。


日曜日の晴れた午後である。

亮太を連れて、水元《みずもと》公園へ行く予定の世之介が、工場前の広場で背伸びをしていると、土手を歩いてくるのは浜ちゃんである。

「あれ、浜ちゃん、どうしたの？」

世之介が驚いて声をかけると、

「あ、やっぱり世之介だ。いるかなーとは思ってたけど」

と、浜ちゃんが土手を駆け下りてくる。

「来るんだったら、連絡くれれば良かったのに」

「電車に乗ってて、急に思いついてさ。……まあ、世之介や桜子がいなくても、天気もいいし、この辺の土手をぶらっとしてみようかなと思って」

「俺、これから亮太と水元公園行くんだよ。浜ちゃんも行く？」

「じゃ、行こうかな。サクは？」

「サクは行かない。いや、実はさ、今日、水元公園で保護犬の譲渡会ってのやってて、亮太に犬を抱かしてやろうと思ってんだけど、ああ見えて、サクのやつ、かなりの犬好きみたいで、行ったら絶対に譲ってほしくなるから行かないんだって」

「譲ってもらえばいいじゃん」

「サク、仕事始めたんだよ。保険の外交員」

「へえ。あの話、うまくいったんだ」

「うん、気合入ってる。もうすぐ浜ちゃんとこにも、パンフレット持って、契約迫りに行くと思うよ」

「そっか。私、入ってないから教えてもらおうかな」

よほどの地獄耳らしく、浜ちゃんがそう言うか言わぬかの辺りで、亮太を連れた桜子が現れた。

「あれ、浜ちゃん。約束してたの？」

「ううん。なんとなく来ただけ。それより、サク、保険の仕事、決まったんだって」

「そう、決まったの。頑張んなきゃ」

話し込む大人たちの間で、早く出かけたい亮太がウズウズしている。

「あ、そうだ。先週さ、ちょっといい事あったんだよね」

浜ちゃんが、ふと思い出したように言う。

「何？　いい事って。俺、いい事、大好き」

世之介が待ちきれぬとばかりに尋ねると、

「初めて包丁持たせてもらった」

と浜ちゃん。

浜ちゃんとしては一大事なのだろうが、正直、世之介たちにはピンとこない。どちらかといえば、宝くじの当選くらいのことを思い描いていたので、「へえ」ぐらいしか言葉がない。

その辺りで、亮太の辛抱にも限界がくる。

「よし、行こう行こう」

世之介はひょいと亮太を肩車した。

「あ、またギックリ腰やるよ」

とすぐに桜子が注意するが、

「なんか、もう大丈夫な気がするんだよな。もう、そこから抜けたような気がすんの」

とは、なんとも呑気な物言いである。


この日、夕方まで散々水元公園で遊んだ亮太は、帰りの電車では液体かと思えるほど、全身から脱力して眠りこけた。

久しぶりの休日を満喫したらしい浜ちゃんも、保護犬とのドッグランや、亮太にせがまれての三連続アヒルボート漕ぎと、かなり疲れてはいるはずだが、夕日を浴びたその横顔には充実感がある。

「浜ちゃん、もうそのまま帰る？」

世之介はこぼれた水をかき集めるように亮太を抱き直した。

「そのつもりだったけど、どうして？」

「別に。もし時間あるんだったら久しぶりだし、駅前で飲まないかと思って」

「だって亮太は？」

「一旦、家で寝かしてくるから、駅で待っててよ」

了解とばかりに、電車を降りた浜ちゃんは久しぶりにちょっとだけパチンコ屋に寄るということだったので、だったら多少遅くなってもいいかと、世之介も亮太を背負ってのんびりと帰宅した。

とりあえず亮太を居間に寝かせ、

「浜ちゃんと飲んでくるけど、サクは？」

と尋ねてみると、親父さんが競艇から戻ってきたら合流するかもしれないから、あとで連絡ちょうだい、ということになった。

駅前に戻ると、浜ちゃんはすでにパチンコの台からは離れており、休憩コーナーでコーヒーを飲んでいた。

「出なかった？」

世之介が尋ねると、

「出そうだったんだけど、なんか最近パチンコで調子がいいと、そっちに自分の運が持ってかれそうでもったいなくなるんだよね」

と、それこそもったいないことを言う。

「……あ、そういえば、さっきまでそこに隼人さんいたんだよ」

浜ちゃんが目のまえの、今は誰も座っていない台を見る。

「出てた？」

「ぜんぜん。っていうか、隼人さん、あんまり元気なかったけど」

「ああ。なんかさ、ここ最近、力が出ないんだって」

「病気？」

「じゃなくて、ほら、光司さんいなくなって……。このまえ、光司さんのおじさんたちが千葉に引っ越すからって、光司さんの部屋の大掃除したらしいんだけど、その日からまたガクッときちゃったみたいで」

「まあ、考えてみれば、ずっと一緒にいたんだもんね」

「そうだよ。そりゃ、ガクッとくるよ。あ、そうだ。サクッとメシ食ったら、ゆかりさんの店行こうよ。近所のカラオケスナック。隼人さんも、多分そこに来ると思うし」

まだ夕方の早い時間だったが、向かった年中無休の居酒屋はすでに満席に近く、おそらく昼ごろから飲み続けているだろう常連客たちの賑やかな笑い声が響いている。

「あー、落ち着く」

その騒がしさに怯《ひる》むどころか、浜ちゃんは一瞬で店に溶け込む。

カウンターで生ビールを注文すると、まずは小鉢料理の並んだケースを眺めに行く。「好きなものを好きなだけ」が、学食のように広々としたこの店のスタイルで、ケースの中には定番の冷奴から、手の込んだスパイシーな煮込み料理までずらりと並んでいる。

まずは生ビールで乾杯すると、

「サクと、うまくいってるみたいだね」

と浜ちゃんが言う。

「まあね。ついこないだプロポーズして断られたけど」

「え？　世之介、プロポーズしたの？」

「した。ちなみにこないだが二度目」

「二度も断られたんだ？」

「そう」

「いいんじゃない、このままで。サクもさ、ちょっと怖いんだよ」

「怖い？　サクが？　なんで？」

「うーん、よく分かんないけど、なんかを変えるとさ、いろんなことがガラッと変わっちゃいそうで怖いときってあるじゃん」

「そんなもんかなー」

「そうだよ。でも、そうだとすればさ、変わりたくないんだから、今は満足してんだよ」

不思議なもので浜ちゃんにそう言われると、世之介も悪い気はしない。

カウンターに載せられたテレビで、今年の桜の開花予想が流れている。

「私たち、話すようになったの、ちょうど一年くらいまえだよね」

ふと思い出したような浜ちゃんが、テレビの桜予想に見入る。

「そうだ。パチンコ屋でね、席取り合って。いや、喋るようになったの、床屋だよ」

「そうだ。床屋だ」

「あれからまだ一年なんだね」

「ほんと、なんかもう、三年も五年も経った気する」

陳列ケースに揚げたての天ぷらが出たらしく、客がわらわらと取りにいくので、

「ここのかき揚げ、最高だよ」

と、世之介もすかさず席を立った。

居酒屋を出ても、まだ七時前だった。一応、家の桜子に電話を入れてみるが、親父さんはまだ戻ってこないらしい。

世之介は、ゆかりさんの店にいるからと告げると、浜ちゃんを誘ってスナック「夢ごこち」に向かった。

扉を開けると、案の定、もう隼人がいた。カウンターの定位置で、ゆかりさんお手製のお通しをツマミに水割りを飲んでいる。

「早くないっすか？」

世之介が隣に腰かけると、おしぼりを出してくれたゆかりさんが、

「ほんとに他に行くとこないんだろうね。私が出勤してきたら、ドアのまえに立ってんだよ」と呆れる。

「行くとこはいくらでもあるんだよ。ただ、行く気がしねえの」

とは当の隼人である。

「だからって、毎日毎日、ここで置物みたいに飲んでることないじゃない」

「俺が来てやんなかったら、すぐ潰れるぞ、こんな店」

というような会話をここ最近は毎晩やってるんだろうなーというのが、はっきりと伝わってくる流れの良い応酬である。

ならば、ヘンに水を差すのも悪いと思い、世之介は浜ちゃんを連れてボックス席に移動すると、勝手にカラオケを始めた。

町内会の会合帰りだという団体が、店のママと同伴でやってきたのは、世之介たちの持ち歌もそろそろ尽き始めたころで、切りがいいので浜ちゃんが帰ると言い出すと、「だったら、俺も」と、なぜか隼人も席を立つ。

すっかり気分的には、というか、ここが新宿や渋谷や池袋なら深夜一時ごろの様相なのだが、日曜日の小岩ではこれでもまだ八時過ぎである。

とりあえず浜ちゃんは明日も早いのでと電車で帰ったが、なんとなく隼人に誘われて、世之介はもう一軒付き合った。ちなみに入ったのは、以前、桜子と行ったシャレたワインバーで、店主は隼人の先輩である。

あいにくこちらも団体客が入っており、カウンターの隅でお互いに一杯ずつ白ワインを飲んで、店を出た。

世之介としては、そのまま帰ってもよかったのだが、まだ時間も早かったし、なんとなく千鳥足の隼人について歩いた。

隼人が向かったのは河原の土手で、歩き出すと酒に火照った顔に夜風が気持ち良かった。

隼人が夜空に向かって背伸びする。

「……俺、どっか、行っちゃおうかな」

隼人を真似して背伸びした世之介の耳に、そんな言葉がふいに届く。

「……なあ、世之介、……俺、どっか行っちゃおうかな」

隼人がまるで自分にもう一度聞かせるように言う。

「いいんじゃないすか、行っても」

と、世之介は応えた。

「おまえもそう思う？」

「なんか、よく分かんないですけど、隼人さんはもう、どこに行ってもいいんだと思います」

「そっか。そっかな」

「でもまあ、親父さんとか、サクはもちろん、みんな困りますけどね」

「だよな。……みんな、困るよな」

きっと隼人さんは、自分が何かを我慢してきたなんて、これまでまったく考えてもいなかったのだろうと世之介は思う。

光司さんのそばにいる。それは何かを我慢してやっていることではなく、ただそうしたいからやっていたことなのだ。

だからこそ、光司さんは隼人さんを許したのだ。だからこそ、光司さんのご両親は隼人さんを受け入れたのだ。

そして隼人さんのように生きられる人を、世之介は世の中のどんな成功者よりも尊敬したいと思ったりする。

去年の四月から、だらだらと始まったこの一年間の物語も、桜の開花を待たずに、そのままだらだらと終わりを迎えようとしている。

人生などというものは、決して良い時期ばかりではない。良い時期があれば、悪い時期もあり、最高の一年もあれば、もちろん最低の一年もある。

一応大学は卒業したものの、一年留年したせいでバブル最後の売り手市場にも乗り遅れ、バイトとパチンコでどうにか食い繋ぎながら始まった世之介のこの一年が、決して最高の時期ではなかったのは間違いない。

ただ、ダメな時期はダメなりに、それでも人生は続いていくし、もしかすると、ダメな時期だったからこそ、出会える人たちというのもいるのかもしれない。

桜子や亮太はもちろん、隼人さんに、親父さん、浜ちゃんだって、コモロンだって、もし世之介が順風満帆な人生を送っていたら、素通りしていったかもしれない。

とすれば、人生のダメな時期、万歳である。

人生のスランプ、万々歳なのである。


さて、この一年の物語からは少しだけこぼれてしまうのだが、土手の桜が満開となり、そしていつもの年のようにすっかり葉桜へとその姿を変えたころの、ある日の情景を最後にこの物語を締めくくりたいと思う。

その日、世之介は桜子の電話で起こされた。

普段通りであれば、あと五分で目覚ましが鳴り、いつものように支度をして、工場へ向かうはずの朝だった。

「どうした？」

珍しい時間帯の電話だったので、まず亮太に何かあったのかと、一瞬で目が覚めた。しかし、聞こえてきたのは、

「隼人からなんか聞いてない？」

という桜子の声である。

「隼人さんから？　何を？」

「いないのよ。部屋に、『出て行く』って置き手紙あって」

「置き手紙？」

「ねえ、何か聞いてない？」

頭に浮かんでくるのは、まだ肌寒かった土手での、

「俺、どっか、行っちゃおうかな」

という冗談のような隼人の言葉である。

「いないって、いつからいないの？」と世之介は訊いた。

「だから、今朝。昨日の晩はいたんだよ。晩ごはんも食べてたし」

「荷物は？」

「全部そのまま。でも、洗面所の髭剃りとか、そういう普段使ってる物はなくなってる」

桜子はひどく気が動転しているようだった。もし隼人さんがいなくなったとすれば、彼女にとって、母親に続き、兄までがとつぜん出奔したことになる。

「すぐ行くよ」と世之介は言った。

「うん、ごめん。待ってる」

小岩へ向かう電車の中、世之介は自分がどっちの気持ちなのか、よく分からなかった。もし隼人さんが本当に家を出たのだとして、それを自分が喜んで送り出そうとしているのか、やはり考え直せと連れ戻したいのか。

いつもより少しだけ早く、いつもの改札を抜け、いつもの道を通って工場へ向かった。急ぎ足で歩きながら、今日の仕事はどんな予定だったかと考える。ちょっと考えただけで、隼人さんの不在が大きいことは分かる。

出て行くにしたって、何もそう慌てることはないとも思うし、その反面、だったらいつ、その

踏ん切りがつくのだろうかとも思う。

そんなことを考えながら土手沿いの道を急いでいるときだった。

「世之介！」

と声がしたような気がして土手を見上げると、なんとそこに隼人さんが立っていた。

一瞬、なーんだ、桜子の勘違いじゃん、とも思ったのだが、隼人さんの洋服は明らかによそ行きで、その肩には大きなバッグがかけられている。

「隼人さん……」

世之介は土手を駆け上がった。

「……桜子たち、心配してますよ」

「ああ、もう連絡行った？」

「さっき電話ありました」

「うん……、悪いな、騒がせて」

「そんなのは別にいいですけど」

二人の傍らを近所の中学の野球部員たちが朝練のジョギングで走り抜けていく。狭い道に立つ二人を避けて、列が二手に分かれ、また一つにまとまる。

なんとなく二人はその集団を見送った。

「イチ、ニ、サン、シ！」

「ニ、ニ、サン、シ！」

「サン、ニ、サン、シ！」

「シ、ニ、サン、シ！」

洗濯されたばかりのような少年たちのユニフォームが、朝日にきらきらと輝いている。

「俺、行くよ」

横に立っている隼人さんが、少年たちの背中を見つめながら言う。

世之介はまだ自分がどっちの気持ちなのか分からない。

「……俺たちがまだガキのころ、うちのお袋もある日ふらっと家を出てったんだよ。サクから聞いてねえ？」

「聞いてます、ちょっとだけ」

「もしさ、あんときのお袋が、今の俺みたいな気持ちだったんだとしたら、お袋はきっと幸せだったんだなって。もちろん残していくものとの別れは辛いけど、それでもやっぱ、すげえ幸せな気持ちで出て行ったんじゃないかって。今、なんかそう思えるんだよ。だからさ、サクにも、あいつにもそう伝えといてもらえねえかな。そしたら、あいつも、なんかちょっとだけ肩の荷がおりるような気がするんだ」

「……じゃ、俺、行くよ」

川を駆け上がってくる風が、土手の緑を撫でていく。

隼人がその風に向かうように歩き出す。

「……あの、何か当てとかあるんですか、仕事とか」

「ないない。そんなもん全然ない」

振り返った隼人が後ろ向きで歩きながら笑う。

「……船にでも乗ってみようかな。世界中いろんなとこに行く船。俺、この町から出たことねえし」

「あの、落ち着いたら連絡してくださいよ」

「ああ、分かった」

「絶対ですよ！」

「分かった！」

くるりとまえを向いた隼人が、しっかりとした足取りで歩き出す。

ふざけて自分に声をかけ出した隼人に、

「イチ、ニ、サン、シ！」

「ニ、ニ、サン、シ！」

と、世之介も大声で返した。

「サン、ニ、サン、シ！」

「シ、ニ、サン、シ！」

互いの声が広々とした河原に響く。

世之介はカメラを取り出すと、歩いていく隼人の姿をフィルムに収めた。この希望に満ちた背中を、桜子や親父さんにも見せてやろうと思う。そしていつの日か、この土手から同じように歩いていくだろう亮太にも。

前略　日吉亮太様

オリンピックでの大活躍、テレビで見ましたよ。この手紙が届くころには、次のパラリンピック選手の伴走者として、忙しくしているときかもしれませんね。とにかく伯父として、亮太のことをいつも誇りに思っています。

今、伯父さんの船はアフリカのモザンビーク海峡を抜けてアラビア海に出ようとしています。と書くと、亮太がまだ子供のころ、こうやって現在地を知らせる絵葉書をよく送っていたことを思い出しますね。そして必ず返信をくれる亮太の手紙には、陸上のことと、なぜか世之介のことが多く綴られていたように思います。

実はここ最近、伯父さんはなぜかその世之介のことをよく思い出します。もしかすると、世之介が電車の事故で亡くなったという知らせを受けたときよりも、いろんな思い出が蘇ってくるような気がします。

彼と会ったのは、伯父さんが小岩の実家を出た日が最後でした。以来一度も会っていないながら、未だにこれほど身近に感じられるのは、きっと亮太がいつも手紙に書いてくれたからでしょうね。

そばにいたときは、ただの頼りない弟分でしたが、今、世之介のことを思うと、ただ善良であることの奇跡を、伯父さんは感じます。

世界中を船で回っていると、本当にこの世界にはいろんな国があります。そしていろんな問題があります。目を覆いたくなるようなこと。悲しみ。痛み。憤り。本当に奇跡でも起こってくれないかと思います。そんなとき、ふと浮かんでくるのが、あの頼りない世之介の顔なんです。世の中がどんなに理不尽でも、自分がどんなに悔しい思いをしても、やっぱり善良であることを諦めちゃいけない。そう強く思うんです。

次回帰国したときには、遅ればせながらみんなで今回のオリンピックのお祝いをしましょう。あ、そうか。そのころには亮太もお父さんか！

会えるのを楽しみにしています。

草々

日吉隼人より

初出『小説ＢＯＣ』１（二〇一六年春号）～10（二〇一八年夏号）

吉田修一

1968年長崎県生まれ。97年「最後の息子」で文學界新人賞を受賞、作家デビュー。2002年『パレード』で山本周五郎賞、『パーク・ライフ』で芥川賞、07年『悪人』で毎日出版文化賞と大佛次郎賞、10年『横道世之介』で柴田錬三郎賞を受賞。その他の著書に『怒り』『橋を渡る』『犯罪小説集』『ウォーターゲーム』『国宝』など多数。

続《ぞく》 横道《よこみち》世《よ》之《の》介《すけ》

2019年2月25日　初版発行

著　者　吉《よし》田《だ》修《しゅう》一《いち》

発行者　松田陽三

発行所　中央公論新社

〒100-8152　東京都千代田区大手町1-7-1
電話　販売　03-5299-1730　編集　03-5299-1740
URL http://www.chuko.co.jp/

DTP　嵐下英治
印　刷　大日本印刷
製　本　小泉製本

©2019 Shuichi YOSHIDA
Published by CHUOKORON-SHINSHA, INC.
Printed in Japan　ISBN978-4-12-005163-0 C0093
定価はカバーに表示してあります。落丁本・乱丁本はお手数ですが小社販売部宛お送り下さい。送料小社負担にてお取り替えいたします。

●本書の無断複製（コピー）は著作権法上での例外を除き禁じられています。また、代行業者等に依頼してスキャンやデジタル化を行うことは、たとえ個人や家庭内の利用を目的とする場合でも著作権法違反です。

吉田修一の本

怒り〔上・下〕

私を裏切ったのは、
誰だ？

私が愛したのは、
誰だ？

殺人現場に残された「怒」の血文字。
杳として行方の知れない犯人。
そして、事件から一年が経ち、
千葉、東京、沖縄に、犯人の特徴を
持った三人の男が現れる。
この中の誰が犯人なのか——

2016年映画化
〔監督・脚本〕李相日
〔音楽〕坂本龍一
〔出演〕渡辺謙／森山未來／
松山ケンイチ／綾野剛／
広瀬すず／宮﨑あおい／
妻夫木聡

中公文庫

吉田修一の本

小説「怒り」と映画「怒り」
吉田修一の世界

吉田修一ほか

『怒り』の犯人・山神一也とは、どんな人物なのか？　残された謎に、８つの証言で迫るオリジナル小説のほか、妻夫木聡氏特別対談、吉田修一全作品解説などを収録。

単行本

静かな爆弾

吉田修一

テレビ局に勤める早川俊平はある日公園で耳の不自由な女性と出会う。音のない世界で暮らす彼女に恋をする俊平だが――。静けさと恋しさが心をゆさぶる傑作長編。

中公文庫